BESTSELLER

Isaac Asimov, escritor norteamericano de origen ruso, nació en Petrovich en 1920 y falleció en 1992. Doctor en ciencias por la Universidad de Columbia, fue también profesor de bioquímica y doctor en filosofía. Autor de notables libros de divulgación científica y de numerosas novelas de ciencia ficción que le dieron fama internacional. Entre sus obras más conocidas figura la Trilogía de la Fundación –*Fundación*, *Fundación e Imperio* y *Segunda Fundación*–, que el autor complementó con una precuela –*Preludio a la Fundación* y *Hacia la Fundación*– y una secuela –*Los límites de la Fundación* y *Fundación y Tierra*–. Asimismo, destaca la serie Robots formada por dos antologías de relatos y novelas cortas –*Visiones de Robot* y *Sueños de Robot*– y cuatro novelas –*Bóvedas de acero*, *El sol desnudo*, *Los robots del amanecer* y *Robots e imperio*.

Biblioteca

ISAAC ASIMOV

Fundación e Imperio

Traducción de

Pilar Giralt

DEBOLS!LLO

Papel certificado por el Forest Stewardship Council®

Título original: *Foundation and Empire*

Primera edición con esta cubierta: junio de 2022

Printed in Spain – Impreso en España

ISBN: 978-84-9759-501-8
Depósito legal: B-5.420-2022

Impreso en Novoprint
Sant Andreu de la Barca (Barcelona)

P 8 9 5 0 1 E

FUNDACIÓN E IMPERIO: «NUDO» DEL DRAMA GALÁCTICO

Fundación e Imperio es el segundo tomo de la «Trilogía de la Fundación». Al igual que los otros dos de la serie, este libro constituye un todo autónomo y puede ser leído independientemente, aunque para el lector interesado en una visión completa de «El ciclo de Trántor», como también se ha llamado a la trilogía, es aconsejable leer los tres libros en su orden cronológico.

Si en *Fundación* asistíamos a los conflictos vecinales e internos de un planeta de científicos establecido para preservar la cultura durante la inevitable decadencia del Imperio Galáctico, en *Fundación e Imperio* vemos una Fundación ya consolidada enfrentarse de igual a igual con los restos de un Imperio agonizante, pero todavía poderoso.

La serie de la Fundación empezó a publicarse en 1942, en forma de relatos sueltos, en la revista especializada *Astounding*, pero hasta 1945 no escribiría Asimov la narración que luego se convertiría en la primera parte de *Fundación e Imperio*: *Dead Hand*.

Y si el decadente Imperio Galáctico de Asimov está

directamente inspirado —como reconocería el propio autor— en la *Ascensión y caída del Imperio Romano* de Edward Gibbon, *Dead Hand* (posteriormente convertida en *The General*), proyecta en el futuro un episodio concreto e identificable de la historia de Roma: el infortunio de Belisario, el brillante e incomprendido general de Justiniano (obsérvese que «Bel Riose», nombre del protagonista de *El general*, es casi anagrama de «Belisario»).

En cuanto a la segunda parte del presente volumen, *El Mulo*, también constituye de por sí un episodio autónomo, si bien —«nudo» dramático que apunta a un «desenlace»— deja abiertos una serie de interrogantes que sólo *Segunda Fundación* (terminada en 1949) resolverá plenamente.

«El ciclo de Trántor», publicado íntegro en forma de relatos sueltos en *Astounding* a lo largo de siete años (1942-1949), fue recopilado posteriormente en forma de trilogía, y en 1966, en la XXIV Convención Mundial de Ciencia Ficción, celebrada en Cleveland, obtuvo el premio Hugo[1] a la mejor «serie de novelas» publicada hasta entonces.

La estructura definitiva del ciclo en tres volúmenes, que ha quedado como uno de los grandes clásicos del género, es la misma que hoy ofrecemos a nuestros lectores.

CARLO FRABETTI

1. Los premios Hugo (llamados así en honor de Hugo Gernsback, creador del término «science-fiction» y considerado como el «padre» del género) se conceden anualmente, por votación de los asistentes, en las convenciones mundiales de CF.

A Mary y Henry por su paciencia
y tolerancia.

PRÓLOGO

El Imperio Galáctico se derrumbaba.

Era un Imperio colosal que se extendía a través de millones de mundos, de un extremo a otro de la inmensa espiral doble que era la Vía Láctea. Su caída también sería colosal, y además prolongada, porque debía abarcar un enorme período de tiempo.

Había estado derrumbándose durante siglos antes de que un hombre se diese realmente cuenta de ello. Aquel hombre era Hari Seldon, el ser que representaba la única chispa de esfuerzo creador que subsistía en la decadencia general. Él fue quien desarrolló y llevó a su punto culminante la ciencia de la psicohistoria.

La psicohistoria no trataba del hombre, sino de las masas de hombres. Era la ciencia de las muchedumbres, de miles de millones de personas. Podía prever las reacciones a diferentes estímulos con la misma exactitud que una ciencia menor predecía el rebote de una bola de billar. La reacción de un hombre se podía vaticinar por medio de las matemáticas conocidas, pero la de mil millones era algo distinto.

Hari Seldon presagiaba las tendencias sociales y

económicas de la época, y estudiando las curvas previó la continua y acelerada caída de la civilización y el lapso de treinta mil años que debía transcurrir antes de que un nuevo Imperio pudiese emerger de las ruinas.

Era demasiado tarde para detener aquella caída, pero aún había tiempo de cerrar el paso a la llegada de la barbarie. Seldon estableció dos Fundaciones en «extremos opuestos de la Galaxia», localizadas de modo que en un milenio los acontecimientos se fundieran y consolidaran para formar la base de un Segundo Imperio más fuerte, más permanente y de más rápida aparición.

Fundación relata la historia de una de estas Fundaciones durante los dos primeros siglos de su vida.

Se inició como una colonia de científicos en Términus, un planeta situado en el extremo de una de las espirales de la Galaxia. Separados del desorden del Imperio, aquellos científicos trabajaron en la recopilación de un compendio universal de la sabiduría, la Enciclopedia Galáctica, ignorantes de la misión más profunda que había planeado para ellos el ya fallecido Seldon.

A medida que el Imperio se desintegraba, las regiones exteriores cayeron en manos de «reyes» independientes, y la Fundación se vio amenazada por ellos. Sin embargo, enfrentando entre sí a los cabecillas, bajo el mando de su primer alcalde, Salvor Hardin, consiguieron mantener una precaria independencia. Como únicos poseedores de la energía atómica en unos mundos que estaban olvidándose de las ciencias y retrocediendo al carbón y al petróleo, llegaron incluso a tener cierta preponderancia. La Fundación se convirtió en el centro «religioso» de los reinos circundantes.

Lentamente, la Fundación desarrolló una economía comercial mientras la Enciclopedia pasaba a segundo plano. Sus comerciantes, vendiendo artículos atómicos cuya calidad no hubiese superado el Imperio ni en su época más gloriosa, penetraron hasta cientos de años luz a través de la Periferia.

Bajo Hober Mallow, primero de los Príncipes Comerciantes de la Fundación, desarrollaron las técnicas de la guerra económica hasta el punto de derrotar a la República de Korell, a pesar de que este mundo recibía el apoyo de una de las provincias exteriores de lo que quedaba del Imperio.

Al término de doscientos años, la Fundación era el estado más poderoso de la Galaxia, exceptuando los restos del Imperio que, concentrados en el tercio central de la Vía Láctea, controlaban tres cuartas partes de la población y de las riquezas del universo.

Parecía inevitable que el siguiente peligro al que tendría que enfrentarse la Fundación fuera el coletazo final del Imperio moribundo.

Había que despejar el camino para la batalla entre la Fundación y el Imperio.

PRIMERA PARTE

EL GENERAL

1. LA BÚSQUEDA DE LOS MAGOS

BEL RIOSE — *...En su carrera relativamente breve, Riose obtuvo el título de «el último de los Imperiales», y lo hizo merecidamente. Un estudio de sus campañas revela que igualó a Peurifoy en capacidad estratégica, y tal vez le superara en habilidad para manejar a los hombres. El hecho de que naciera durante la decadencia del Imperio hizo imposible que igualara a Peurifoy como conquistador. Sin embargo, tuvo su oportunidad cuando —y fue el primero de los generales del Imperio en hacerlo— se enfrentó cara a cara con la Fundación...*

Enciclopedia Galáctica[1]

Bel Riose viajaba sin escolta, lo cual no estaba prescrito por la etiqueta de la corte para el jefe de una flota

1. Todas las citas de la Enciclopedia Galáctica reproducidas aquí proceden de la edición 116 publicada en 1020 E.F. por la Enciclopedia Galáctica Publishing Co., Términus, con el permiso de los autores.

estacionada en un sistema estelar, todavía arisco, en las lindes del Imperio Galáctico.

Pero Bel Riose era joven y enérgico —lo bastante como para ser enviado lo más cerca posible del fin del universo por una corte desapasionada y calculadora— y, por añadidura, curioso. Extrañas e inverosímiles narraciones, repetidas caprichosamente por cientos, y lóbregamente conocidas por miles, intrigaban esta última facultad; la posibilidad de una aventura militar atraía a las otras dos. La combinación era abrumadora.

Bajó del coche de superficie del que se había apropiado y llegó al umbral de la vetusta casa que constituía su destino. Esperó. El ojo fotónico que abría la puerta estaba activado, pero fue una mano la que la abrió.

Bel Riose sonrió al anciano.

—Soy Riose...

—Le reconozco. —El anciano permaneció rígido, y nada sorprendido, en su lugar—. ¿De qué se trata?

Riose dio un paso atrás en un gesto de sumisión.

—Un negocio de paz. Si usted es Ducem Barr, le pido me conceda el favor de que mantengamos una conversación.

Ducem Barr se hizo a un lado, y en el interior de la casa se iluminaron las paredes. El general entró en una estancia bañada por luz diurna.

Tocó la pared del estudio y luego se examinó las yemas de los dedos.

—¿Tienen ustedes esto en Siwenna?

Barr sonrió ligeramente.

—Pero sólo aquí, según creo. Yo lo mantengo en funcionamiento lo mejor que puedo. Debo excusarme por haberle hecho esperar en la puerta. El dispositivo automático registra la presencia de un visitante, pero ya no abre esa puerta.

—¿Sus reparaciones no llegan a tanto? —La voz del general denotaba una ligera ironía.

—Ya no se consiguen piezas de recambio. Tenga la bondad de tomar asiento. ¿Desea una taza de té?

—¿En Siwenna? Dios mío, señor, es socialmente imposible no beberlo aquí.

El viejo patricio se retiró sin ruido, con una lenta inclinación que era parte de la ceremoniosa herencia legada por la aristocracia desaparecida de los mejores días del siglo anterior.

Riose siguió a su anfitrión con la mirada, y su estudiada urbanidad se sintió algo insegura. Su educación había sido puramente militar, lo mismo que su experiencia. Se había enfrentado a la muerte en repetidas ocasiones, pero siempre a una muerte de naturaleza muy familiar y tangible. En consecuencia, no es de extrañar que el idolatrado león de la Vigésima Flota se sintiera intimidado en la atmósfera repentinamente viciada de una habitación antigua.

El general reconoció las pequeñas cajas de marfil negro que se alineaban en los estantes: eran libros. Sus títulos no le eran familiares. Adivinó que la voluminosa estructura del extremo de la habitación era el receptor que convertía los libros en imagen y sonido a voluntad. No había visto funcionar ninguno, pero sí había oído hablar de ellos.

Una vez le contaron que hacía mucho tiempo, durante la época dorada en que el Imperio se extendía por toda la Galaxia, nueve de cada diez casas tenían receptores como aquél, e incluso estanterías con libros.

Pero ahora era necesario vigilar las fronteras; los libros quedaban para los viejos. Además, la mitad de las historias sobre el pasado eran míticas; tal vez más de la mitad.

Llegó el té y Riose tomó asiento. Ducem Barr levantó su taza.

—A su salud.

—Gracias. A la suya.

Ducem Barr comentó deliberadamente:

—Dicen que es usted joven. ¿Treinta y cinco?

—Casi. Treinta y cuatro.

—En tal caso —dijo Barr con suave énfasis—, no podría empezar mejor que informándole con pesar que no poseo filtros de amor, pociones ni encantamientos. Tampoco soy capaz de influenciar en su favor a una joven que pueda resultarle atractiva...

—No necesito ayuda artificial a este respecto, señor. —La complacencia, innegablemente presente en la voz del general, tenía un matiz divertido—. ¿Recibe usted muchas peticiones de tales favores?

—Las suficientes. Por desgracia, un público no informado tiende a confundir la erudición con la magia, y la vida amorosa parece ser el factor que requiere mayor cantidad de argucias.

—Me parece muy natural, pero yo difiero de ello. Sólo relaciono la erudición con la capacidad de contestar a preguntas difíciles.

El siwenniano le contempló sombríamente.

—¡Puede estar tan equivocado como ellos!

—Tal vez sí, y tal vez no. —El joven general posó su taza en la rutilante funda y la llenó de nuevo. A continuación echó en ella la cápsula aromatizada que le ofrecían—. Dígame entonces, patricio, ¿quiénes son los magos? Los verdaderos magos.

Barr pareció asombrado al oír aquella palabra, ya en desuso.

—No hay magos.

—Pero la gente habla de ellos. En Siwenna abundan las leyendas al respecto. Hay cultos desarrollados a su alrededor. Existe una extraña conexión entre esto y aquellos grupos de sus compatriotas que sueñan y divagan sobre el pasado y sobre lo que ellos llaman libertad y autonomía. El asunto podría convertirse eventualmente en un peligro para el Estado.

El anciano meneó la cabeza.

—¿Por qué se dirige a mí? ¿Acaso olfatea una rebelión conmigo como cabecilla?

Riose se encogió de hombros.

—No, en absoluto. ¡Pero no es una idea del todo ridícula! Su padre fue un exiliado en su tiempo; usted mismo es un patriota en el suyo. No es muy correcto por mi parte mencionarlo, ya que soy su invitado, pero mi gestión lo exige. Sin embargo, ¿una conspiración ahora? Lo dudo. El espíritu combativo de Siwenna se extinguió hace ya tres generaciones.

El anciano replicó con dificultad.

—Voy a ser tan poco delicado como anfitrión como usted lo ha sido como huésped. Le recordaré que, un día, un virrey pensó como usted sobre los apocados siwennianos. Por orden de aquel virrey mi padre se convirtió en un mendigo fugitivo, mis hermanos en mártires y mi hermana en una suicida. No obstante, aquel virrey encontró una muerte horrible a manos de aquellos mismos esclavizados siwennianos.

—¡Ah, sí; y por cierto, todo esto se relaciona con algo que me gustaría decir! Hace tres años que la misteriosa muerte de aquel virrey ya no es tal para mí. Tenía en su guardia personal a un joven soldado, muy interesante por su forma de obrar. Usted era aquel soldado; pero creo que no son necesarios los detalles.

Barr permanecía tranquilo.

—En efecto. ¿Qué se propone usted?

—Que responda a mis preguntas.

—No lo haré bajo amenazas. Soy viejo, lo suficiente como para que la vida ya no me importe demasiado.

—Por Dios, señor, los tiempos son difíciles —dijo Riose significativamente— y usted tiene hijos y amigos, además de una patria por la que pronunció en el pasado frases de amor y de locura. Vamos, si tuviera que decidirme por la fuerza, mi objetivo no sería tan vil como el de golpearle.

Barr preguntó fríamente:

—¿Qué es lo que quiere?

Riose habló con la taza vacía en la mano.

—Escúcheme, patricio. Hay épocas en que los soldados más triunfales son aquellos cuya función es ir a la cabeza de los desfiles que recorren los terrenos del palacio imperial en las festividades y escoltar las rutilantes naves de recreo que llevan al Emperador a los planetas estivales. Yo..., yo soy un fracaso. Soy un fracaso a los treinta y cuatro años, y lo seré siempre porque, fíjese, me gusta luchar. Por eso me han enviado aquí. En la corte soy demasiado molesto. No me adapto a la etiqueta. Ofendo a los petimetres y a los lores almirantes, pero soy un capitán de naves y de hombres, demasiado bueno para que prescindan de mí abandonándome en el espacio. Por eso Siwenna es el sustituto. Es un mundo fronterizo, una provincia rebelde y estéril. Está lejos, lo bastante lejos como para satisfacer a todos. De este modo me consumo. No hay rebeliones que sofocar, y últimamente los virreyes fronterizos no se rebelan, al menos no desde que el difunto padre del Emperador, de gloriosa memoria, hizo un escarmiento con Mountel de Paramay.

—Un emperador fuerte —murmuró Barr.

—Sí, y necesitamos más como él. Es mi maestro, recuérdelo. Y son sus intereses los que protejo.

Barr se encogió de hombros con indiferencia.

—¿Qué relación tiene todo esto con el tema?

—Se lo explicaré en dos palabras. Los magos que he mencionado vienen de más allá de los puestos fronterizos, donde las estrellas están diseminadas...

—Donde las estrellas están diseminadas —repitió Barr—, y penetra el frío del espacio.

—¿Es eso poesía? —Riose frunció el ceño. Los versos parecían una frivolidad en aquellos momentos—. En cualquier caso, vienen de la Periferia, el único lugar donde soy libre para luchar por la gloria del Emperador.

—Y servir así los intereses de Su Majestad Imperial y satisfacer sus propias ansias de lucha.

—Exactamente. Pero he de saber contra qué lucho, y en esto usted puede ayudarme.

—¿Cómo lo sabe?

Riose mordisqueó una galleta.

—Porque durante tres años he seguido la pista de todos los rumores, mitos y alusiones relativos a los magos. Y de toda la información que he sacado de las bibliotecas sólo hay dos hechos aceptados unánimemente, por lo que deben ser absolutamente ciertos. El primero es que los magos proceden del extremo de la Galaxia, frente a Siwenna; el segundo es que el padre de usted conoció una vez a un mago, vivo y real, y habló con él.

El anciano siwenniano fijó la mirada, y Riose continuó:

—Será mejor que me diga cuanto sabe...

Barr dijo pensativamente:

—Sería interesante contarle ciertas cosas. Sería un experimento psicohistórico exclusivamente mío.

—¿Qué clase de experimento?

—Psicohistórico. —El viejo sonrió de modo desagradable, y enseguida prosiguió—: Haría bien en tomar más té. Voy a soltarle un pequeño discurso.

Se apoyó bien en los blandos almohadones de su butaca. Las luces de las paredes disminuyeron su potencia hasta convertirse en un fulgor rosado y marfileño que incluso suavizaba el duro perfil del soldado.

Ducem Barr comenzó:

—Mis conocimientos son el resultado de dos accidentes: el de haber nacido hijo de mi padre, por ser quien fue, y el de haberlo hecho en mi país. Todo se inició hace más de cuarenta años, poco después de la Gran Matanza, cuando mi padre andaba fugitivo por los bosques del sur mientras yo servía en la flota personal del virrey. A propósito, era el mismo virrey que había ordenado la Matanza y que encontró una muerte tan cruel tras ella.

Barr sonrió torvamente y prosiguió:

—Mi padre era un patricio del Imperio y senador de Siwenna. Se llamaba Onum Barr.

Riose le interrumpió con impaciencia:

—Conozco muy bien las circunstancias de su exilio. No es preciso que se extienda en detalles a este respecto.

El siwenniano le ignoró y continuó sin inmutarse:

—Durante su exilio fue abordado por un vagabundo, un mercader del extremo de la Galaxia; un joven que hablaba con extraño acento y no sabía nada de la reciente historia imperial, y que estaba protegido por un campo de fuerza individual.

—¿Un campo de fuerza individual? —repitió Riose con asombro—. Dice usted cosas incomprensibles. ¿Qué generador podría tener la potencia suficiente como para condensar un campo en el volumen de un solo hombre? Por la Gran Galaxia, ¿llevaba a cuestas una fuente de cinco mil miriatoneladas de energía atómica, o acaso usaba una carretilla de mano?

Barr dijo tranquilamente:

—Éste es el mago sobre el que usted ha oído rumores, historias y mitos. El título de mago no se gana con facilidad. No llevaba un generador lo bastante grande como para ser visto, pero ni el disparo del arma más pesada que pudiera usted sostener en la mano hubiese siquiera arrugado el escudo que llevaba.

—¿Es ésa toda la historia? ¿Acaso los magos nacen

de las habladurías de un anciano trastornado por el sufrimiento y el exilio?

—La historia de los magos es incluso anterior a mi padre, señor. Y la prueba es aún más concreta. Después de dejar a mi padre, ese mercader a quien los hombres llaman mago visitó a un Tec, es decir, a uno de los Técnicos, en la ciudad que mi padre le había indicado, y allí dejó un generador-escudo del tipo que él llevaba. Ese generador fue recuperado por mi padre cuando volvió del destierro al producirse la muerte del sanguinario virrey. Tardó mucho tiempo en encontrarlo... El generador está colgado de la pared que tiene a sus espaldas, señor. No funciona. Sólo lo hizo los dos primeros días, pero, si lo examina, verá que no ha sido diseñado por ningún hombre del Imperio.

Bel Riose alargó la mano para coger el cinturón de eslabones de metal que colgaba de la pared curvada. Se desprendió con un ligero chasquido cuando el diminuto campo adhesivo se interrumpió al contacto de su mano. El elipsoide de la punta del cinto atrajo su atención. Era del tamaño de una nuez.

—Esto... —murmuró.

—Esto era el generador —asintió Barr—. He dicho que lo *era*. El secreto de su funcionamiento ya no puede descubrirse ahora. Las investigaciones subelectrónicas han demostrado que se fundió en una sola masa metálica, y el estudio más minucioso de sus siluetas de difracción no ha sido suficiente para distinguir las diferentes partes que existieron antes de la fusión.

—Entonces, su «prueba» se halla todavía en la confusa frontera de las palabras, sin ser respaldada por ninguna evidencia concreta.

Barr se encogió de hombros.

—Usted me ha exigido que le diera información y me ha amenazado con arrancármela por la fuerza. Si desea recibirla con escepticismo, ¿qué puede importarme? ¿Quiere que me calle?

—¡Continúe! —exclamó bruscamente el general.

—Proseguí las investigaciones de mi padre después de su muerte, y entonces vino en mi ayuda el segundo accidente que he mencionado, porque Siwenna era muy conocido por Hari Seldon.

—¿Y quién es Hari Seldon?

—Hari Seldon era un científico que vivió durante el reinado del emperador Daluben IV. Era psicohistoriador; el último y más grande de todos ellos. En cierta ocasión visitó Siwenna, cuando era un gran centro comercial, rico en las artes y las ciencias.

—¡Hum! —murmuró agriamente Riose—. ¿Dónde está el planeta en decadencia que no pretenda haber sido un país de floreciente riqueza en el pasado?

—El pasado al que yo me refiero tiene dos siglos, cuando el Emperador aún gobernaba hasta la estrella más remota; cuando Siwenna era un mundo del interior y no una provincia fronteriza semibárbara. En aquellos días, Hari Seldon previó la decadencia del poder imperial y la eventual caída hacia la barbarie de toda la Galaxia.

Riose prorrumpió en una carcajada repentina.

—¿Previó eso? Entonces no acertó, mi buen científico... supongo que usted se da este nombre. ¡Cómo es posible! El Imperio es más poderoso ahora que durante el último milenio. Sus ancianos ojos están cegados por la fría crudeza de la frontera. Venga algún día a los mundos interiores; venga al calor y a la riqueza del centro.

El viejo movió sombríamente la cabeza.

—La circulación se detiene primero en los bordes exteriores. La decadencia tardará todavía un poco en llegar al corazón. Es decir, la decadencia aparente, obvia para todos, pues la decadencia interior es una historia vieja de unos quince siglos.

—De modo que Hari Seldon previó una Galaxia de uniforme barbarie —dijo Riose con buen humor—. ¿Y qué pasó entonces, vamos a ver?

—Estableció dos Fundaciones en sendos extremos opuestos de la Galaxia. Fundaciones constituidas por los mejores, los más jóvenes y los más fuertes, para que allí procrearan, crecieran y se desarrollaran. Los mundos donde se instalaron fueron elegidos cuidadosamente, así como los tiempos y los alrededores. Todo se organizó de manera que el futuro previsto por las infalibles matemáticas de la psicohistoria implicara su temprano aislamiento del núcleo principal de la civilización imperial y su crecimiento gradual hacia los gérmenes del Segundo Imperio Galáctico, reduciendo un inevitable período bárbaro de treinta mil años a escasamente unos mil.

—¿Y de dónde ha sacado usted todo esto? Parece saberlo con detalle.

—No lo sé ni lo he sabido nunca —dijo el patricio con compostura—. Es el paciente resultado de haber ido reuniendo cierta evidencia descubierta por mi padre con otras descubiertas por mí mismo. La base es frágil y la estructura se ha romantizado para rellenar los enormes huecos. Pero estoy convencido de que es esencialmente cierto.

—Se convence usted con excesiva facilidad.

—¿Usted cree? Me ha costado cuarenta años de investigación.

—¡Hum! ¡Cuarenta años! Yo resolvería la cuestión en cuarenta días. De hecho, creo que debería hacerlo. Sería... diferente.

—¿Y cómo lo llevaría a cabo?

—Del modo más evidente. Me convertiría en explorador. Encontraría esa Fundación de que me ha hablado y la observaría con mis propios ojos. ¿Ha dicho usted que hay dos?

—Las crónicas hablan de dos. Sólo se han encontrado pruebas de una, lo cual es comprensible, pues la otra está en el extremo opuesto del largo eje de la Galaxia.

—Muy bien; pues visitaremos la que está cerca.

El general se levantó al tiempo que se ajustaba el cinturón.

—¿Ya sabe adónde ha de ir? —preguntó Barr.

—En cierto modo, sí. En las crónicas del penúltimo virrey, el que asesinó usted con tanta efectividad, hay sospechosas leyendas de bárbaros exteriores. De hecho, una de sus hijas fue dada en matrimonio a un príncipe bárbaro. Ya encontraré el camino.

Extendió la mano.

—Gracias por su hospitalidad.

Ducem Barr tocó la mano del general con sus dedos y se inclinó ceremoniosamente.

—Su visita ha sido un gran honor para mí.

—En cuanto a la información que me ha dado —continuó Bel Riose—, sabré agradecérsela cuando vuelva.

Ducem Barr siguió cortésmente a su huésped hasta la puerta exterior, y dijo en voz baja, mientras desaparecía el coche de superficie:

—...Si vuelves.

2. LOS MAGOS

FUNDACIÓN — *...Tras cuarenta años de expansión, la Fundación se enfrentó a la amenaza de Bel Riose. Los épicos días de Hardin y Mallow habían desaparecido, y con ellos cierta dura osadía y resolución...*

Enciclopedia Galáctica

Había cuatro hombres en la habitación, situada de forma que nadie podía acercarse a ella. Los cuatro se miraron rápidamente y después contemplaron durante un buen rato la mesa que les separaba. Sobre la misma había cuatro botellas, y otros tantos vasos, pero nadie los había tocado.

A continuación, el hombre más próximo a la puerta extendió un brazo y tamborileó un ritmo lento y suave sobre la mesa, al tiempo que decía:

—¿Van a continuar sentados y callados eternamente? ¿Acaso importa quién hable primero?

—Pues hágalo usted —dijo el hombre corpulento

sentado frente a él—. Usted es el que debería estar más preocupado.

Sennett Forell rió en silencio y sin humor.

—Porque se imaginan que soy el más rico. O tal vez esperan que continúe, ya que he empezado. Supongo que no han olvidado que fue mi propia flota comercial la que capturó esa nave exploradora...

—Usted tenía la flota más grande —dijo un tercero— y los mejores pilotos; lo cual es otra manera de decir que es el más rico. Fue un riesgo tremendo, y hubiera sido aún mayor para uno de nosotros.

Sennett Forell volvió a reír silenciosamente.

—Tengo cierta facilidad para correr riesgos, ya que ello lo he heredado de mi padre. Después de todo, el punto esencial en la aceptación de un riesgo es que los resultados lo justifiquen, y, en cuanto a eso, no cabe la menor duda de que la nave enemiga fue aislada y capturada sin pérdidas por nuestra parte y sin poner sobre aviso a los demás.

El hecho de que Forell fuese un lejano pariente colateral del gran desaparecido Hober Mallow era sabido abiertamente en todo el ámbito de la Fundación. El hecho de que fuera hijo ilegítimo de Mallow era aceptado en silencio por todos.

El cuarto hombre pestañeó subrepticiamente. Las palabras se escaparon de sus labios.

—El haber capturado esa navecilla no es como para ponerse a dormir sobre los laureles. Lo más probable es que ese joven se enfurezca aún más.

—¿Usted cree que necesita motivos? —preguntó desdeñosamente Forell.

—Pues sí, lo creo, y esto podría ahorrarle, mejor dicho, le ahorrará la molestia de inventarse uno. —El cuarto hombre hablaba despacio—. Hober Mallow trabajaba de otra manera, y también Salvor Hardin. Dejaban que otros usaran el dudoso medio de la fuerza, mientras ellos maniobraban tranquilamente y con seguridad.

Forell se encogió de hombros.

—Esa nave ha probado su valor. Los motivos son baratos y éste lo hemos vendido con beneficios. —Se advertía en sus palabras la satisfacción del comerciante nato. Continuó—: Ese joven es del viejo Imperio.

—Ya lo sabemos —comentó el segundo hombre, un tipo corpulento, con un gruñido de desagrado.

—Lo sospechábamos —rectificó suavemente Forell—. Si un hombre viene con naves y riqueza, con talante de amistad y con ofertas comerciales, es de sentido común evitar su enemistad hasta estar seguros de que su buena disposición no es una máscara. Pero ahora...

Había un ligero tono de lamentación en la voz del tercer hombre cuando interrumpió:

—Podríamos haber sido aún más cautelosos. Podríamos habernos enterado primero, antes de permitirle que se marchara. Hubiera sido lo más sensato.

—Este punto ya ha sido discutido y desechado —dijo Forell, apartando el tema con un ademán concluyente.

—El Gobierno es blando —se lamentó el tercer hombre— y el alcalde es un idiota.

El cuarto miró de uno en uno a los otros tres y se quitó de la boca la colilla del cigarro. La dejó caer en la ranura situada a su derecha, donde desapareció con una chispa final.

Dijo con sarcasmo:

—Espero que el caballero que ha hablado últimamente lo haya hecho sólo por hábito. Aquí nos podemos permitir el lujo de recordar que el Gobierno somos nosotros.

Hubo un murmullo de asentimiento.

Los ojos diminutos del cuarto hombre estaban fijos en la mesa.

—Entonces, dejemos en paz a la política del Gobierno. Ese joven.... ese extranjero, podía ser un cliente potencial. Ha habido otros casos. Todos ustedes intentaron adularle para conseguir un contrato previo. Tenemos un acuerdo, un acuerdo entre caballeros, que va en contra de esto, pero a pesar de todo lo intentaron.

—Y usted también —gruñó el segundo.

—Lo sé —replicó con calma el cuarto.

—Pues olvidemos lo que hubiéramos podido hacer —interrumpió Forell con impaciencia— y continuemos pensando en cómo debemos actuar ahora. En cualquier caso, ¿qué habría pasado si le hubiésemos matado o hecho prisionero? Aun ahora no estamos seguros de sus intenciones, y en el peor de los casos no podríamos destruir un Imperio quitando la vida a un solo hombre. Podría haber montones de flotas esperando por si se daba el caso de que el joven no regresara.

—Exactamente —aprobó el cuarto—. Veamos, ¿qué se consiguió con la captura de esa nave? Soy demasiado viejo para tanta charla.

—Puedo decírselo con muy pocas palabras —repuso Forell secamente—. Se trata de un general imperial, o lo que sea en el rango correspondiente entre ellos. Es un joven que ha probado sus dotes militares (así me lo han dicho) y que es el ídolo de sus hombres. Una carrera muy romántica. Las historias que se cuentan de él serán indudablemente mentiras en su mayor parte, pero incluso así le han convertido en una especie de portento.

—¿Quién las cuenta? —inquirió alguien.

—La tripulación de la nave capturada. Escuchen, tengo todas sus declaraciones grabadas en microfilme, que guardo en un lugar seguro. Más tarde podrán oírlas si lo desean. Ustedes mismos pueden hablar con los hombres en caso de que lo consideren necesario. Yo sólo les he dicho lo esencial.

—¿Cómo logró sonsacarles? ¿Cómo sabe que han dicho la verdad?

Forell frunció el ceño.

—No me anduve con miramientos, señores míos. Les golpeé, les drogué de forma masiva y empleé despiadadamente la sonda. Hablaron. Y podemos creerles.

—En los viejos tiempos —dijo el tercer hombre con repentina incongruencia— se habría utilizado la psicología pura. Indolora, ya saben, pero muy segura y sin posibilidad de engaño.

—Bueno, había muchas cosas antiguamente —comentó Forell con sequedad—, pero éstos son otros tiempos.

—Pero... —dijo el cuarto hombre— ¿qué buscaba aquí ese general, ese romántico héroe? —Había en él una persistencia monótona y tenaz.

Forell le miró con fijeza.

—¿Cree usted que confió a su tripulación los detalles de la política estatal? Ellos no lo sabían. No podemos sacarles nada a este respecto, y bien sabe la Galaxia que lo hemos intentado.

—Lo cual significa...

—Que hemos de llegar a nuestras propias conclusiones, naturalmente. —Los dedos de Forell empezaron a tamborilear de nuevo—. Ese joven es un jefe militar del Imperio, y sin embargo fingió ser un príncipe menor de algunas estrellas dispersas en un rincón cualquiera de la Periferia. Sólo esto ya prueba que no le interesa dejarnos entrever sus verdaderos motivos. Añadamos a la naturaleza de su profesión el hecho de que el Imperio ya financió un ataque contra nosotros en tiempos de mi padre, y veremos que hay motivos para que nos preocupemos. Aquel primer ataque fracasó, y dudo que el Imperio nos lo haya perdonado.

—¿No hay nada en lo que ha descubierto —preguntó con cautela el cuarto hombre— que nos dé alguna seguridad? ¿No nos está ocultando algo?

Forell contestó serenamente:

—No puedo ocultar nada. En lo sucesivo no podrá haber ninguna rivalidad comercial. Nos veremos forzados a la unidad.

—¿Patriotismo? —La débil voz del tercer hombre tenía un acento burlón.

—Al diablo con el patriotismo —dijo Forell con voz ecuánime—. ¿Creen que daría tan sólo dos soplos de emanación atómica por el futuro Segundo Imperio? ¿Suponen que arriesgaría una sola misión comercial para allanarle el camino? Pero... ¿acaso se imaginan que la conquista imperial ayudará a mi negocio o al de ustedes? Si el Imperio vence habrá cantidad suficiente de cuervos para acabar con los despojos de la batalla.

—Y nosotros seremos los despojos —añadió secamente uno de los presentes.

El segundo hombre rompió el silencio de improviso, cambiando su enorme cuerpo de posición y haciendo crujir la silla.

—¿Por qué hablar de eso? El Imperio no puede ganar, ¿verdad? Contamos con la afirmación de Seldon de que al final formaremos el Segundo Imperio. Esto no es más que otra crisis. Ha habido tres con anterioridad.

—¡Sólo otra crisis, sí! —Forell estaba furioso—. Pero en las dos primeras teníamos a Salvor Hardin para guiarnos; en la tercera, a Hober Mallow. ¿A quién tenemos ahora?

Miró fríamente a los otros y prosiguió:

—Las reglas de psicohistoria de Seldon, en las que es tan cómodo confiar, tienen probablemente entre sus variables una cierta iniciativa normal por parte del pueblo mismo de la Fundación. Las leyes de Seldon ayudan a quienes se ayudan a sí mismos.

—Los tiempos hacen al hombre —dijo el tercero—. Éste es otro proverbio.

—No es posible fiarse de él con seguridad absoluta —gruñó Forell—. Bien, yo opino lo siguiente: si ésta es la cuarta crisis, Seldon la habrá previsto. De ser así, será posible vencerla, y entonces tiene que haber un modo de conseguirlo. Ahora el Imperio no es más fuerte que nosotros; siempre lo ha sido. Pero es la primera vez que estamos en peligro de un ataque directo por su parte, por lo que su fuerza se convierte en una temible amenaza. Si hemos de vencerla, ha de ser nuevamente, como en todas las crisis pasadas, por medio de un método, y no por la fuerza. Hemos de encontrar el punto débil del enemigo... y atacarlo.

—¿Y cuál será ese punto débil? —interrogó el cuarto hombre—. ¿Piensa adelantarnos una teoría?

—No. A eso quiero ir a parar. Nuestros grandes jefes del pasado siempre vieron los puntos débiles de sus enemigos y los atacaron. Pero ahora...

Había indecisión en su voz. Y por un momento nadie hizo ningún comentario. Luego, el cuarto personaje tomó nuevamente la palabra y dijo:

—Necesitamos espías.

Forell se volvió rápidamente hacia él.

—¡Tiene razón! Ignoro cuándo atacará el Imperio. Es posible que aún tengamos tiempo.

—El propio Hober Mallow entró en los dominios imperiales —sugirió el segundo.

Pero Forell movió la cabeza.

—Nada tan directo como eso. Ninguno de nosotros es precisamente joven, y todos estamos enmohecidos por la burocracia y los detalles administrativos. Necesitamos jóvenes que ya estén trabajando...

—¿Los comerciantes independientes? —preguntó de nuevo el cuarto.

Forell asintió con la cabeza y murmuró:

—Si aún hay tiempo...

3. LA MANO MUERTA

Bel Riose interrumpió sus inquietos paseos y miró con esperanza a su ayudante, que acababa de entrar.

—¿Alguna noticia del *Starlet*?

—Ninguna. Las patrullas de exploración se han repartido el espacio en zonas, pero los instrumentos no han detectado nada. El comandante Yume ha informado que la Flota está dispuesta para un inmediato ataque de represalia.

El general meneó la cabeza.

—No, no por una nave patrulla. Todavía no. Dígale que doble... ¡Espere! Escribiré el mensaje. Póngalo en clave y transmítalo por rayo-estanco.

Escribió mientras hablaba y alargó el papel al oficial.

—¿Ha llegado ya el siwenniano?

—Aún no.

—Bien, encárguese de que le conduzcan aquí en cuanto llegue.

El ayudante saludó con rigidez y se fue. Riose reemprendió sus paseos por la estancia.

Cuando la puerta se abrió por segunda vez, Ducem

Barr apareció en el umbral. Lentamente, detrás del ayudante que le acompañaba, entró en la habitación, cuyo techo era un modelo estereoscópico de la Galaxia, y en el centro de la cual estaba Bel Riose con uniforme de campaña.

—¡Buenos días, patricio! —El general adelantó una silla con el pie e hizo una seña al ayudante, diciendo—: Esta puerta ha de permanecer cerrada hasta que yo mismo la abra.

Se acercó al siwenniano y se detuvo frente a él con las piernas separadas y las manos cruzadas a su espalda, balanceándose lenta y pensativamente sobre las puntas de los pies. Entonces, ásperamente, dijo:

—Patricio, ¿es usted un súbdito leal del Emperador?

Barr, que había guardado hasta aquel momento un silencio indiferente, frunció levemente el ceño.

—No tengo motivos para ser adicto al Gobierno imperial.

—Lo cual está muy lejos de decir que sería un traidor.

—Cierto. Pero el mero hecho de no ser un traidor está también muy lejos de consentir en ser un colaborador activo.

—En general también eso es cierto. Pero negar su ayuda en este momento —dijo Riose con deliberación— será considerado una traición y tratada como tal.

Las cejas de Barr se juntaron.

—Guarde sus agudezas verbales para sus subordinados. Será suficiente para mí que enuncie sus necesidades y exigencias.

Riose se sentó y cruzó las piernas.

—Barr, tuvimos una discusión previa hace casi medio año.

—¿Acerca de sus magos?

—Sí. Se acordará de lo que dije que haría.

Barr asintió. Sus manos descansaban sobre las piernas.

—Dijo que les visitaría en sus escondites y ha estado fuera estos últimos cuatro meses. ¿Les ha encontrado?

—¿Encontrarles? ¡Eso sí! —gritó Riose. Habló con los labios rígidos, y parecía esforzarse para no hacer rechinar los dientes—. Patricio, no son magos, ¡son demonios! Es tan difícil de creer como lo es creer desde aquí en la nebulosa exterior. ¡Imagíneselo! Es un mundo del tamaño de un pañuelo, de una uña, con recursos tan escasos, un poder tan pequeño y una población tan microscópica que no serían suficientes ni para los mundos más atrasados de los polvorientos prefectos de las Estrellas Negras. Y, pese a ello, es un pueblo tan altivo y ambicioso que sueña tranquila y metódicamente con el gobierno galáctico. ¡Caramba!, están tan seguros de sí mismos que ni siquiera tienen prisa. Se mueven lenta y flemáticamente, hablan de siglos necesarios. Se tragan mundos a placer y se internan en sistemas con morosa complacencia. Y tienen éxito. Nadie puede detectarles. Han desarrollado una mísera comunidad comercial que enrosca sus tentáculos alrededor de los sistemas, más lejos de lo que pueden llegar sus naves de juguete. Sus comerciantes (como se llaman a sí mismos sus agentes) penetran por doquier.

Ducem Barr interrumpió el airado discurso.

—¿Cuánto de esta información es exacto y cuánto es simplemente cólera?

El soldado recobró el aliento y se calmó un poco.

—La cólera no me ciega. Le digo que he estado en mundos más próximos a Siwenna que a la Fundación, donde el Imperio era un mito de la distancia y los comerciantes certidumbres vivas. Nosotros fuimos tomados por comerciantes.

—¿Fue la propia Fundación la que le dijo que su objetivo es el dominio galáctico?

—¡Si me lo dijo! —Riose volvió a enfurecerse—. No era necesario que me lo dijeran. Los funcionarios callaban; no hablaron más que de negocios. Pero hablé con hombres corrientes. Capté las ideas de la gente; su «destino manifiesto», su tranquila aceptación de un gran futuro. Es algo que no se puede ocultar; un optimismo universal que ni siquiera tratan de disimular.

El siwenniano demostró abiertamente cierta serena satisfacción.

—Se dará cuenta de que hasta ahora todo parece coincidir exactamente con mi reconstrucción de los hechos a partir de los escasos datos que he logrado reunir.

—Sin duda —respondió Riose con airado sarcasmo— es una prueba de sus poderes analíticos. Pero también es una evidencia del creciente peligro que amenaza los dominios de Su Majestad Imperial.

Barr se encogió de hombros con indiferencia, y Riose se adelantó de pronto, agarró los hombros del anciano y le miró a los ojos con curiosa suavidad. Dijo:

—No, patricio, nada de eso. No tengo el menor deseo de ser bárbaro. Por mi parte, el legado de la hostilidad siwenniana hacia el Imperio es una odiosa carga, y yo haría cualquier cosa para eliminarla. Pero mi jurisdicción es sólo militar y no puedo entrometerme en asuntos civiles. Sería la causa de mi ruina y me impediría ser útil. ¿Lo comprende? Claro que sí. Entre nosotros, pues, dejemos que la atrocidad de hace cuarenta años sea reparada por la venganza de usted contra su autor, y quede así olvidada. Necesito su ayuda; lo admito con franqueza.

En la voz del joven había una inmensa urgencia, pero Ducem Barr meneó la cabeza en una suave y firme negativa.

Riose presionó con acento suplicante:

—Usted no lo comprende, patricio, y yo dudo de mi habilidad para hacérselo comprender. No puedo discutir en su terreno. Usted es el erudito, no yo. Pero puedo decirle esto: sea lo que fuere lo que piensa del Imperio, ha de admitir sus grandes servicios. Sus fuerzas armadas han cometido crímenes aislados, pero en general han contribuido a la paz y la civilización. Fue la Flota imperial la que creó la *Pax Imperium* que se estableció en toda la Galaxia durante dos mil años. Compare los dos milenios de paz bajo el Sol y la Astronave del Imperio con los dos milenios de anarquía interestelar que los precedieron. Considere las guerras y las destrucciones de aquellos tiempos y dígame si no vale la pena, pese a todos sus defectos, conservar el Imperio. Considere —continuó de forma elocuente— lo que ha sido del borde exterior de la Galaxia en los días de su escisión e independencia, y pregúntese si, por una ruin venganza, reduciría a Siwenna de su posición como provincia bajo la protección de la poderosa Flota a un mundo bárbaro en una Galaxia bárbara, inmersos todos sus mundos en una fragmentaria independencia y una común degradación y miseria.

—¿Tan mal están las cosas... tan pronto? —murmuró el siwenniano.

—No —admitió Riose—. No cabe duda de que nosotros estaríamos a salvo aunque nuestras vidas se cuadriplicaran. Pero yo lucho por el Imperio, y por una tradición militar que sólo significa algo para mí, pues no puedo transferírsela a usted. Es una tradición militar basada en la institución imperial a la que sirvo.

—Se está poniendo místico, y siempre me resulta difícil penetrar el misticismo de otra persona.

—No importa. Ya comprende el peligro de esta Fundación.

—Fui yo quien le señaló lo que usted llama peligro antes de que se marchara de Siwenna.

—Entonces se dará cuenta de que ha de ser detenida en sus comienzos... o nunca. Usted tenía noticia de esa Fundación antes de que nadie hubiese oído hablar de ella. Sabe más de ella que cualquier otra persona del Imperio. Probablemente sabe cuál es la mejor manera de atacarla y también puede anticiparme sus medidas de contraataque. Vamos, seamos amigos.

Ducem Barr se levantó y dijo con voz átona:

—La ayuda que pudiera prestarle no significa nada. Por tanto, le libero de escuchar mi respuesta a su urgente petición.

—Yo seré quien juzgue su significado.

—No, estoy hablando en serio. Ni siquiera toda la potencia junta del Imperio podría aplastar a ese mundo pigmeo.

—¿Por qué no? —Los ojos de Bel Riose centelleaban furiosamente—. No, quédese donde está. Yo le diré cuándo puede marcharse. ¿Por qué no? Si cree que menosprecio a ese enemigo que he descubierto, se equivoca. Patricio —añadió con esfuerzo—, he perdido una nave durante el regreso. No tengo pruebas de que cayera en manos de la Fundación, pero no hemos podido localizarla desde entonces, y, de haber sido un simple accidente, con toda seguridad habríamos hallado su casco muerto a lo largo de la órbita que seguimos. No es una pérdida importante. Menos de la décima parte de una picada de mosquito, pero puede indicar que la Fundación ya ha comenzado las hostilidades. Semejante vehemencia y desprecio por las consecuencias significaría la existencia de unas fuerzas secretas de las que no sé nada. ¿Puede al menos ayudarme contestando a una pregunta específica? ¿Cuál es su poderío militar?

—No tengo la menor idea.

—Entonces, explíquese en sus propios términos. ¿Por qué dice que el Imperio no puede derrotar a tan pequeño enemigo?

El siwenniano se sentó de nuevo y desvió la mirada que en él tenía fija Riose. Habló con gravedad:

—Porque tengo fe en los principios de la psicohistoria. Es una ciencia extraña. Alcanzó la madurez matemática con un hombre, Hari Seldon, y murió con él, porque nadie desde entonces ha sido capaz de manipular sus complejidades. Pero en aquel breve período demostró ser el instrumento más poderoso jamás inventado para el estudio de la humanidad. Sin pretender predecir los actos del individuo, formuló leyes específicas capaces de análisis y extrapolación matemáticos para gobernar y vaticinar la acción en masa de los grupos humanos.

—Siga.

—Fue la psicohistoria que aplicó Seldon y el grupo que trabajaba con él para el establecimiento de la Fundación. Lugar, tiempo y condiciones, todo conspira matemáticamente y, por ende, en forma inevitable, para el desarrollo de un Imperio Universal.

La voz de Riose tembló de indignación.

—¿Quiere decir que ese arte suyo predice que yo atacaré la Fundación y perderé tal y cual batalla por tal y cual motivo? ¿Está tratando de decirme que soy un necio robot que sigue un curso predestinado a la destrucción?

—No —replicó el viejo patricio con voz dura—. Ya le he dicho que esa ciencia no sirve para actos individuales. Es el conjunto, el vasto telón de fondo, lo que ha sido previsto.

—Así que nos hallamos dentro del potente puño de la Diosa de la Necesidad Histórica.

—De la Necesidad Psicohistórica —corrigió suavemente Barr.

—¿Y si yo ejerzo mi prerrogativa de libre albedrío? ¿Y si decido atacar el año próximo, o no atacar nunca? ¿Hasta qué punto es flexible la Diosa? ¿Hasta dónde llegan sus recursos?

Barr se encogió de hombros.

—Ataque ahora o nunca, con una sola nave o con todo el poderío del Imperio, con la fuerza militar o con la presión económica, con una abierta declaración de guerra o con una emboscada traidora. Actúe como quiera y ejercite hasta el máximo su libre albedrío. Perderá de todos modos.

—¿Debido a la mano muerta de Hari Seldon?

—Debido a la mano muerta de las matemáticas de la conducta humana, que no pueden detenerse, ni desviarse, ni demorarse...

Se miraron el uno al otro en un punto muerto, hasta que el general retrocedió un paso y dijo sencillamente:

—Acepto el desafío. Será una mano muerta contra una voluntad viva.

4. EL EMPERADOR

Cleón II, comúnmente llamado El Grande. *Último emperador poderoso del Primer Imperio, importante por el renacimiento político y artístico que tuvo lugar durante su largo reinado. Sin embargo, es más conocido en los romances por su conexión con Bel Riose, y para el hombre de la calle es simplemente «el Emperador de Riose». Es importante no permitir que los acontecimientos del último año de su reinado oscurezcan cuarenta años de...*

Enciclopedia Galáctica

Cleón II era Señor del Universo. Cleón II estaba aquejado, además, de una enfermedad dolorosa que carecía de diagnóstico. Por los extraños giros de los asuntos humanos, estas dos características no se excluyen mutuamente, ni son especialmente incongruentes. Ha habido en la historia una larga serie de molestos precedentes.

Pero a Cleón II no le importaban nada aquellos precedentes. Meditar sobre una larga lista de casos similares no mejoraría su sufrimiento personal ni siquiera en el ínfimo valor de un electrón. Tampoco le aliviaba pensar que mientras su bisabuelo había sido el gobernante pirata de un planeta minúsculo, él dormía en el palacio de recreo de Ammenetik *el Grande*, como heredero de una estirpe de gobernantes galácticos que se remontaba a un lejano pasado. En aquellos momentos no le procuraba ningún alivio pensar que los esfuerzos de su padre habían limpiado el reino de las marcas leprosas de la rebelión, restaurando la paz y la unidad disfrutadas bajo Stanel VI, y que, en consecuencia, durante los veinticinco años de su reinado no había empañado su gloria la menor sospecha de sedición.

El Emperador de la Galaxia y Señor de Todo gimió al apoyar la cabeza en el plano vigorizador de fuerza de las almohadas, que se hundía sin ofrecer ningún contacto, y se relajó un poco al sentir el agradable cosquilleo. Se incorporó con dificultad y contempló las distantes paredes de la enorme cámara. Era demasiado grande para estar a solas en ella; todas las habitaciones eran demasiado grandes...

Pero era mejor estar solo durante aquellos ataques paralizadores que soportar los contoneos de los cortesanos, su exagerada simpatía y su condescendiente y blanda estupidez. Mejor estar solo que ver aquellas insípidas máscaras tras las cuales se tejían tortuosas especulaciones sobre las posibilidades de muerte y las fortunas de la sucesión.

Sus pensamientos le acosaban. Estaban sus tres hijos, tres altivos adolescentes llenos de promesa y virtud. ¿Dónde desaparecían aquellos días aciagos? Esperaban, sin duda. Cada uno de ellos espiaba a los otros; y todos le espiaban a él.

Se removió, inquieto. Y ahora Brodrig quería una audiencia. El plebeyo y fiel Brodrig; fiel porque era odiado de forma unánime y cordial, lo cual constituía el único punto de unión entre la docena de pandillas que dividían su corte.

Brodrig, el fiel favorito que tenía que ser fiel, pues si no poseyera la nave más veloz de la Galaxia y no se alejara en ella el día de la muerte del Emperador, le esperaría la cámara atómica al día siguiente.

Cleón II tocó el suave botón del brazo de su gran diván, y la enorme puerta del extremo de la habitación se disolvió en un transparente vacío.

Brodrig avanzó por la alfombra carmesí y se postró para besar la mano fláccida del Emperador.

—¿Vuestra salud, señor? —preguntó el secretario privado con voz baja y ansiosa.

—Vivo —respondió exasperado el Emperador—, si se puede llamar vida a ser usado por todos los granujas que saben leer un libro de medicina como blanco y campo receptivo de sus torpes experimentos. Si existe un remedio concebible, químico, físico o atómico, que aún no haya sido probado, algún culto charlatán de los confines del reino llegará mañana para ensayarlo. Y otro libro recién descubierto, o más probablemente una falsificación, será utilizado como una autoridad. Por la memoria de mi padre —prosiguió enfurecido— que no parece existir un solo bípedo viviente que pueda estudiar la enfermedad que tiene ante sus ojos con esos mismos ojos. No hay uno solo que sepa tomar el pulso sin tener delante un libro de los Antiguos. Estoy enfermo y lo llaman «desconocido». ¡Los muy idiotas! Si en el curso de milenios los cuerpos humanos aprenden nuevos métodos de caer de lado, como es algo que no lo descubrieron los Antiguos será algo incurable para toda la eternidad. Los Antiguos tendrían que vivir ahora, o yo entonces.

El Emperador musitó una maldición, mientras Brodrig esperaba obedientemente. Cleón II preguntó con mal humor:

—¿Cuántos están esperando fuera?

Movió la cabeza en dirección a la puerta. Brodrig contestó pacientemente:

—En el Gran Salón espera el número acostumbrado.

—¡Pues que esperen! Asuntos de estado ocupan mi atención. Di al capitán de guardia que así lo anuncie. Pero... ¡no, espera!, olvida los asuntos de estado. Que anuncie solamente que no concedo audiencias, y que lo haga con expresión entristecida. Los chacales que hay entre ellos pueden traicionarse. —El Emperador esbozó una malévola sonrisa.

—Corre la voz, señor —dijo Brodrig con suavidad—, que es vuestro corazón lo que os causa molestias.

La sonrisa del Emperador seguía siendo malévola.

—Perjudicará más a los otros que a mí mismo si alguien actúa prematuramente según este rumor. Pero dime qué te ha traído aquí. Acabemos con esto de una vez.

Brodrig se levantó al ser autorizado a ello por un ademán, y dijo:

—Se trata del general Bel Riose, el gobernador militar de Siwenna.

—¿Riose? —Cleón II frunció marcadamente el ceño—. No le recuerdo. Espera, ¿no es el que envió aquel novelesco mensaje hace algunos meses? Sí, ahora me acuerdo. Ansiaba mi permiso para iniciar una carrera de conquista para gloria del Imperio y del Emperador.

—Exactamente, señor.

El Emperador rió por unos instantes.

—¿Tenías idea de que me quedaran tales generales,

Brodrig? Parece ser un curioso atavismo. ¿Cuál fue la respuesta? Creo que tú te encargaste del asunto.

—En efecto, señor. Recibió instrucciones de enviar información adicional y de no dar ningún paso que implicara una acción naval sin ulteriores órdenes del Imperio.

—Hum. Una medida prudente. ¿Quién es ese Riose? ¿Ha estado alguna vez en la corte?

Brodrig asintió, y su boca se torció ligeramente.

—Empezó su carrera hace diez años como cadete de la Guardia. Tomó parte en aquel asunto de Lemul Cluster.

—¿Lemul Cluster? Ya sabes que mi memoria no es del todo... ¿Fue aquella vez que un soldado salvó a dos naves de línea de una colisión frontal mediante... no sé qué? —Agitó una mano con impaciencia—. He olvidado los detalles. Fue algo heroico.

—Riose era aquel soldado. Fue ascendido por ello —dijo Brodrig secamente— y asignado al campo de operaciones como capitán de una nave.

—Y ahora es gobernador militar de un sistema fronterizo; y todavía es joven. ¡Un hombre capaz, Brodrig!

—Inseguro, señor. Vive en el pasado. Es un soñador de viejos tiempos, o, mejor dicho, de los mitos sobre los viejos tiempos. Tales hombres son inofensivos por sí mismos, pero su extraña falta de realismo les hace parecer locos a los demás. —Y agregó—: Tengo entendido que tiene a sus hombres por completo bajo su control. Es uno de vuestros generales *populares*.

—¿Ah, sí? —murmuró el Emperador—. Bueno, Brodrig, no me gustaría ser servido únicamente por incompetentes. No dan un ejemplo muy envidiable de fidelidad, ni siquiera ellos.

—Un traidor incompetente no es un peligro. Son los hombres capaces los que hay que vigilar.

—¿Tú entre ellos, Brodrig? —Cleón II se rió y enseguida hizo una mueca de dolor—. Bueno, olvida la conferencia por el momento. ¿Qué novedades hay a propósito de ese joven conquistador? Supongo que no habrás venido solamente a recordar.

—Señor, se ha recibido otro mensaje del general Riose.

—¿Sí? ¿Y qué dice?

—Ha espiado la tierra de esos bárbaros y aconseja una expedición armada. Sus argumentos son largos y bastante aburridos. No vale la pena molestar con ellos a Vuestra Imperial Majestad en este momento en que os aqueja cierta indisposición; en especial porque será discutido a fondo durante la sesión del Consejo de los Señores. —Miró de soslayo al Emperador.

Cleón II frunció el ceño.

—¿Los Señores? ¿Hay que someterles esta cuestión, Brodrig? Significará más solicitudes de una interpretación más amplia de la Carta. Siempre terminan igual...

—No se puede evitar, señor. Hubiera sido preferible que vuestro augusto padre hubiese sofocado la última rebelión sin otorgar la Carta. Pero, como existe, hemos de soportarla por el momento.

—Supongo que tienes razón. Pues que lo sepan los Señores. Pero ¿por qué tanta solemnidad, hombre? Después de todo, es una cuestión insignificante. El éxito en una frontera remota con tropas limitadas no es precisamente un asunto de estado.

Brodrig sonrió con los labios apretados y dijo fríamente:

—Es asunto de un idiota romántico; pero incluso un idiota romántico puede ser un arma mortífera cuando un rebelde nada romántico lo utiliza como instrumento. Señor, ese hombre era popular aquí y es popular allí. Es joven. Si se anexiona uno o dos planetas bárbaros, se convertirá en un conquistador. Pues bien, un joven conquistador que ha demostrado su capacidad de despertar el entusiasmo de pilotos, mineros, comerciantes y otros de ese nivel, es peligroso en cualquier momento. Incluso aunque no desee haceros a vos lo que hizo vuestro augusto padre al usurpador, Ricker, uno cualquiera de vuestros leales Señores de los Dominios puede decidir utilizarle como arma.

Cleón II movió rápidamente una mano y se quedó rígido por el dolor. Se fue relajando con lentitud, pero su sonrisa era débil y su voz apenas un murmullo:

—Eres un súbdito valioso, Brodrig. Siempre sospechas más de lo necesario, y yo sólo tengo que seguir la mitad de las precauciones que sugieres para estar completamente a salvo. Lo someteremos a la opinión de los Señores. Les escucharemos y tomaremos las medidas pertinentes. Supongo que ese joven aún no ha comenzado las hostilidades.

—No menciona nada de eso, pero ya ha pedido refuerzos.

—¡Refuerzos! —Los ojos del Emperador expresaron un gran asombro—. ¿De qué fuerzas dispone?

—De diez naves de línea, señor, con todo el complemento de naves auxiliares. Dos de ellas están equipadas con motores recuperados de la antigua Gran Flota, y una tiene una batería de artillería de la misma procedencia. Las otras naves son relativamente nuevas, de los últimos cincuenta años, y todavía sirven.

—Diez naves parecen adecuadas para cualquier empresa razonable. Caramba, con menos de diez naves mi padre logró sus primeras victorias contra el usurpador. ¿*Quiénes son* esos bárbaros contra los que lucha?

El secretario privado enarcó las cejas.

—Se refiere a ellos como «la Fundación».

—¿La Fundación? ¿Qué es eso?

—No hay datos, señor. He rebuscado cuidadosamente en los archivos. El área de la Galaxia indicada está dentro de las antiguas provincias de Anacreonte, que hace dos siglos se entregó al pillaje, la barbarie y la anarquía. Sin embargo, no hay en la provincia ningún planeta conocido como Fundación. Había una vaga referencia a un grupo de científicos enviados a aquella provincia justo antes de que se separase de nuestra protección. Iban a preparar una Enciclopedia. —Sonrió levemente—. Creo que la llamaban la Enciclopedia Galáctica.

—Bien —comentó el Emperador—, la conexión se me antoja bastante inconsistente.

—No digo que haya una conexión, señor. Nunca más se recibieron noticias de aquella expedición tras la implantación de la anarquía en aquella área. Si sus descendientes viven todavía y conservan su nombre, es seguro que habrán vuelto a la barbarie.

—De modo que quiere refuerzos —dijo el Emperador lanzando a su secretario una mirada colérica—. Esto es muy peculiar; se propone luchar contra unos salvajes con diez naves y pide más antes de que comience la lucha. Pero ahora voy recordando mejor a ese Riose; era un apuesto muchacho de familia leal. Brodrig, en este asunto hay puntos que no logro penetrar. Puede ser más importante de lo que parece.

Sus dedos jugaban ociosamente con la resplandeciente sábana que cubría sus piernas rígidas. Añadió:

—Necesito que vaya un hombre allí; un hombre que tenga ojos, cerebro y lealtad. Brodrig...

El secretario inclinó sumisamente la cabeza.

—¿Y las naves, señor?

—¡Todavía no! —El Emperador gimió mientras cambiaba poco a poco de posición. Señaló con un dedo tembloroso—. Tenemos que saber algo más. Convoca el Consejo de los Señores para dentro de una semana. Será asimismo una buena oportunidad para la nueva apropiación. La haré aprobar o tal vez algunos pierdan la vida.

Recostó su doliente cabeza en el agradable cosquilleo del campo de fuerza de la almohada.

—Vete ahora, Brodrig, y haz entrar al médico. Es el peor de todo ese hatajo de zopencos.

5. COMIENZA LA GUERRA

Desde el punto central de Siwenna, las fuerzas del Imperio se dirigieron cautelosamente hacia la desconocida negrura de la Periferia. Naves gigantes recorrieron la vasta distancia que separaba a las estrellas errantes del borde de la Galaxia, abriéndose camino alrededor de los límites más alejados de la influencia de la Fundación.

Mundos aislados en su nueva barbarie de dos siglos sintieron una vez más el paso de los señores supremos sobre su suelo. Se juró fidelidad frente a la masiva artillería concentrada en las ciudades capitales.

Las guarniciones fueron abandonadas; guarniciones de hombres que llevaban el uniforme imperial y la insignia del Sol-y-la-Astronave en sus charreteras. Los viejos lo advirtieron y recordaron una vez más las olvidadas historias de sus tatarabuelos sobre los tiempos en que el universo era grande y rico y disfrutaba de paz, y ese mismo Sol-y-la-Astronave lo gobernaba todo.

Entonces, las grandes naves tejieron su red de bases avanzadas alrededor de la Fundación. Y cuando cada uno de los mundos estuvo anudado en su lugar correspondiente de la red, se envió el informe a Bel Riose, que había establecido su cuartel general en la superficie rocosa y estéril de un planeta errante y sin sol.

En aquel momento, Riose se tranquilizó y sonrió a Ducem Barr.

—Bien, ¿qué opina usted, patricio?

—¿Yo? ¿Qué valor tiene lo que yo piense? No soy militar. —Contempló con una mirada de hastío y desagrado el desorden que reinaba en la habitación, excavada en la roca y provista de aire, luz y calor artificiales, que constituía la única burbuja de vida en la inmensidad de un mundo yermo—. Para la ayuda que puedo prestarte —murmuró—, o que estoy dispuesto a facilitarle, sería mejor que me regresase a Siwenna.

—Todavía no, todavía no. —El general giró la silla hacia el rincón donde se hallaba la enorme esfera transparente que mostraba el mapa de la antigua prefectura imperial de Anacreonte y sus sectores circundantes—. Más tarde, cuando todo haya terminado, podrá regresar a sus libros y todo lo demás. Me encargaré de que las posesiones de su familia le sean devueltas para siempre, a usted y a sus hijos.

—Gracias —dijo Barr con ligera ironía—, pero no tengo fe en el feliz desenlace de todo esto.

Riose estalló en una carcajada estridente.

—No empiece de nuevo con sus graznidos proféticos. Este mapa habla con voz más elocuente que sus pesimistas teorías. —Acarició suavemente su curvada e invisible superficie—. ¿Sabe interpretar un mapa en su proyección radial? ¿Sí? Pues bien, véalo usted mismo. Las estrellas doradas representan los territorios imperiales. Las rojas son las que están sometidas a la Fundación, y las rosas son las que se hallan probablemente bajo su esfera de influencia. Ahora, mire...

La mano de Riose cubrió un botón redondo, y un área de marcados y blancos puntitos fue tiñéndose lentamente de azul oscuro. Los puntitos, como una taza invertida, rodearon a los rojos y rosados.

—Estas estrellas azules han sido tomadas por mis fuerzas —dijo Riose con tranquila satisfacción— y continúan avanzando. No han encontrado obstáculos en ninguna parte. Los bárbaros se mantienen inmóviles. Y, sobre todo, no ha habido ninguna oposición por parte de las fuerzas de la Fundación. Duermen bien y pacíficamente.

—Usted dispersa sus fuerzas en una línea muy delgada, ¿verdad? —preguntó Barr.

—De hecho —explicó Riose—, y pese a las apariencias, no es así. Los puntos clave donde sitúo guarnición y fortificaciones son relativamente pocos, pero están elegidos con sumo cuidado. El resultado es que las fuerzas dispersas son pequeñas, pero la estrategia es considerable. Hay muchas ventajas, más de las que adivinaría quien no hubiese estudiado a fondo la táctica espacial, pero es evidente para cualquiera, por ejemplo, que puedo desencadenar un ataque desde cualquier punto de una esfera envolvente, y que cuando haya terminado será imposible para la Fundación atacar los flancos o la retaguardia. Para ellos no habrá ni flancos ni retaguardia. Esta estrategia del Cerco Previo ha sido intentada antes, sobre todo en las campañas de Loris VI, hace unos dos mil años, pero siempre de modo imperfecto; siempre con el conocimiento y la interferencia del enemigo. Esta vez es diferente...

—¿El caso ideal de los libros de texto? —La voz de Barr era lánguida e indiferente. Riose perdió la paciencia.

—¿Sigue pensando que mis fuerzas fracasarán?

—Téngalo por seguro.

—Sepa usted que no ha habido un solo caso en la historia militar en que, cuando el movimiento envolvente ha sido completado, no hayan vencido las fuerzas atacantes, excepto cuando existe una flota exterior con la fuerza suficiente como para romper el cerco.

—Si usted lo dice...

—¿Y continúa creyendo lo mismo?

—Sí.

—Allá usted. —Riose se encogió de hombros.

Barr dejó que el silencio se prolongase unos momentos y entonces preguntó:

—¿Ha recibido respuesta del Emperador?

Riose sacó un cigarrillo de un recipiente mural situado a sus espaldas y lo encendió cuidadosamente. Repuso:

—¿Se refiere a mi petición de refuerzos? Ha llegado la respuesta, nada más.

—Las naves no.

—Ninguna. Lo esperaba a medias. Francamente, patricio, no hubiera debido dejarme influenciar por sus teorías y haber hecho esta petición que, en definitiva, me ha puesto en evidencia.

—¿De verdad?

—Claro. Las naves son escasas. Las guerras civiles de los dos últimos siglos han acabado con más de la mitad de la Gran Flota, y las restantes se hallan en malas condiciones. Usted ya sabe que las naves que se construyen actualmente no valen nada. Creo que no existe un solo hombre en la Galaxia capaz de construir un motor hiperatómico de buena calidad.

—Lo sé —dijo el siwenniano. Su mirada era pensativa y ensimismada—. Pero ignoraba que usted lo supiera. De modo que Su Majestad Imperial no puede darle naves. La psicohistoria podría haberlo predicho; en realidad, tal vez lo hizo. Yo diría que la mano muerta de Hari Seldon está ganando el primer asalto.

Riose contestó bruscamente:

—¡Dispongo de naves suficientes! Su Seldon no está ganando nada. Si la situación se agravara, enviarían más naves. De momento, el Emperador no sabe toda la historia.

—¿De verdad? ¿Por qué no se la ha contado?

—Es evidente... porque son teorías de usted. —Riose le miró con sarcasmo—. Esa historia, con todos mis respetos, es altamente inverosímil. Si los acontecimientos la corroboran, si me facilitan una prueba, entonces, pero sólo entonces, consideraré que el peligro es mortal. Además —continuó casualmente Riose—, esta historia, mientras no la respalden los hechos, tiene un sabor de lesa majestad que no resultaría agradable al Emperador de la Galaxia.

El anciano patricio sonrió.

—Quiere decir que comunicarle que su augusto trono está en peligro de subversión por parte de unos toscos bárbaros de los confines del universo no es una advertencia fácil de creer o calibrar. De manera que usted no espera nada de él.

—A menos que contemos con un enviado especial, o algo por el estilo.

—¿Y por qué un enviado especial?

—Es una vieja costumbre. Un representante directo de la corona está presente en toda campaña militar que se halle bajo los auspicios del Gobierno.

—¿De veras? ¿Por qué?

—Es un método de preservar el símbolo de la jefatura personal imperial en todas las campañas. Y también para asegurar la fidelidad de los generales. No siempre tiene éxito en esto último.

—Lo encontrará un inconveniente, general. Me refiero a la autoridad ajena.

—No lo dudo —admitió Riose, enrojeciendo un poco—, pero no puedo evitarlo...

El receptor situado en la mano del general se encendió y, con una ligera sacudida, una parte de forma cilíndrica apareció en la ranura. Riose lo desenrolló.

—¡Bien! ¡Aquí está!

Ducem Barr enarcó las cejas inquisitivamente. Riose explicó:

—Ya sabe que hemos capturado a uno de esos comerciantes. Vivo... y con su nave intacta.

—He oído hablar de ello.

—Pues bien, acaban de traerle y le tendremos aquí dentro de un minuto. No se mueva de su asiento, patricio. Quiero que esté presente mientras le interrogo. En realidad, éste es el motivo por el que le he llamado hoy. Usted puede comprenderle, mientras que yo podría perderme puntos importantes.

Sonó la señal de la entrada y un ligero movimiento del pie del general abrió la puerta de par en par. El hombre que apareció en el umbral era alto y barbudo, llevaba un abrigo corto de suave felpudo plástico y una capucha doblada en la nuca. Tenía las manos libres, y si se había fijado en que los hombres que le acompañaban iban armados, no se molestaba en dar muestras de ello.

Entró con indiferencia y observó a su alrededor con mirada calculadora. Saludó al general con un rudimentario ademán y una ligera inclinación de cabeza,

—¿Su nombre? —preguntó Riose con brusquedad.

—Lathan Devers. —El comerciante insertó los pulgares en su ancho y vistoso cinturón—. ¿Usted es el jefe aquí?

—¿Es usted un comerciante de la Fundación?

—Exacto. Escuche, si usted es el jefe será mejor que diga a sus hombres que no se acerquen a mi cargamento.

El general levantó una mano y miró fríamente al prisionero.

—Conteste a las preguntas y no dé ninguna orden.

—Muy bien, obedeceré. Pero uno de sus muchachos se ha abierto ya un agujero de medio metro en el pecho, metiendo los dedos donde no debía.

Riose levantó la vista hacia el teniente de servicio.

—¿Dice la verdad este hombre? Su informe, Vrank, asegura que no se ha perdido ninguna vida.

—Así era, señor —dijo el teniente con voz ronca y temerosa—, en aquel momento. Más tarde se dio orden de registrar la nave, pues corrió la voz de que había una mujer a bordo. Pero en su lugar, señor, se hallaron muchos instrumentos de naturaleza desconocida, instrumentos que el prisionero califica como su mercancía. Uno de ellos explotó al ser tocado, y el soldado murió.

El general se dirigió de nuevo al comerciante:

—¿Lleva su nave explosivos atómicos?

—¡Por la Galaxia que no! ¿Para qué? Ese loco agarró un punzón atómico por el extremo equivocado, y provocó una dispersión máxima. No se puede hacer eso. Lo mismo podría haberse apuntado a la cabeza una pistola de neutrones. Yo le hubiera detenido, de no haber tenido a cinco hombres sentados sobre mi pecho.

Riose hizo una seña al oficial que esperaba.

—Váyase y haga sellar la nave capturada contra toda intrusión. Siéntese, Devers.

El comerciante tomó asiento donde le indicaban y soportó estoicamente el escrutinio del general imperial y la curiosa mirada del patricio siwenniano. Riose dijo:

—Es usted un hombre sensato, Devers.

—Gracias. ¿Le impresiona mi cara, o es que quiere algo? Le diré una cosa: soy un buen hombre de negocios.

—Viene a ser lo mismo. Rindió su nave cuando podría haber decidido que malgastáramos nuestras municiones en reducirle a polvo electrónico. Esto puede granjearle un buen trato, en caso de que continúe con la misma actitud ante la vida.

—Un buen trato es lo que más ansío, jefe.

—Bien, y lo que yo más ansío es la colaboración.

—Riose sonrió, y en voz baja murmuró a Ducem Barr—. Espero que la palabra «ansío» signifique lo que yo creo. ¿Oyó alguna vez una jerga tan bárbara?

Devers dijo blandamente:

—Muy bien, he comprendido. Pero ¿de qué clase de cooperación habla, jefe? Para decirle la verdad, no sé dónde estoy. —Miró en torno suyo—. ¿Qué es este lugar, por ejemplo, y cuál es el plan?

—¡Ah! Olvidaba las presentaciones. —Riose estaba de buen humor—. Este caballero es Ducem Barr, patricio del Imperio. Yo soy Bel Riose, noble del Imperio y general de tercera clase de las Fuerzas Armadas de Su Majestad Imperial.

La mandíbula del comerciante se distendió. Inquirió:

—¿El Imperio? ¿Quiere decir el viejo Imperio del que nos hablaban en la escuela? ¡Qué gracioso! Siempre tuve la sensación de que ya no existía.

—Mire a su alrededor. Existe —dijo Riose con seriedad.

—Tendría que haberlo adivinado —murmuró Lathan Devers dirigiendo su barba hacia el techo—. Las naves que capturaron mi bañera eran potentes y relucían mucho. Ningún reino de la Periferia podría fabricarlas. —Frunció el ceño—. ¿Cuál es el juego, jefe? ¿O he de llamarle general?

—El juego es la guerra.

—Imperio contra Fundación, ¿no?

—Exacto.

—¿Por qué?

—Creo que usted conoce la razón.

El comerciante le miró fijamente y meneó la cabeza. Riose le dejó meditar, y después repitió:

—Estoy seguro de que conoce la razón.

Lathan Devers murmuró:

—Aquí hace calor. —Y se levantó para despojarse del abrigo con capucha.

Entonces volvió a sentarse y alargó las piernas delante de él.

—¿Sabe una cosa? —dijo con tranquilidad—. Me imagino que está pensando que yo debería ponerme en pie de un salto y rebelarme. Podría cogerle antes de que tuviera tiempo de moverse, si eligiera el momento oportuno, y ese viejo que no suelta una palabra no haría gran cosa para detenerme.

—Pero no lo hará —dijo Riose con la misma tranquilidad.

—No —repuso Devers amablemente—. Primero, porque supongo que matándole no pondría fin a la guerra. Hay más generales en el lugar de donde procede.

—Muy acertadamente deducido.

—Aparte de que probablemente me reducirían a los dos segundos de haberle atacado, y me matarían, rápida o lentamente, eso depende. Pero me matarían, y nunca me gusta contar con eso cuando estoy haciendo planes. No me compensaría.

—Ya dije que era usted un hombre sensato.

—Pero hay una cosa que me intriga, jefe. Me gustaría que me dijese qué ha querido insinuar con eso de que yo sé por qué nos hacen la guerra. Lo ignoro, y adivinar me aburre mucho.

—Conque sí, ¿eh? ¿Alguna vez ha oído hablar de Hari Seldon?

—No. Y ya le he dicho que no me gustan las adivinanzas.

Riose miró de soslayo a Ducem Barr, que sonreía con suavidad y continuaba inmerso en sus pensamientos.

El general dijo con una mueca:

—No juegue usted a las adivinanzas, Devers. Existe una tradición, o una fábula, o una historia, no me importa lo que sea, sobre su Fundación, de que eventualmente creará el Segundo Imperio. Conozco una versión muy detallada del cuento de la psicohistoria de Hari Seldon y de sus eventuales planes de agresión contra el Imperio.

—¿De veras? —Devers parecía pensativo—. ¿Y quién le ha contado todo esto?

—¿Acaso importa? —dijo Riose con peligrosa suavidad—. Usted no está aquí para hacer preguntas. Quiero que me diga todo lo que sabe acerca de la fábula de Seldon.

—Pero si es una fábula...

—No juegue con las palabras, Devers.

—No lo hago. De hecho, voy a serle sincero. Ya conoce usted todo lo que sé acerca de ello. Es un cuento estúpido, un absurdo. Todos los mundos tienen sus leyendas; es imposible arrebatárselas. Sí, he oído hablar de eso: Seldon, Segundo Imperio... y todo lo demás. Duermen a los niños con esa clase de historias. Los chiquillos se adormecen en sus cuartos con sus proyectores de bolsillo y absorben las aventuras de Seldon. Pero es algo estrictamente infantil, nada para adultos inteligentes, en definitiva.

El comerciante meneó la cabeza. Los ojos de Riose eran sombríos.

—¿Es realmente así? Miente usted en vano. He estado en el planeta Términus, y conozco su Fundación. La he visto de cerca.

—¿Por qué me pregunta entonces? A mí, que no he pasado en ella dos meses seguidos en diez años. Está desperdiciando su tiempo. Pero continúe con su guerra, si lo que busca son fábulas.

Y Barr habló por primera vez, suavemente:

—¿Tanta confianza tiene en la victoria final de la Fundación?

El comerciante se volvió. Enrojeció levemente, mostrando la palidez de una vieja cicatriz que tenía en la sien.

—Vaya, el socio silencioso. ¿Cómo ha deducido *eso* de mis palabras, doctor?

Riose hizo a Barr una seña imperceptible, y el siwenniano prosiguió en voz baja:

—Porque le molestaría la idea de que su mundo pudiera perder esta guerra y sufrir las tristes consecuencias de la derrota. Lo sé porque *mi* mundo las sufrió una vez, y aún las está sufriendo.

Lathan Devers jugó con su barba, miró uno tras otro a sus interlocutores y rió brevemente.

—¿Habla siempre así, jefe? Escuchen —añadió en tono grave—, ¿qué es la derrota? He visto guerras y he visto derrotas. ¿Qué pasa si el vencedor asume el gobierno? ¿A quién molesta? ¿A tipos como yo? —Meneó la cabeza con incredulidad—. Entiendan esto —añadió el comerciante hablando fuerte y animadamente—, siempre hay cinco o seis tipos gordos que gobiernan un planeta normal. Ellos son los que llevan las de perder, o sea que yo no voy a preocuparme en absoluto por su suerte. ¿Y el pueblo? ¿Los hombres del montón? Claro, algunos mueren, y el resto paga impuestos extraordinarios durante un tiempo. Pero todo acaba arreglándose; las cosas se estabilizan. Y entonces vuelve a implantarse la misma situación, con otros cinco o seis tipos diferentes.

Ducem Barr movió las aletas nasales, y los tendones de su mano derecha temblaron, pero no dijo nada.

Los ojos de Lathan Devers se fijaron en él; nada les pasaba por alto. Añadió:

—Mire, me paso la vida en el espacio para vender mis modestas mercancías y sólo recibo coces de los Monipodios. En casa —señaló por encima de los hombros con el pulgar— hay tipos corpulentos que se embolsan mis beneficios anuales, exprimiéndome a mí y a otros como yo. Supongamos que *ustedes* gobiernan la Fundación. Seguirían necesitándonos. Nos necesitarían más que los Monipodios porque se sentirían perdidos, y seríamos nosotros quienes traeríamos el dinero. Haríamos un trato mejor con el Imperio, estoy seguro; y lo digo como hombre de negocios. Si ello significa más ganancias, lo apruebo.

Y se quedó mirándoles con burlona beligerancia.

Reinó el silencio durante unos minutos, y entonces un nuevo cilindro asomó por la ranura del receptor. El general lo abrió, echó una ojeada a su contenido y lo conectó a los visuales.

«Prepare plan indicando posición de cada nave. Espere órdenes manteniéndose a la defensiva.»

Recogió su capa y, mientras se la ajustaba sobre los hombros, dijo a Barr con acento perentorio:

—Dejo a este hombre a su cuidado. Espero resultados. Estamos en guerra y los fracasos se pagarán caros. ¡Recuérdelo!

Se fue tras saludar militarmente a ambos.

Lathan Devers le siguió con la mirada.

—¡Vaya! Alguna mosca le ha picado. ¿Qué ocurre?

—Una batalla, evidentemente —repuso ásperamente Barr—. Las fuerzas de la Fundación van a presentar su primera batalla. Será mejor que venga conmigo.

Había soldados armados en la estancia. Su actitud era respetuosa, y sus rostros, herméticos. Devers salió de la habitación detrás del altivo patriarca siwenniano.

Les condujeron a una estancia más pequeña e incompleta que la anterior. Contenía dos camas, una pantalla de vídeo, ducha y otros servicios sanitarios. Los soldados se marcharon y la gruesa puerta se cerró con un ruido hueco.

—¡Vaya! —Devers miró en torno suyo con desaprobación—. Esto parece permanente.

—Lo es —dijo Barr con brevedad, volviéndole la espalda.

El comerciante preguntó, irritado:

—¿Cuál es su juego, doctor?

—No juego a nada. Usted se halla a mi cuidado, eso es todo.

El comerciante se levantó y se acercó al patricio, que se mantuvo inmóvil.

—¿Ésas tenemos? Pero está en esta celda conmigo y cuando nos condujeron aquí las armas le apuntaban tanto a usted como a mí. Escuche, se ha enfurecido mucho con mis ideas sobre la guerra y la paz. —Esperó en vano—. Muy bien, déjeme preguntarle algo. Dijo usted que su país fue vencido una vez. ¿Por quién? ¿Por el pueblo de un cometa de las nebulosas exteriores?

Barr levantó la vista.

—Por el Imperio.

—¿Ah, sí? Entonces, ¿qué está haciendo aquí?

Barr guardó un elocuente silencio.

El comerciante extendió su labio inferior y asintió lentamente con la cabeza. Se quitó el brazalete de eslabones planos que ceñía su muñeca derecha y lo alargó a Barr.

—¿Qué opina de esto? —Llevaba otro exacto en la muñeca izquierda.

El siwenniano tomó el ornamento. Respondió lentamente al gesto del comerciante y se lo puso. El extraño cosquilleo en la muñeca cesó con rapidez. La voz de Devers cambió en seguida.

—Bien, doctor, ya puede hablar ahora. Hágalo con naturalidad. Si esta habitación está vigilada acústicamente, no captarán nada. Lo que tiene ahí es un distorsionador de campo; diseño genuino de Mallow. Se vende por veinticinco créditos en cualquier mundo de aquí al borde exterior. Usted lo tendrá gratis. No mueva los labios cuando hable y tómeselo con calma. Ha de encontrarle el truco.

Ducem Barr se sintió repentinamente cansado. Los

ojos penetrantes del comerciante eran luminosos y exigentes. Temió no saber responder a esta exigencia. Preguntó:

—¿Qué quiere usted? —Las palabras sonaron extrañas a través de los labios inmóviles.

—Ya se lo he dicho. Emite sonidos bucales como si fuera un patriota y, sin embargo, su mundo fue destruido por el Imperio y usted se dedica a jugar a pelota con el rubio general del Emperador. No tiene sentido, ¿verdad?

—Yo ya cumplí mi misión —replicó Barr—. Un virrey imperial murió gracias a mí.

—¿De veras? ¿Recientemente?

—Hace cuarenta años.

—¡Cuarenta... años! —El comerciante pareció encontrar sentido a aquellas palabras. Frunció el ceño—. Es mucho tiempo para vivir de recuerdos. ¿Lo sabe ese joven mequetrefe vestido de general?

Barr asintió con la cabeza. Los ojos de Devers reflejaron una profunda meditación.

—¿Desea que venza el Imperio?

El anciano patricio siwenniano explotó en una cólera repentina.

—¡Ojalá el Imperio y todas sus obras perezcan en una catástrofe universal! Todo Siwenna reza diariamente para que ocurra. Yo tenía hermanos, una hermana, un padre. Pero ahora tengo hijos y nietos. El general sabe dónde encontrarlos.

Devers esperó. Barr continuó en un susurro:

—Pero esto no me detendría si los resultados justificaran el riesgo. Sabrían morir.

El comerciante dijo con suavidad:

—Una vez mató a un virrey, ¿no? Recuerdo algunas cosas. Nosotros tuvimos un alcalde, Hober Mallow era su nombre. Visitó Siwenna; es el mundo de usted, ¿verdad? Conoció a un hombre llamado Barr.

Ducem Barr le miró duramente, con suspicacia.

—¿Qué sabe usted de eso?

—Lo que saben todos los comerciantes de la Fundación. Usted podría ser un tipo listo colocado aquí para atraparme. Le apuntarían con sus armas y usted odiaría el Imperio y ansiaría su destrucción. Y yo me entregaría a usted y le abriría mi corazón, y el general rebosaría satisfacción. No hay muchas posibilidades de que esto suceda, doctor. Pero me gustaría que pudiese probarme que es hijo de Onum Barr de Siwenna... el sexto y más joven que escapó a la Matanza.

La mano de Ducem Barr tembló al abrir la caja de metal que había en un nicho de la pared. El objeto que extrajo de ella rechinó suavemente cuando lo colocó en las manos del comerciante.

—Mire eso —dijo.

Devers lo miró con fijeza. Se llevó muy cerca de los ojos el hinchado eslabón central de la cadena y profirió un juramento ahogado.

—Es el monograma de Mallow o yo soy un recluta del espacio, ¡y el diseño tiene cincuenta años! —Levantó la vista y sonrió—. Chóquela, doctor. Un escudo atómico individual es toda la prueba que necesito.

Y alargó a Barr su robusta mano.

6. EL FAVORITO

Las diminutas naves habían surgido de las profundidades del vacío y volaban a toda velocidad hacia el centro de la Armada. Sin un disparo o una ráfaga de energía se introdujeron en el área atestada de naves para salir luego disparadas de un lado a otro, mientras las naves imperiales se dirigían hacia ellas como torpes animales de carga. Hubo dos relámpagos inaudibles que brillaron en el espacio cuando dos de los minúsculos mosquitos se fundieron por el impacto atómico, pero el resto desapareció.

Las grandes naves buscaron, y después volvieron a su misión original, y, mundo tras mundo, la gran red del cerco continuó tejiéndose.

El uniforme de Brodrig era majestuoso; cuidadosamente cortado y lucido con el mismo esmero. Sus pasos por los jardines del oscuro planeta Wanda, transitorio cuartel general del Imperio, eran pausados, y su expresión, sombría.

Bel Riose caminaba junto a él con el cuello de su uniforme de campaña desabrochado, lúgubre en su monótono gris y negro.

Riose indicó el banco negro colocado bajo el fragante helecho, cuyas grandes hojas en forma de espátula se elevaban contra la blancura del sol.

—Mire esto, señor. Es una reliquia del Imperio. Los bancos ornamentados, construidos para los enamorados, subsisten en toda su frescura y utilidad, mientras las fábricas y los palacios se derrumban y se convierten en ruinas olvidadas.

Se sentó mientras el secretario privado de Cleón II permanecía en pie ante él y cortaba las hojas a su alcance con golpes precisos de su bastón de marfil.

Riose cruzó las piernas y ofreció a Brodrig un cigarrillo. Con el suyo entre los dedos, observó:

—Era de esperar de la eximia sabiduría de Su Majestad Imperial que enviara a un observador tan competente como usted. Ello alivia la ansiedad que yo sentía de que asuntos más importantes y urgentes pudieran relegar a la sombra una pequeña campaña en la Periferia.

—Los ojos del Emperador están en todas partes —repuso Brodrig mecánicamente—. No subestimamos la importancia de la campaña; sin embargo, parece que se da un énfasis excesivo a su dificultad. Seguramente esas pequeñas naves no constituyen un obstáculo que requiera la complicada maniobra preliminar de un cerco.

Riose enrojeció, pero no perdió la serenidad.

—No puedo arriesgar la vida de mis hombres, que no son muchos, ni la destrucción de mis naves, que son irreemplazables, con un ataque precipitado. El establecimiento de un cerco ahorrará muchas vidas en el ataque final, sea cual sea su dificultad. Ayer me tomé la libertad de explicar las razones militares para ello.

—Está bien, está bien; yo no soy un militar. En cualquier caso, usted me asegura que lo que parece patente y obviamente acertado es, en realidad, un error. Admitámoslo. Pero sus precauciones van mucho más allá. En su segundo comunicado usted pidió refuerzos, y eso que eran para luchar contra un enemigo débil, reducido y bárbaro, con el que aún ni siquiera se había enfrentado. Desear más fuerzas bajo esas circunstancias haría casi pensar en cierta incapacidad o en algo peor, de no dar su carrera anterior pruebas suficientes de su osadía e imaginación.

—Se lo agradezco —dijo fríamente el general—, pero me gustaría recordarle que existe una diferencia entre la osadía y la ceguera. La acción decisiva está indicada cuando se conoce al enemigo y se pueden calcular aproximadamente los riesgos; pero moverse contra un potencial *desconocido* ya supone una osadía de por sí. Sería lo mismo que preguntar por qué un hombre salta con éxito en una carrera de obstáculos durante el día y tropieza con los muebles de su habitación por la noche.

Brodrig desechó las palabras del otro con un expresivo ademán.

—Contundente, pero no satisfactorio. Usted mismo ha estado en ese mundo bárbaro. Tiene además a un prisionero enemigo, ese comerciante a quien cuida tanto. Estos dos factores ya significan cierto conocimiento.

—¿Lo cree usted así? Le ruego que recuerde que un mundo que ha evolucionado en completo aislamiento durante dos siglos no puede ser interpretado hasta el punto de poder atacarlo inteligentemente sobre la base de una visita que duró un solo mes. Soy un soldado, no un héroe de barba florida y pecho de barril de las películas tridimensionales. En cuanto al prisionero, se trata de un oscuro miembro de un grupo económico, que no representa al enemigo y no puede comunicarme los secretos de la estrategia enemiga.

—¿Le ha interrogado?

—Sí.

—¿Y qué?

—Ha sido de utilidad, pero no vital. Su nave es diminuta, no cuenta. Vende pequeños juguetes que son muy divertidos. Guardo algunos de los más ingeniosos, que pienso enviar al Emperador como curiosidades. Naturalmente, hay muchas cosas que no comprendo en la nave y su funcionamiento, pero hay que tener en cuenta que no soy un técnico en esa materia.

—Sin embargo, los tiene entre sus hombres —señaló Brodrig.

—Ya lo sé —replicó el general con tono algo mordaz—, pero esos idiotas han de aprender mucho todavía para que me sirvan de algo. He ordenado que me traigan hombres inteligentes que comprendan el funcionamiento de los extraños circuitos atómicos de que dispone la nave. No he recibido respuesta.

—Hombres de ese calibre no abundan, general. Seguramente habrá un hombre en su vasta provincia que entienda de ingenios atómicos.

—Si lo hubiera, le pondría a trabajar en los inútiles motores que propulsan dos de las naves de mi pequeña flota. Dos naves de las diez que tengo, y que son incapaces de librar una batalla por falta de un suficiente suministro de energía. Una quinta parte de mi fuerza condenada a la triste actividad de consolidar posiciones detrás de las líneas.

El secretario movió los dedos con impaciencia.

—Su posición no es única a este respecto, general. El Emperador tiene problemas similares.

El general tiró un cigarrillo desmenuzado que no había llegado a utilizar, encendió otro y se encogió de hombros.

—En fin, esta carencia de técnicos de primera clase no es el problema más acuciante. Claro que yo podría haber adelantado más con mi prisionero si mi sonda psíquica funcionase como es debido.

El secretario enarcó las cejas.

—¿Tiene una sonda?

—Sí, pero es vieja. Una sonda gastada que me falla siempre que la necesito. La coloqué al prisionero durante su sueño, pero no recibí nada. Sin embargo, la he probado en mis propios hombres y la reacción ha sido adecuada, pero ningún técnico de mi equipo sabe decirme por qué falla con él. Ducem Barr, que es un teórico, pero no un mecánico, dice que es posible que la sonda no afecte a la estructura psíquica del prisionero porque ha sido sometido desde la infancia a ambientes extraños y estímulos neutrales. Yo lo ignoro. Pero aún puede sernos útil, y le retengo con esta esperanza.

Brodrig se apoyó en su bastón.

—Veré si hay algún especialista disponible en la capital. Mientras tanto, ¿qué me dice de ese otro hombre que acaba de mencionar, ese siwenniano? Tiene usted demasiados enemigos a su alrededor.

—Él conoce al enemigo. También le retengo para futuras referencias y por la ayuda que puede prestarme.

—Pero es siwenniano, e hijo de un rebelde proscrito.

—Es viejo y carece de poder, y su familia nos sirve de rehén.

—Comprendo. De todos modos, creo que yo debería hablar con ese comerciante.

—Como usted quiera.

—A solas —añadió fríamente el secretario, recalcando las palabras.

—Desde luego —asintió Riose con docilidad—. Como súbdito leal del Emperador, acepto a su representante personal como mi superior. Sin embargo, puesto que el comerciante está en la base permanente, tendrá usted que abandonar las áreas del frente en un momento interesante.

—¿Sí? ¿Interesante en qué aspecto?

—Interesante porque el cerco se completa hoy. Interesante porque dentro de una semana la Vigésima Flota de la Frontera avanzará hacia el núcleo de la resistencia.

Riose sonrió y dio media vuelta.

En cierta manera, Brodrig se sintió desairado.

7. SOBORNO

El sargento Mori Luk era un excelente soldado. Procedía de los enormes planetas agrícolas de las Pléyades, donde solamente la vida militar podía romper el vínculo con la tierra y con una existencia agotadora, y era el hombre típico de aquel medio ambiente. Sin imaginación suficiente como para enfrentarse al peligro con temor, era lo bastante ágil y fuerte como para desafiarlo con éxito. Aceptaba instantáneamente las órdenes, mandaba a sus hombres con inflexibilidad y adoraba a su general sin reservas.

Y, pese a todo ello, tenía un carácter risueño. Si bien mataba a un hombre en el cumplimiento de su deber sin la menor vacilación, también era cierto que lo hacía sin la más ligera animosidad.

El hecho de que el sargento Luk llamase a la puerta antes de entrar significaba otra muestra de tacto, pues estaba en su perfecto derecho si entraba sin llamar.

Los dos hombres que estaban dentro se encontraban cenando, y uno de ellos desconectó con el pie el gastado transmisor de bolsillo que emitía un estridente monólogo.

—¿Más libros? —preguntó Lathan Devers.

El sargento le alargó el apretado cilindro de película y estiró el cuello.

—Pertenece al ingeniero Orre, y habrá que devolvérselo. Quiere mandarlo a los niños, ya sabe, como un recuerdo.

Ducem Barr contempló el cilindro con interés.

—¿Y de dónde lo ha sacado el ingeniero? ¿Acaso tiene también un transmisor?

El sargento movió enérgicamente la cabeza. Señaló el desvencijado aparato que estaba a los pies de la cama,

—Ése es el único que hay en este lugar. Ese tipo, Orre, consiguió el libro en uno de esos mundos asquerosos que hemos conquistado por aquí. Estaba en un gran edificio, y se vio obligado a matar a unos cuantos nativos que querían evitar que se lo llevara. —Lo miró con aprecio—. Es un buen recuerdo..., para los niños. —Y añadió con cautela—: A propósito, circulan importantes rumores. Tal vez no sea cierto, pero incluso así es demasiado bueno para mantenerlo en secreto. El general ha vuelto a las andadas. —Y movió la cabeza con lentitud y gravedad.

—¿De veras? —inquirió Devers—. ¿Y qué ha hecho?

—Ha completado el cerco, eso es todo. —El sargento rió entre dientes con orgullo paternal—. ¿No es colosal? Uno de los muchachos, que es muy charlatán, dice que ha ido todo tan bien como la música de las esferas, aunque no sé qué entiende por eso.

—¿Empezará ahora la gran ofensiva? —preguntó calmosamente Barr.

—Así lo espero —fue la alegre respuesta—. Tengo ganas de volver a mi nave, ahora que mi brazo está entero otra vez. Ya me he cansado de hacer el vago.

—Yo también —murmuró Devers, repentina y salvajemente, mientras se mordía el labio inferior.

El sargento le miró dubitativamente y dijo:

—Ahora será mejor que me marche. Se acerca la ronda del capitán y preferiría que no me encontrase aquí. —Se detuvo en la puerta—. A propósito, señor —dijo al comerciante con torpe y repentina timidez—, he tenido noticias de mi esposa. Dice que el pequeño frigorífico que usted me dio para ella funciona muy bien. No le da ningún gasto y puede mantener congelada la comida de un mes. Se lo agradezco.

—No es nada. Olvídelo.

La gran puerta se cerró sin ruido detrás del sonriente sargento. Ducem Barr saltó de su silla.

—Bueno, nos ha pagado con creces el frigorífico. Echemos una mirada a este nuevo libro. ¡Ah!, ha desaparecido el título.

Desenrolló un metro de película y la miró a contraluz. Entonces murmuró:

—Vaya, que me pasen por el colador, como dice el sargento. Esto es *El jardín de Summa*, Devers.

—¿De verdad? —preguntó el comerciante, sin interés. Echó a un lado los restos de su cena—. Siéntese, Barr. Escuchar esta antigua literatura no me hace ningún bien. ¿Ha oído lo que dijo el sargento?

—Sí. ¿Qué hay de ello?

—Comenzará la ofensiva. ¡Y nosotros debemos permanecer sentados aquí!

—¿Dónde quiere sentarse?

—Ya sabe a qué me refiero. Esperar no sirve de nada.

—¿Usted cree? —Barr estaba quitando cuidadosamente una película del transmisor e instalando la nueva—. Durante el último mes me ha contado muchas cosas de la historia de la Fundación, y parece ser que los grandes dirigentes de las crisis pasadas no hicieron mucho más que sentarse y esperar.

—¡Ah!, Barr, pero ellos sabían adónde iban.

¿De veras? Supongo que así lo afirmaban cuando todo había terminado, y tal vez decían la verdad. Pero no existen pruebas de que todo no hubiese ido tan bien o mejor si no hubieran sabido hacia dónde se dirigían. Las fuerzas más profundas económicas y sociológicas no son dirigidas por hombres aislados.

Devers sonrió burlonamente.

—Tampoco hay pruebas de que hubiese ido peor. Está usted argumentando sobre cosas pasadas. —Su mirada era pensativa—. Supongamos que le hago explotar en mil pedazos.

—¿A quién? ¿A Riose?

—Sí.

Barr suspiró. En sus ojos cansados había el turbio reflejo de un largo pasado.

—El asesinato no es la solución, Devers. Una vez lo probé, bajo provocación, cuando tenía veinte años, pero no resolvió nada. Liquidé a un malvado de Siwenna, pero no al yugo imperial; y era el yugo y no el malvado lo que importaba.

—Pero Riose no es solamente un malvado, doctor. Es todo el maldito ejército Sin él se desintegraría; se aferran a él como niños de pecho. El sargento babea cada vez que lo menciona.

—Incluso así. Hay otros ejércitos y otros caudillos. Es preciso ahondar más. Ahí está Brodrig, por ejemplo; el Emperador sólo le escucha a él. Podría obtener miles de naves, mientras que Riose ha de luchar con diez. Conozco su reputación.

—¿Ah, sí? ¿Quién es? —La frustración disminuyó en los ojos del comerciante dando paso a un agudo interés.

—¿Desea una descripción rápida? Es un canalla plebeyo que a fuerza de halagos se ha ganado el favor del Emperador. La aristocracia de la corte, mezquina a su vez, le detesta porque carece tanto de humildad como de familia. Aconseja al Emperador en todas las cuestiones, y es su instrumento en las peores. Carece de fe por elección, pero es leal por necesidad. No hay otro hombre en el Imperio de ruindad más sutil y de placeres más bajos. Y dicen que sólo a través de él se puede obtener el favor del Emperador, y a él sólo se puede llegar por medio de la infamia.

—¡Caramba! —exclamó Devers tirando de su bien cuidada barba—. Y es a él a quien ha enviado el Emperador para vigilar a Riose. ¿Sabe que tengo una idea?

—*Ahora* lo sé.

—Supongamos que a este Brodrig se le atraganta nuestra joven Maravilla del Ejército.

—Probablemente, ya ha sucedido. Tiene fama de no prodigar sus simpatías.

—Suponga que llega a odiarle. El Emperador podría enterarse de ello y Riose se hallaría en un apuro.

—Sí..., muy probable. Pero ¿cómo se propone conseguirlo?

—Lo ignoro. Me imagino que tal vez se deje sobornar.

El patricio rió suavemente.

—Sí, en cierto modo, pero no como usted lo hizo con el sargento, con un frigorífico de bolsillo. E incluso aunque encuentre el medio, no merecería la pena. Probablemente no hay nadie tan fácil de sobornar, pero carece de la más elemental honradez de la corrupción honorable. El soborno *no* perdurará, por elevada que sea la suma. Piense en otra cosa.

Devers cruzó las piernas y movió un pie rápida y nerviosamente.

—Pero es una idea...

Se interrumpió; la señal de la puerta se iluminó de nuevo, y el sargento apareció en el umbral. Estaba excitado y ya no sonreía.

—Señor —empezó en un agitado intento de deferencia—, estoy muy agradecido por el frigorífico, y usted siempre me ha hablado con cortesía, pese a que soy un labrador y ustedes son grandes señores.

Su acento de las Pléyades era más pronunciado, casi hasta el punto de ser incomprensible, y la excitación le hacía olvidar su porte militar, tan laboriosamente cultivado, dejando entrever su torpe actitud de campesino. Barr preguntó con suavidad:

—¿Qué ocurre, sargento?

—El señor Brodrig vendrá a visitarles. ¡Mañana! Lo sé porque el capitán me ha ordenado que prepare a mis hombres para que él les pase revista. He pensado... que sería mejor avisarles.

—Gracias, sargento —dijo Barr—, apreciamos su gesto. Pero no se preocupe, no hay necesidad de...

Pero la expresión del sargento Luk mostraba un inconfundible temor. Habló en un ronco murmullo:

—Ustedes no saben las cosas que los hombres cuentan de él. Se ha vendido al espíritu maligno del espacio. No, no se rían. Se cuentan de él cosas terribles. Dicen que tiene guardaespaldas con armas atómicas que le siguen por doquier, y cuando quiere divertirse les ordena que derriben a cuantos se cruzan en su camino. Ellos obedecen y él se ríe. Cuentan que incluso inspira terror al Emperador, a quien obliga a elevar los impuestos sin permitirle que escuche las lamentaciones del pueblo. Y también dicen que odia al general. Dicen que le gustaría matar al general porque es grande y sabio. Pero no puede hacerlo porque nuestro general es más listo que cualquiera y sabe que el señor Brodrig es un mal elemento.

El sargento pestañeó, sonrió de manera repentina e incongruente al darse cuenta de su parrafada y retrocedió hacia la puerta. Movió la cabeza de forma espasmódica.

—No olviden mis palabras. Estén alerta.

Y salió precipitadamente.

Devers levantó la vista. Su mirada era dura.

—Esto hace que los vientos soplen a nuestro favor, ¿no es cierto?

—Depende de Brodrig —dijo secamente Barr.

Pero Devers ya estaba pensando y no escuchaba. Pensaba muy intensamente.

El señor Brodrig bajó la cabeza al entrar en el reducido espacio de la nave comercial, y sus dos guardas, cuyos rostros mostraban la dureza profesional de los asesinos a sueldo, le siguieron rápidamente con las armas desenfundadas.

El secretario privado no tenía en absoluto un aire de humildad en aquellos momentos. Si el espíritu maligno del espacio le había comprado, lo había hecho sin dejar una sola marca visible de su posesión. Brodrig parecía más bien un cortesano llegado para animar el frío y desnudo ambiente de la base militar.

Las líneas ceñidas y rígidas de su brillante e inmaculado traje conferían una cierta ilusión de elevada estatura, y sus ojos, glaciales e indiferentes, miraron por encima de su larga nariz al comerciante. El nácar de sus bocamangas resplandeció cuando clavó en el suelo su bastón de marfil y se apoyó suavemente en él.

—No —dijo con un ligero ademán—, usted quédese aquí. Olvide sus juguetes; no me interesan.

Acercó una silla, sacudió cuidadosamente el polvo inexistente con el paño tornasolado sujeto al extremo de su bastón blanco, y se sentó. Devers echó una mirada a la otra silla, pero Brodrig dijo en tono lánguido:

—Permanecerá en pie en presencia de un Par del Reino.

Sonrió. Devers se encogió de hombros.

—Si no le interesa mi mercancía, ¿por qué estoy aquí?

El secretario privado esperó con frialdad, y Devers añadió un lento «señor».

—Para estar solos —explicó el secretario—. ¿Por qué habría yo de recorrer doscientos parsecs por el espacio con el fin de inspeccionar quincalla? Es a *usted* a quien quiero ver. —Extrajo una pequeña tableta de una caja grabada y la colocó delicadamente entre sus labios, chupándola después con lentitud y deleite—. Por ejemplo —prosiguió—, ¿quién es usted? ¿Es realmente un ciudadano de ese bárbaro mundo que está montando toda esta furiosa campaña militar?

Devers asintió gravemente con la cabeza.

—¿Y fue usted capturado por él *después* del comienzo de esta trifulca a la que él llama guerra? Me estoy refiriendo a nuestro joven general Riose.

Devers asintió de nuevo.

—¡Vaya! Muy bien, honorable extranjero. Veo que su elocuencia es ínfima. Voy a allanarle el camino. Parece que nuestro general está librando una batalla inútil con enorme derroche de energía... y todo por un minúsculo mundo abandonado que un hombre lógico no consideraría digno de un solo disparo. Sin embargo, el general no es ilógico, antes al contrario, yo diría que es extremadamente inteligente. ¿Me sigue usted?

—No muy bien, señor.

El secretario inspeccionó sus uñas y continuó:

—Pues escúcheme con atención. El general no malgastaría hombres y naves en una estéril hazaña gloriosa. Sé que *habla* de gloria y de honor imperial, pero es evidente que se trata tan sólo de la imborrable sensación de ser uno de los insufribles semidioses de la Era Heroica. Aquí hay algo más que gloria, y, además, se preocupa por usted de un modo extraño e innecesario. Si usted fuese mi prisionero y me dijera tan pocas cosas útiles como las que ha estado diciendo hasta ahora, le abriría el abdomen y le estrangularía con sus propios intestinos.

Devers permaneció impasible. Dirigió la mirada al primero de los matones del secretario, y después al otro. Estaban dispuestos, ansiosamente dispuestos, para cualquier contingencia.

El secretario sonrió.

—Ya veo que es un diablo silencioso. Según el general, ni siquiera la sonda psíquica le causó efecto, y esto fue un error por parte de él, pues me convenció de que nuestro joven portento militar estaba mintiendo. —Parecía de excelente humor—. Mi honrado comerciante —dijo—, yo tengo una sonda psíquica propia que tal vez sea particularmente adecuada para usted. ¿Ve esto?

Entre el pulgar y el índice sostuvo con negligencia unos rectángulos rosados y amarillos, de intrincado diseño, cuya identidad resultaba obvia. Devers así lo expresó.

—Parece dinero —dijo.

—Y lo es; el mejor dinero del Imperio, porque tiene la garantía de mis dominios, que son más extensos que los del propio Emperador. Cien mil créditos. ¡Todos aquí, entre dos dedos! ¡Y son suyos!

—¿A cambio de qué, señor? Soy un buen negociante, pero todos los negocios tienen dos partes.

—¿A cambio de qué? ¡De la verdad! ¿Qué persigue el general? ¿Por qué pretende librar esa guerra?

Lathan Devers suspiró y se alisó pensativamente la barba.

—¿Qué persigue? —Sus ojos seguían los movimientos de las manos del secretario mientras contaba lentamente el dinero, billete tras billete—. En una palabra, el Imperio.

—¡Hum! ¡Qué ordinariez! Al final siempre es lo

mismo. Pero ¿cómo? ¿Cuál es el camino que lleva desde el extremo de la Galaxia hasta la cumbre del Imperio?

—La Fundación —dijo Devers con amargura—, tiene sus secretos. Posee libros, libros antiguos, tan antiguos que su lenguaje sólo es comprendido por unos cuantos hombres importantes. Pero los secretos están envueltos por el ritual y la religión, y nadie puede utilizarlos. Yo lo intenté, y ahora estoy aquí... y allí me espera una sentencia de muerte.

—Comprendo. ¿Y esos antiguos secretos? Vamos, por cien mil créditos merezco que se me den hasta los más íntimos detalles.

—La transmutación de los elementos —dijo Devers con brevedad.

El secretario entrecerró los ojos y perdió algo de su frialdad.

—Tengo entendido que la transmutación práctica es imposible, según las leyes de la atomística.

—En efecto, si se usan fuerzas atómicas. Pero los Antiguos eran muy listos. Existen fuentes de energía más poderosas que los átomos. Si la Fundación usara esas fuentes, como yo sugerí...

Devers sintió una suave e insinuante sensación en el estómago. El anzuelo se balanceaba, el pez lo estaba rondando. El secretario dijo de repente:

—Continúe. Estoy seguro de que el general sabe todo esto. Pero ¿qué se propone hacer cuando termine esta guerra de opereta?

Devers mantuvo su voz firme como una roca.

—Con la transmutación controlará la economía de todo su Imperio. Los yacimientos de minerales no valdrán nada cuando Riose pueda obtener tungsteno del aluminio e iridio del hierro. Todo el sistema de producción basado en la escasez de ciertos elementos y la abundancia de otros quedará totalmente superado. Se producirá la mayor catástrofe que jamás haya visto el Imperio, y solamente Riose podrá detenerla. Además, está la cuestión de esta nueva energía que he mencionado, cuyo empleo no ocasionará a Riose escrúpulos religiosos. Nada puede detenerle ahora. Tiene a la Fundación cogida por el pescuezo, y cuando haya terminado con ella será Emperador en dos años.

—Conque ésas tenemos. —Brodrig esbozó una sonrisa—. Iridio del hierro; eso dijo usted, ¿no? Voy a confiarle un secreto de estado. ¿Sabía usted que la Fundación ya ha estado en contacto con el general?

Devers se puso rígido.

—Parece sorprendido. ¿Por qué no? Ahora resulta lógico. Le ofrecieron cien toneladas de iridio al año a cambio de la paz. Cien toneladas de *hierro* convertido en iridio en violación de sus principios religiosos para salvar sus vidas. Es justo, pero no me extraña que nuestro incorruptible general rehusara... ¡cuando puede tener el iridio y además el Imperio! Y el pobre Cleón le llamó su único general honrado. Mi barbudo comerciante, se ha ganado usted este dinero.

Lo tiró al suelo, y Devers se arrodilló para recoger los billetes esparcidos.

El señor Brodrig se detuvo en la puerta y se volvió.

—Recuerde una cosa, comerciante. Mis camaradas armados no tienen oídos, ni lengua, ni educación, ni inteligencia. No pueden oír, ni hablar, ni escribir, ni siquiera ser coherentes con una sonda psíquica. Pero son expertos en ejecuciones muy interesantes. Yo le he comprado a usted por cien mil créditos. Será una mercancía buena y valiosa. Si algún día olvidase que ha sido comprado e intentase... digamos... repetir nuestra conversación a Riose, sería ejecutado. Pero... a mi manera.

Y en aquel rostro delicado aparecieron duras líneas de ensañada crueldad que transformaron la estudiada sonrisa en una insana mueca de labios rojos. Durante un segundo fugaz, Devers vio al espíritu maligno del espacio que había comprado a su sobornador.

En silencio, precedió a los «camaradas» armados de Brodrig hasta su habitación.

A la pregunta de Ducem Barr, respondió con sombría satisfacción:

—No, y ésa es la parte más extraña. Él me sobornó a *mí*.

Dos meses de guerra difícil habían dejado su huella en Bel Riose. Había en él una pesada gravedad y se encolerizaba fácilmente.

Se dirigió con impaciencia a su incondicional sargento Luk:

—Espera fuera, soldado, y conduce a estos hombres a sus alojamientos después de que haya hablado con ellos. Que no entre nadie hasta que yo llame. Nadie, ¿comprendes?

El sargento saludó con rigidez y abandonó la habitación, y Riose desahogó su mal humor juntando los papeles de su mesa, tirándolos al cajón superior y cerrándolo con estrépito.

—Tomen asiento —dijo a los dos hombres—. Tengo poco tiempo. A decir verdad, no debería estar aquí, pero necesitaba verles.

Se volvió hacia Ducem Barr, cuyos largos dedos acariciaban con interés el cubo de cristal que contenía la efigie del rostro austero de Su Majestad Imperial Cleón II.

—En primer lugar, patricio —dijo el general—, su Seldon está perdiendo. No se puede negar que lucha bien, porque esos hombres de la Fundación acuden como insensatas abejas y pelean como dementes. Cada planeta es defendido con furor y, una vez conquistado, bulle de tal modo en rebeliones que resulta tan difícil mantenerlo como conquistarlo. Pero los conquistamos y los mantenemos. Su Seldon está perdiendo...

—Aún no ha sido vencido —murmuró cortésmente Barr.

—La Fundación no es tan optimista. Me ofrecen millones para que no presente a Seldon la batalla final.

—Así lo aseguran los rumores.

—De modo que los rumores me preceden. ¿Hablan también de la última noticia?

—¿Cuál es la última?

—Pues que el señor Brodrig, el niño mimado del Emperador, es ahora el segundo en el mando por propia petición.

Devers habló por vez primera:

—¿Por propia petición, jefe? ¿Cómo es eso? ¿O es que acaso le está resultando simpático ese tipo? —terminó con una risita.

Riose contestó calmosamente:

—No, me temo que no. Pero ha comprado el puesto a un precio que considero justo.

—¿Cuál es?

—Pidiendo refuerzos al Emperador.

La sonrisa desdeñosa de Devers se acentuó.

—Así pues, se ha comunicado con el Emperador. Y supongo, jefe, que ahora está usted esperando esos refuerzos que llegarán cualquier día de éstos. ¿Acierto?

—¡Se equivoca! Ya han llegado. Cinco naves de línea; veloces y potentes, con un mensaje personal de felicitación del Emperador y la promesa de más naves, que ya están en camino. ¿Qué ocurre, comerciante? —preguntó con sarcasmo.

Devers habló con labios repentinamente rígidos:

—¡Nada!

Riose dio la vuelta a la mesa y se detuvo frente al comerciante con la mano apoyada en la culata de su pistola.

—Le he preguntado: ¿qué ocurre, comerciante? La noticia parece haberle trastornado. ¿Seguro que no siente un repentino interés por la Fundación?

—Claro que no.

—Sí..., hay en usted cosas muy extrañas.

—¿Usted cree, jefe? —Devers sonrió forzadamente y apretó los puños en los bolsillos—. Enumérelas y se las desmentiré.

—Ahí van. Fue capturado fácilmente. Se rindió a la primera ráfaga, con el escudo chamuscado. Está dispuesto a abandonar a su mundo, y ello sin fijar ningún precio. Todo esto es muy interesante, ¿verdad?

—Me gusta estar del lado del vencedor, jefe. Soy un hombre sensato; usted mismo lo dijo.

Riose replicó con voz ronca:

—¡Concedido! Sin embargo, desde entonces no ha sido capturado ningún otro comerciante. Todas las naves comerciales son lo bastante veloces como para escapar cuando se les antoja. Todas las naves comerciales tienen una pantalla que les permite salir indemnes en caso de lucha. Y todos los comerciantes han luchado hasta la muerte si la ocasión lo ha requerido. Se ha sabido que los comerciantes son los jefes e instigadores de las guerrillas en los planetas ocupados y de las incursiones aéreas en el espacio también ocupado. ¿Acaso es usted el *único* hombre sensato? No lucha ni se escapa, y se convierte en traidor sin que se lo exijan. Es usted peculiar, asombrosamente peculiar... yo diría que peligrosamente peculiar.

Devers dijo con voz suave:

—Comprendo lo que quiere decir, pero no tiene nada en qué basarse para efectuar una acusación en mi contra. Ya hace seis meses que estoy aquí, y siempre me he portado bien.

—Así es, y yo le he recompensado con un buen trato. No he tocado su nave y le he dado todas las muestras de consideración posibles. Pero usted me ha fallado. Una información libremente ofrecida sobre sus juguetes, por ejemplo, hubiera podido resultar de utilidad. Los principios atómicos en los que se basan pueden ser utilizados en algunas de las más peligrosas armas de la Fundación. ¿Me equivoco?

—Soy sólo un comerciante —repuso Devers—, y no uno de esos presuntuosos técnicos. Yo vendo la mercancía; no la fabrico.

—Bien, pronto lo veremos. Por esa razón he venido. Por ejemplo, registraremos su nave para saber si lleva un campo de fuerza personal. Usted nunca lo ha llevado; pero todos los soldados de la Fundación disponen de él. Será una significativa evidencia encontrar información que usted se niega a facilitarme. ¿No es así?

No hubo respuesta, así que continuó:

—Y habrá evidencia más directa. He traído conmigo la sonda psíquica. No dio resultado la vez anterior, pero el contacto con el enemigo es una educación liberal.

Su voz era suavemente amenazadora, y Devers sintió el cañón de un arma apretado contra su estómago; el arma del general, que hasta aquel momento había llevado enfundada. El general habló en voz baja:

—Se quitará su pulsera y cualquier otro ornamento de metal que lleve, y me los dará. ¡Despacio! Los campos atómicos pueden ser distorsionados, y las sondas psíquicas podrían ahondar sólo en campos estáticos. Eso es. Démelos.

El receptor situado en la mesa del general se iluminó, y una cápsula asomó por la ranura, cerca de donde se encontraba Barr, que seguía acariciando el busto imperial tridimensional.

Riose se colocó detrás de la mesa, con la pistola lanzallamas apuntándoles. Dijo a Barr:

—Usted también, patricio. Su pulsera le condena. Sin embargo, ha sido amable anteriormente y yo no soy vengativo, pero juzgaré el destino de su familia, retenida como rehén, según los resultados de la sonda psíquica.

Mientras Riose se inclinaba para recoger la cápsula del mensaje, Barr levantó el busto de cristal de Cleón y, tranquila y metódicamente, lo abatió sobre la cabeza del general.

Ocurrió demasiado deprisa para que Devers se diese cuenta. Fue como si un repentino demonio se hubiese encarnado en el anciano.

—¡Fuera! —dijo Barr en un murmullo entre dientes—. ¡Rápido! —Cogió el lanzallamas de Riose y se lo ocultó debajo de la camisa.

El sargento Luk se volvió cuando salieron sin apenas abrir la puerta. Barr dijo con serenidad:

—Condúzcanos, sargento.

Devers cerró la puerta tras de sí.

El sargento Luk les llevó en silencio a su alojamiento, y entonces, tras de una brevísima pausa, continuó avanzando, pues el cañón de una pistola lanzallamas le presionaba las costillas, mientras una voz dura murmuraba a su oído:

—A la nave comercial.

Devers se adelantó para abrir la escotilla, y Barr dijo:

—Quédese donde está, Luk. Ha sido usted un hombre decente y no vamos a matarle.

Pero el sargento reconoció el monograma de la pistola. Gritó con furia ahogada:

—¡Han matado al general!

Con un alarido salvaje e incoherente, se lanzó a ciegas contra la furiosa ráfaga del arma, y se derrumbó convertido en una ruina humana.

La nave comercial se elevaba sobre un planeta

muerto cuando las señales luminosas empezaron a parpadear contra la cremosa telaraña de la gran lente del firmamento que era la Galaxia, y surgieron otras formas negras. Devers exclamó:

—Agárrese fuerte, Barr, y veamos si tienen alguna nave capaz de competir con mi velocidad.

¡Sabía que no la tenían!

Y una vez en el espacio abierto, la voz del comerciante sonó perdida y muerta cuando dijo:

—La información que di a Brodrig era demasiado buena. Me parece que sufrirá la misma suerte del general.

Velozmente se introdujeron en las profundidades de la masa de estrellas que era la Galaxia.

8. HACIA TRÁNTOR

Devers se inclinó sobre el pequeño globo apagado, esperando un tenue signo de vida. El control direccional cribaba lenta y cuidadosamente el espacio con su denso y penetrante haz de señales.

Barr vigilaba pacientemente desde su asiento en la litera baja del rincón. Preguntó:

—¿Ya no hay rastro de ellos?

—¿De los chicos del Imperio? No. —El comerciante gruñó las palabras con evidente impaciencia—. Hace mucho rato que hemos perdido a los rastreadores. ¡El espacio! Con los brincos que hemos dado a través del hiperespacio, es una suerte que no hayamos ido a parar a la barriga de algún sol. No podrían habernos seguido aunque hubiesen superado nuestra velocidad, lo cual, evidentemente, no podían hacer.

Se recostó en el respaldo y se aflojó el cuello con un brusco ademán.

—Ignoro lo que han hecho aquí esos muchachos del Imperio. Creo que algunos de los portillos están desajustados.

—Veo que está intentando llegar a la Fundación.

—Estoy llamando a la Asociación, o, al menos, intentándolo.

—¿La Asociación? ¿Quiénes son?

—La Asociación de Comerciantes Independientes. Nunca había oído hablar de ellos, ¿verdad? Bueno, no es usted el único. Aún no nos hemos dado a conocer.

El silencio reinó durante un rato, centrado en el mudo indicador de recepción, hasta que Barr preguntó:

—¿Estamos ya a su alcance?

—No lo sé. Tengo sólo una ligera idea de dónde nos hallamos, por cálculo aproximado. Por eso me veo obligado a usar el control de dirección. Podríamos tardar años.

—¿En serio?

Barr hizo una seña y Devers dio un salto y se ajustó los audífonos. Había una diminuta y luminosa blancura en la pequeña esfera opaca.

Durante media hora, Devers se ocupó del frágil hilo de comunicación que atravesaba el hiperespacio para conectar dos puntos que la luz tardaría quinientos años en enlazar.

Al final se recostó, perdida la esperanza. Levantó la vista y se quitó los audífonos.

—Comamos, doctor. Hay una ducha que puede usar si le apetece, pero tenga cuidado con el agua caliente.

Se puso en cuclillas ante uno de los armarios que cubrían una pared y rebuscó entre su contenido.

—Espero que no sea vegetariano.

—Como de todo —repuso Barr—. Pero ¿qué hay de la Asociación? ¿Los ha perdido?

—Así parece. Era un alcance máximo, algo excesivo. Pero no importa; recibí lo esencial.

Se enderezó y colocó sobre la mesa dos recipientes de metal.

—Espere cinco minutos, doctor, y entonces ábralo

oprimiendo el contacto. Aparecerá un plato, tenedor y comida; muy cómodo cuando se tiene prisa, si no le interesan mucho los detalles como las servilletas. Supongo que querrá saber lo que me ha comunicado la Asociación.

—Sí, si no es un secreto.

Devers meneo la cabeza.

—Para usted, no. Lo que dijo Riose era cierto.

—¿Sobre el ofrecimiento de un tributo?

—Sí. Lo ofrecieron, y se lo rechazaron. Las cosas van mal. Se pelea en los soles exteriores de Loris.

—¿Loris está cerca de la Fundación?

—¿Cómo? ¡Oh!, no sabría decírselo. Es uno de los Cuatro Reinos originales. Podría definirlo como «parte de la línea interior de defensa». Eso no es lo peor. Se han enfrentado a naves de tamaño inusitado, lo cual significa que Riose no estaba exagerando. *Es cierto* que ha recibido más naves. Brodrig ha cambiado de bando, y yo he armado un buen lío.

Sus ojos expresaban temor cuando juntó los dos puntos de contacto del recipiente y contempló cómo se abría. El guisado despidió un aroma que invadió toda la cámara. Ducem Barr ya estaba comiendo.

—Así pues, se acabaron las improvisaciones —dijo Barr—. Aquí no podemos hacer nada, no podemos cruzar las líneas imperiales para volver a la Fundación, no podemos hacer otra cosa que ser sensatos y esperar pacientemente. Sin embargo, si Riose ha llegado a la línea interior, la espera no será demasiado larga.

Devers dejó el tenedor.

—¿Esperar? —gruñó, enfurecido—. Eso estará bien para *usted*, que no tiene nada en juego.

—¿Ah, no? —sonrió Barr.

—No. Voy a explicárselo. —La irritación de Devers se hizo evidente—. Estoy harto de mirar todo este asunto bajo la lente del microscopio como si fuese un objeto interesante. Allí tengo amigos que se están muriendo; y un mundo, mi hogar, que también se muere. Usted es un extraño; no sabe nada de esto.

—He visto morir a amigos míos. —Las manos del anciano estaban inmóviles sobre sus piernas, y tenía los ojos cerrados—. ¿Está usted casado?

—Los comerciantes no se casan —repuso Devers.

—Pues yo tengo dos hijos y un sobrino. Han sido advertidos, pero, por algunas razones, no han podido hacer nada. Nuestra huida significa su muerte. Espero que mi hija y mis dos nietos hayan podido abandonar el planeta antes de esto; pero, incluso excluyéndolos, yo he arriesgado y perdido más que usted.

Devers replicó con crueldad:

—Lo sé, pero ha sido un caso de elección. Podría haberse quedado con Riose. Yo no le he pedido...

Barr negó con la cabeza.

—No ha sido un caso de elección, Devers. Descargue su conciencia; no he arriesgado a mis hijos por usted. Cooperé con Riose todo el tiempo que pude. Pero estaba la sonda psíquica.

El patricio siwenniano abrió los ojos; el dolor se reflejaba en ellos.

—Riose fue a verme en cierta ocasión, hace aproximadamente un año. Habló de un culto centrado en los magos, pero no adivinó la verdad. No es realmente un culto. Verá; ya hace cuarenta años que Siwenna está bajo el insoportable yugo que ahora amenaza a su mundo. Han sido sofocadas cinco rebeliones. Entonces yo descubrí los viejos archivos de Hari Seldon, y ahora este «culto» está esperando. Espera la llegada de los «magos», y se halla dispuesto para ese día. Mis hijos son jefes de los que esperan. *Éste* es el secreto que guardo en mi mente y que la sonda no debe tocar jamás. Por esta razón han de morir como rehenes; porque la alternativa es su muerte como rebeldes, y con ellos la muerte de medio Siwenna. Como ve, ¡no tenía elección! Y no soy ningún extraño.

Devers bajó la mirada, y Barr continuó suavemente:

—Las esperanzas de Siwenna dependen de la victoria de la Fundación. Por esa victoria se sacrifican mis hijos. Y Hari Seldon no predice la inevitable salvación de Siwenna como predice la de la Fundación. No poseo ninguna seguridad sobre mi pueblo... sólo esperanza.

—Pero así y todo está dispuesto a esperar. Incluso con la Flota imperial en Loris.

—Esperaría con la misma serenidad —declaró sencillamente Barr— si hubiesen aterrizado en el propio planeta Términus.

El comerciante frunció el ceño mientras las dudas se agolpaban en su mente.

—No sé. No puede suceder realmente así, como por arte de magia. Psicohistoria o no, son terriblemente fuertes, y nosotros somos débiles. ¿Qué puede hacer Seldon en esto?

—No hay nada que *hacer*. Todo está *hecho*, y ahora se está realizando. El hecho de que usted no oiga girar las ruedas ni sonar los tambores no significa que sea menos seguro.

—Tal vez; pero en estos momentos me sentiría más a gusto si de verdad hubiese destrozado el cráneo de Riose. Él es un enemigo mayor que todo su ejército.

—¿Destrozar su cráneo? ¿Con Brodrig en el mando? —El rostro de Barr se contrajo por el odio—. Todo Siwenna hubiera sido mi rehén. Brodrig ya ha demostrado de lo que es capaz. Existe un mundo que hace tan sólo cinco años perdió a un hombre de cada diez por el mero hecho de no pagar sus impuestos. Brodrig era el recaudador. No, Riose puede vivir. Sus castigos son caricias comparados con los de Brodrig.

—Pero seis meses, *seis meses* en la base enemiga, y no hemos conseguido nada. —Las fuertes manos de

Devers se juntaron con tanta fuerza que sus nudillos crujieron—. ¡No hemos conseguido nada!

—De acuerdo, pero espere. Ahora recuerdo... —Barr rebuscó en su bolsa—. Quizá le sirva esto. —Y puso sobre la mesa la pequeña esfera de metal.

Devers la agarró.

—¿Qué es?

—La cápsula del mensaje que Riose recibió antes de que yo le golpeara. ¿No cree que tal vez ya hayamos conseguido algo?

—Lo ignoro. ¡Depende de su contenido! —Devers se sentó y dio vueltas a la esfera cuidadosamente.

Cuando Barr salió de la ducha fría y se colocó, con agrado, bajo la cálida corriente del secador de aire, encontró a Devers, silencioso y absorto, en el banco de trabajo.

El siwenniano se dio rítmicas palmadas en el cuerpo y habló en voz alta para hacerse oír:

—¿Qué hace?

Devers levantó la vista. Gotas de sudor perlaban su frente.

—Voy a abrir esta cápsula.

—¿Podrá abrirla sin la característica personal de Riose? —Había un acento de sorpresa en la voz del siwenniano.

—Si no puedo hacerlo, me daré de baja de la Asociación y no pilotaré una nave por el resto de mi vida. Ya tengo un triple análisis electrónico del interior, y poseo unos pequeños utensilios de los cuales el Imperio no ha oído hablar jamás, fabricados especialmente para cápsulas de mensajes. Verá, he sido ladrón anteriormente. Un comerciante ha de ser un poco de todo...

Se inclinó sobre la pequeña esfera, y con un instrumento plano la tanteó delicadamente, levantando chispas rojas a cada leve contacto. Dijo:

—Esta cápsula muestra un trabajo muy basto; los

muchachos del Imperio no sirven para cosas delicadas, se ve enseguida. ¿Ha visto alguna vez una cápsula de la Fundación? Para empezar, su tamaño es la mitad del de ésta, y es impenetrable al análisis electrónico.

De repente se quedó rígido; los músculos de sus hombros se contrajeron visiblemente bajo la túnica. Su diminuta sonda presionó ligeramente...

Salió sin ruido, pero Devers se relajó y suspiró. En su mano estaba la brillante esfera con el mensaje desenrollado como una lengua de pergamino.

—Es de Brodrig —dijo. Y luego, con desprecio—: El mensaje es permanente. En una cápsula de la Fundación el mensaje se transformaría en gas al cabo de un minuto.

Pero Ducem Barr le hizo callar con un ademán. Leyó rápidamente el mensaje:

De: Ammel Brodrig, enviado extraordinario de Su Majestad Imperial, secretario privado del Consejo y Par del Reino.

A: Bel Riose, gobernador militar de Siwenna, general de las Fuerzas Imperiales y Par del Reino.

Le saludo.

El planeta 1.120 ya no resiste. Los planes de ofensiva continúan según fueron concebidos. El enemigo se debilita visiblemente y los objetivos finales serán alcanzados con seguridad.

Barr levantó la cabeza y exclamó amargamente:

—¡Idiota! ¡Maldito imbécil! ¿A *eso* llama un mensaje?

—¿Cómo? —dijo Devers, vagamente decepcionado.

—No dice nada —recalcó Barr—. Nuestro pelotillero cortesano está jugando a general. Sin la presencia de Riose, es comandante en jefe, y ha de desahogar sus pobres ánimos con pomposos informes sobre situaciones militares que no entiende en absoluto. «Tal y tal planeta ya no resiste.» «La ofensiva continúa.» «El enemigo se debilita.» ¡El pavo real sin cerebro!

—Bueno, bueno, espere un minuto. Lea despacio.

—Tírelo. —El anciano se apartó, exasperado—. La Galaxia sabe que no esperaba algo de importancia abrumadora, pero en tiempos de guerra es razonable suponer que incluso la orden más rutinaria puede dificultar los movimientos de tropas y causar complicaciones ulteriores si no se cumple. Por eso me llevé la cápsula. Pero ¡esto! Hubiera sido mejor dejarla. Así habría hecho perder a Riose un minuto de su tiempo, que ahora puede utilizar con fines más constructivos.

Devers se había levantado.

—¿Quiere seguir leyendo y parar de bailotear? Por el amor de Seldon... —Colocó el mensaje bajo la nariz de Barr—. Vamos, léalo de nuevo. ¿A qué se refiere con lo de «objetivos finales»?

—A la conquista de la Fundación. ¿Por qué?

—¿Usted cree? Tal vez se refiere a la conquista del Imperio. Usted sabe que él lo considera el objetivo final.

—¿Y qué si es así?

—¡Si es así! —La torcida sonrisa de Devers se perdió entre su barba—. Vamos, preste atención y se lo diré.

Con un dedo volvió a introducir en la ranura la diminuta hoja de pergamino ricamente adornada con el monograma. Desapareció con un ligerísimo ruido, y el globo volvió a ser liso y entero. En algún lugar del interior se ajustaron las engrasadas ruedecillas de sus controles al encajar con movimientos precisos.

—Veamos, ¿verdad que no hay un sistema que permita abrir esta cápsula sin conocer la característica personal de Riose?

—Para el Imperio, no —repuso Barr.

—Entonces, la evidencia que contiene es desconocida para nosotros y absolutamente auténtica.

—Para el Imperio, sí —dijo Barr.

—Y el Emperador puede abrirla, ¿verdad? Las características personales de los funcionarios del Gobierno deben figurar en el archivo. Están en la Fundación.

—Y también en la capital imperial —convino Barr.

—Entonces, si usted, un patricio siwenniano y Par del Reino, dice a ese Cleón, a ese Emperador, que su loro favorito y su más brillante general se asocian para derrocarle, y le entrega la cápsula como prueba, ¿cuáles cree que serán, en *su* opinión, los «objetivos finales» de Brodrig?

Barr se sentó, pues se notaba débil.

—Espere, no puedo seguirle. —Se pasó la mano por la delgada mejilla y añadió—: No está hablando en serio, ¿verdad?

—Claro que sí. —Devers estaba excitado—. Escuche: nueve de los diez últimos emperadores fueron degollados o sus entrañas saltaron por obra de alguno de sus generales que tenía grandes ideas en la cabeza. Usted mismo me lo ha contado más de una vez. El bueno del Emperador nos creería tan deprisa que a Riose le daría vueltas la cabeza.

Barr murmuró débilmente:

—Así que habla en serio. Por la Galaxia, hombre, no pretenda resolver una crisis de Seldon con un plan tan fantástico, complicado y poco práctico como éste. Suponga que nunca se hubiese apoderado de la cápsula. Suponga que Brodrig no hubiera utilizado la palabra «final». Seldon no depende del azar.

—Si el azar nos sale al encuentro, no hay ley que diga que Seldon no debe aprovecharlo.

—Desde luego. Pero... —Barr se interrumpió, y

después habló con calma, conteniéndose visiblemente—. Escuche: en primer lugar, ¿cómo llegará al planeta Trántor? Ignora su localización en el espacio y yo no recuerdo las coordenadas, y menos aún las efemérides. Ni siquiera sabe nuestra propia posición en el espacio.

—En el espacio es imposible perderse —sonrió Devers, que ya estaba a los controles—. Bajaremos al planeta más próximo y volveremos con las mejores cartas de navegación que puedan comprar los cien mil créditos de Brodrig.

—Y con una ráfaga en la barriga. Nuestra descripción personal ya habrá llegado a todos los planetas de esta parte del Imperio.

—Escuche, doctor —dijo pacientemente Devers—, no sea un aguafiestas. Riose cree que mi nave se rindió con demasiada facilidad y, hermano, no estaba bromeando. Esta nave tiene suficiente potencia y energía como para escapar de todo lo que encontremos a este lado de la frontera. Y además tenemos escudos personales. Los muchachos del Imperio no los encontraron, simplemente porque era imposible.

—Muy bien —dijo Barr—, muy bien. Imaginemos que estamos en Trántor. ¿Cómo conseguirá ver al Emperador? ¿Cree usted que tiene horas de oficina?

—Esto ya lo pensaremos cuando estemos en Trántor —replicó Devers.

Y Barr murmuró con impotencia:

—De acuerdo. Hace medio siglo que deseo ver Trántor y no quiero morir sin haberlo hecho. Adelante con su plan.

Devers conectó el motor hiperatómico. Las luces relampaguearon y se produjo una ligera sacudida interior que marcó el cambio al hiperespacio.

9. EN TRÁNTOR

Las estrellas eran tan numerosas como la mala hierba en un campo abandonado y, por primera vez, Lathan Devers encontró que los números situados a la derecha de la coma decimal eran de primordial importancia para calcular las órbitas a través de las hiperregiones. Existía cierta sensación de claustrofobia en la necesidad de dar saltos no superiores a un año luz, y una tremenda dureza en un firmamento que resplandecía ininterrumpidamente en todas direcciones. Era como estar perdido en un mar de radiación.

Y en el centro de un núcleo de diez mil estrellas, cuya luz rasgaba la oscuridad circundante, giraba el enorme planeta imperial, Trántor.

Pero era más que un planeta; era el latido vivo de un imperio de veinte millones de sistemas estelares. Tenía una sola función: la administración; un solo propósito: el gobierno; y un solo producto manufacturado: la ley.

El mundo entero era una distorsión funcional. No había en su superficie otros objetos vivos que el hombre, sus animales domésticos y sus parásitos. No podía encontrarse ni una brizna de hierba ni un trozo de suelo sin cubrir fuera de los doscientos kilómetros cuadrados que ocupaba el Palacio Imperial. Fuera del recinto de Palacio no existía más agua que la contenida en las vastas cisternas subterráneas que suministraban el líquido elemento a todo un mundo.

El lustroso, indestructible e incorruptible material que constituía la lisa superficie del Planeta era el cimiento de las enormes estructuras de metal que abarrotaban Trántor. Estas estructuras estaban conectadas por aceras, unidas por corredores, divididas en oficinas, ocupadas en su parte inferior por inmensos centros de venta al por menor que cubrían kilómetros cuadrados, y en su parte superior por el centelleante mundo de las diversiones, que cobraba vida todas las noches.

Era posible dar la vuelta al mundo de Trántor sin abandonar este único edificio conglomerado ni ver la ciudad.

Una flota de naves superior en número a todas las flotillas de guerra del Imperio descargaba diariamente en Trántor toda clase de mercancías para alimentar a los cuarenta mil millones de seres humanos que sólo daban a cambio el cumplimiento de la necesidad de desenredar las miríadas de hilos que convergían en la administración central del Gobierno más complejo que la humanidad conociera jamás.

Veinte mundos agrícolas eran el granero de Trántor. Un universo era su servidor...

Fuertemente sostenida a ambos lados por enormes brazos de metal, la nave comercial fue suavemente colocada en la gigantesca rampa que conducía al hangar. Devers había encontrado el camino a través de las múltiples complicaciones de un mundo concebido sobre el papel y dedicado al principio del «cuestionario por cuadriplicado».

Hicieron el alto preliminar en el espacio, donde

llenaron el primero de un centenar de cuestionarios. Hubo cien interrogatorios, la aplicación rutinaria de una sonda sencilla, la toma de fotografías de la nave, el análisis de características de los dos hombres y su subsiguiente registro, la búsqueda de contrabando, el pago del impuesto de entrada y, finalmente, la cuestión de las tarjetas de identidad y el visado de estancia.

Ducem Barr era siwenniano y súbdito del Emperador, pero Lathan Devers era un desconocido, sin los documentos necesarios. El funcionario que les atendió estaba abrumado por aquella extraña situación, pero Devers no podía entrar. De hecho, tendrían que retenerle para la investigación oficial.

De alguna parte brotaron cien créditos en billetes nuevos y flamantes, garantizados por los dominios de Brodrig. El funcionario se encogió visiblemente, y su estado de agobio disminuyó. Apareció un nuevo impreso procedente del casillero adecuado. Fue rellenado rápida y eficientemente, y la característica de Devers quedó estampada en él.

Los dos hombres entraron en Trántor.

En el hangar, la nave comercial fue registrada, fotografiada, anotada en el archivo, su contenido inventariado, copiadas las tarjetas de identidad de los pasajeros y se pagó por ella el impuesto requerido contra entrega de un recibo.

Y entonces Devers se encontró bajo el brillante y blanco sol, en una terraza donde había mujeres que charlaban, niños que gritaban y hombres que sorbían lánguidamente sus bebidas y escuchaban las noticias del Imperio emitidas por gigantescos televisores.

Barr pagó por un periódico las monedas de iridio que le pidieron. Era el *Noticias Imperiales* de Trántor, órgano oficial del Gobierno. En la trastienda de la editorial sonaba el ruido de las máquinas que imprimían ediciones extraordinarias, impulsadas desde las oficinas del *Noticias Imperiales*, situadas a dieciséis mil kilómetros por corredor —a nueve mil por avión—, del mismo modo que se imprimían simultáneamente diez millones de ejemplares en las restantes editoriales del planeta.

Barr echó una mirada a los titulares y dijo en voz baja:

—¿Por dónde empezamos?

Devers intentó sacudirse la depresión que le embargaba. Se hallaba en un universo muy alejado del suyo, en un mundo que le abrumaba con su complejidad, entre gentes que hacían y decían cosas casi incomprensibles para él. Las relucientes torres metálicas que le rodeaban y continuaban hasta el horizonte en una interminable multiplicidad, le oprimían; la vida atareada e indiferente de la gigantesca metrópoli le sumía en una terrible sensación de aislamiento e insignificancia.

—Eso se lo dejo a usted, doctor —contestó.

Barr estaba tranquilo. Comentó en un murmullo:

—Intenté decírselo, pero es difícil de creer si no lo ve uno mismo. Ya lo sé. ¿Adivina cuántas personas quieren ver diariamente al Emperador? Alrededor de un millón. ¿Sabe a cuántas recibe? A unas diez. Tendremos que tantear al servicio civil, y eso dificulta las cosas. Pero no podemos arriesgarnos a tratar con la aristocracia.

—Tenemos casi cien mil créditos...

—Un solo Par del Reino nos costaría eso, y necesitaríamos al menos tres o cuatro para llegar hasta el Emperador. Tal vez debamos acudir a cincuenta comisionados y supervisores, pero sólo nos costarán unos cien créditos cada uno. Yo seré quien hable. En primer lugar, no entenderían su acento, y, en segundo lugar, usted no conoce la etiqueta del soborno imperial. Es todo un arte, se lo aseguro. ¡Ah!

La tercera página del *Noticias Imperiales* traía lo que buscaba, y pasó el periódico a Devers.

Devers leyó con lentitud. El vocabulario era extraño, pero lo comprendió. Levantó la vista y sus ojos delataron lo preocupado que estaba. Golpeó curiosamente la página con el dorso de la mano.

—¿Cree que podemos fiarnos de esto?

—Dentro de ciertos límites —repuso Barr con calma—. Es muy improbable que hayan destruido la Flota de la Fundación. Seguramente ya han dado esta noticia varias veces, si usan la acostumbrada técnica de deducir las cosas desde una capital muy alejada del campo de batalla. Sin embargo, significa que Riose ha ganado otra contienda, lo cual no sería de extrañar. Dicen que ha conquistado Loris. ¿No se trata del planeta-capital del reino de Loris?

—Sí —contestó Devers—, o de lo que era el reino de Loris. Y no está ni a veinte parsecs de la Fundación. Doctor, hemos de trabajar muy rápido.

Barr se encogió de hombros.

—No se puede ir deprisa en Trántor. Si lo intenta, lo más probable es que acabe frente al cañón de un lanzarrayos atómico.

—¿Cuánto tiempo necesitaremos?

—Un mes, si tenemos suerte. Un mes y nuestros cien mil créditos.... si es que son suficientes. Y eso suponiendo que al Emperador no se le ocurra viajar a los Planetas Estivales, donde no recibe a ningún peticionario.

—Pero la Fundación...

—...Tendrá cuidado de sí misma, como hasta ahora. Vamos, habrá que pensar en la cena. Estoy hambriento. Después, la noche es nuestra, y será mejor que la disfrutemos. Nunca más veremos Trántor o un mundo similar, recuérdelo.

El delegado de las Provincias Exteriores abrió con impotencia sus regordetas manos y contempló a los solicitantes a través de unas gafas que no disimulaban su elevado grado de miopía.

—Pero es que el Emperador está indispuesto, caballeros. Es realmente inútil llevar este asunto a mi superior. Hace una semana que Su Majestad Imperial no concede audiencias.

—A nosotros nos recibirá —dijo Barr, fingiendo una total confianza—. Sólo se trata de ver a un miembro del personal del secretario privado.

—Imposible —dijo categóricamente el delegado—. Intentarlo me costaría el puesto. Ahora bien, si pueden ser más explícitos en relación con la naturaleza de su gestión, estoy dispuesto a ayudarles, pero compréndanlo, necesito algo más concreto, algo que pueda presentar a mi superior como una razón de suficiente importancia como para llevar el asunto adelante.

—Si mi gestión pudiera ser sometida a alguna autoridad inferior —sugirió Barr con suavidad—, no sería tan importante como para pedir audiencia a Su Majestad Imperial. Le propongo que se arriesgue. Puedo decirle que si Su Majestad Imperial concede a nuestro asunto la importancia que nosotros le garantizamos que tiene, usted recibirá los honores que sin duda merecerá si nos ayuda ahora.

—Sí, pero... —Y el delegado se encogió de hombros.

—Es un riesgo —convino Barr—, pero, como es natural, todo riesgo tiene sus compensación. Le estamos pidiendo un gran favor, pero ya nos sentimos extremadamente agradecidos por su bondad al concedernos la oportunidad de explicarle nuestro problema. Si nos *permite* expresar nuestra gratitud modestamente...

Devers frunció el ceño. Durante el mes anterior había oído este mismo discurso, con ligeras variaciones, lo menos veinte veces. Terminaba siempre con la rápida aparición del oculto fajo de billetes. Pero esta vez el epílogo fue diferente. Por regla general los billetes desaparecían inmediatamente, pero en aquella ocasión permanecieron a la vista mientras el delegado los contaba con lentitud, al tiempo que los inspeccionaba por ambos lados. En su voz se advirtió un pequeño cambio:

—Garantizados por el secretario privado, ¿eh? ¡Buen dinero!

—Volviendo al tema... —acosó Barr.

—No, espere —le interrumpió el delegado—, lo reanudaremos poco a poco. Estoy muy interesado en la naturaleza de su gestión. Este dinero es nuevo, y deben de tener mucho, pues se me ocurre que ya han visto a otros funcionarios antes que a mí. Veamos, ¿de qué se trata?

—No comprendo adónde quiere ir a parar —dijo Barr.

—Pues verá, podría probarse que están ustedes en el planeta ilegalmente, puesto que las tarjetas de identificación y entrada de su silencioso amigo son realmente inadecuadas. No es súbdito del Emperador.

—Niego esta afirmación.

—¡No importa lo que usted haga! —dijo el delegado con repentina brusquedad—. El funcionario que firmó las tarjetas por la suma de cien créditos ha confesado, bajo presión, y sabemos más de lo que ustedes creen.

—Si está insinuando, señor, que la suma que le hemos rogado que acepte es insuficiente frente a los riesgos...

El delegado sonrió.

—Por el contrario, es más que suficiente. —Echó los billetes a un lado—. Volviendo a lo que decía, el propio Emperador está interesado en su caso. ¿No es cierto, señores, que hace poco fueron huéspedes del general Riose? ¿No es cierto también que han escapado de las manos de su ejército con asombrosa facilidad? ¿No es cierto además que poseen una fortuna en billetes garantizados por los dominios del señor Brodrig? En suma, ¿no es cierto que son un par de espías y asesinos enviados aquí para...? Bien, ¡usted mismo nos dirá quién les pagó y por qué!

—¿Sabe una cosa? —dijo Barr con ira contenida—. Niego el derecho de acusarnos de crímenes a un insignificante funcionario. Nos vamos.

—No se irán. —El delegado se levantó, visiblemente transformado—. No es necesario que contesten a ninguna pregunta ahora; lo reservaremos para otro momento más indicado. Yo no soy un delegado; soy un teniente de la policía imperial. Están arrestados.

Empuñaba un reluciente lanzarrayos cuando sonrió y dijo:

—Hoy hemos detenido a hombres más importantes que ustedes. Estamos desarticulando una red de espionaje.

Devers sonrió entre dientes y llevó la mano lentamente a su propia pistola. El teniente de policía amplió su sonrisa y pulsó los contactos. El rayo chocó contra el pecho de Devers con precisión destructora, pero rebotó inofensivamente en su escudo personal, convirtiéndose en chispeantes partículas de luz.

Devers disparó a su vez, y la cabeza del teniente rodó por el suelo al quedar separada del tronco que iba desapareciendo tras el impacto del disparo. Aún sonreía cuando pasó por un haz de luz solar que entraba a través del reciente agujero practicado en la pared.

Se marcharon por la puerta trasera.

Devers dijo roncamente:

—Deprisa, a la nave. Darán la alarma rápidamente. —Profirió una maldición ahogada—. Otro plan que ha fracasado. Juraría que el propio espíritu maligno del espacio está contra mí.

Una vez en el exterior se dieron cuenta de que una gran muchedumbre rodeaba los enormes televisores. No tenían tiempo para esperar, no hicieron caso de los gritos estentóreos que llegaban de modo intermitente a sus oídos. Pero Barr agarró un ejemplar del *Noticias Imperiales* antes de precipitarse al gigantesco hangar, donde la nave emergió rápidamente desde una cavidad perforada en la pared de metal.

—¿Podrá escapar de ellos? —preguntó Barr.

Diez naves de la policía de tráfico persiguieron salvajemente al aparato fugitivo que había salido en forma correcta, controlado por radar, y quebrantado después todas las leyes de velocidad existentes. Detrás de la policía, veloces naves del servicio secreto despegaron en persecución de un aparato, cuidadosamente descrito, tripulado por dos asesinos plenamente identificados.

—Fíjese en mí —dijo Devers, cambiando salvajemente al hiperespacio, a tres mil kilómetros sobre la superficie de Trántor.

El cambio, tan cerca de una masa planetaria, dejó inconsciente a Barr y produjo un terrible dolor a Devers, pero, unos años luz más allá, el espacio que se abría sobre sus cabezas estaba desierto.

El orgullo de Devers por su nave no pudo ser contenido. Exclamó:

—No existe una sola nave imperial capaz de seguirme. —Y añadió con amargura—: Pero no tenemos un lugar a donde ir, y nos es imposible luchar contra ellos. ¿Qué podemos hacer? ¿Quién puede hacer algo efectivo?

Barr se movió ligeramente en su litera. El efecto del hipercambio aún no había pasado, y le dolían todos los músculos. Dijo:

—Nadie tiene que hacer nada. Todo ha terminado. ¡Mire!

Alargó a Devers el ejemplar del *Noticias Imperiales*, y los titulares fueron suficientes para el comerciante.

—Llamados a Trántor y arrestados... Riose y Brodrig —murmuró Devers, mirando inquisitivamente a Barr—. ¿Por qué?

—El artículo no lo dice, pero ¿qué importa? La guerra con la Fundación ha terminado y, en estos momentos, Siwenna está en plena revuelta. Lea el artículo y se enterará. —Su voz se debilitaba—. Nos detendremos en alguna de las provincias y sabremos más detalles. Si no te importa, voy a echar un sueñecito.

Y así lo hizo.

A saltos de creciente magnitud, la nave comercial cruzaba vertiginosamente la Galaxia de vuelta a la Fundación.

10. TERMINA LA GUERRA

Lathan Devers se sentía incómodo en extremo y vagamente resentido. Había recibido su condecoración y soportado con estoicismo la ampulosa oratoria del alcalde durante la ceremonia en la que le impusieron la cinta carmesí. Con aquello se terminó su parte en las celebraciones, pero, naturalmente, las formalidades oficiales le obligaban a quedarse. Y fueron sobre todo estas formalidades —del tipo que no le permitía bostezar a sus anchas o colocar cómodamente el pie en el asiento de una silla— lo que le hizo desear encontrarse de nuevo en el espacio, al que en realidad pertenecía.

La delegación siwenniana, con Ducem Barr como miembro heroico, firmó la Convención, y Siwenna se convirtió en la primera provincia que pasaba directamente del gobierno político del Imperio al gobierno económico de la Fundación.

Cinco naves de línea imperiales —capturadas cuando Siwenna se rebeló tras las líneas de la Flota fronteriza del Imperio— brillaban enormes y macizas sobre sus cabezas, enviando un ruidoso saludo a su paso por la ciudad.

Ahora ya no quedaba más que la bebida, la etiqueta y la charla inconsecuente...

Oyó una voz que le llamaba. Era Forell, el hombre, pensó fríamente Devers, que podía comprar a veinte como él con los beneficios de una sola mañana, pero un Forell que ahora le hacía señas con amable condescendencia.

Salió al balcón, donde soplaba el viento fresco de la noche, y se inclinó cortésmente, aunque con el ceño fruncido. Barr también se encontraba allí, sonriente. Le dijo:

—Devers, tiene que venir a defenderme. Me están acusando de modestia, un horrible crimen totalmente antinatural.

—Devers —le interpeló Forell, quitándose el cigarro de la boca—, el señor Barr pretende que el viaje de ustedes a la capital de Cleón no tuvo nada que ver con la destitución de Riose.

—Nada en absoluto —fue la breve respuesta de Devers—. No pudimos ver al Emperador. Los informes que obtuvimos durante nuestro regreso, a propósito del juicio, eran pura invención. Corrían rumores de que el general fue acusado ante el tribunal de intereses subversivos.

—¿Y era inocente?

—¿Riose? —intervino Barr—. ¡Sí! ¡Por la Galaxia, sí! Brodrig fue un traidor en términos generales, pero era inocente de los cargos específicos de que fue acusado. Fue una farsa judicial, pero necesaria, previsible e inevitable.

—Supongo que psicohistóricamente necesaria —recalcó Forell de forma sonora, con el acento humorístico de una larga familiaridad.

—Exacto. —Barr retornó a la seriedad—. No me di cuenta antes, pero cuando todo terminó y pude..., bueno, leer las respuestas en el libro, el problema apareció en toda su sencillez. *Ahora* podemos ver que el trasfondo social del Imperio inicia guerras de conquista que son imposibles para él. Bajo emperadores débiles cae en poder de generales que compiten entre sí por un trono moribundo y sin valor. Bajo emperadores fuertes, el Imperio se sume en una parálisis en la que la desintegración cesa en apariencia por el momento, pero sólo a costa de toda posible evolución.

Forell gruñó entre dos bocanadas:

—No se expresa usted con claridad, señor Barr.

Barr sonrió lentamente.

—Supongo que no. Es la dificultad de no estar familiarizado con la psicohistoria. Las palabras son pobres sustitutos de las ecuaciones matemáticas. Pero, veamos...

Barr se quedó pensativo, mientras Forell se apoyaba en la barandilla y Devers miraba el firmamento aterciopelado y pensaba con extrañeza en Trántor.

Entonces Barr prosiguió:

—Verá, señor; usted y Devers, y sin duda todo el mundo, tenían la idea de que derrotar al Imperio significaba ante todo desunir al Emperador y a su general. Usted y Devers, y todo el mundo, estaban en lo cierto, de acuerdo con el principio de la desunión interna. Sin embargo, se equivocaban al pensar que esta división interna podía provocarse mediante actos individuales, inspiraciones del momento. Intentaron ustedes el soborno y las mentiras. Apelaron a la ambición y al temor. Pero sus esfuerzos fueron vanos. De hecho, las apariencias eran peores tras cada tentativa. Y mientras se producían todas estas pequeñas oleadas, la marea de Seldon continuaba avanzando, en silencio, pero irresistiblemente.

Ducem Barr se volvió y contempló las luces de una ciudad en fiesta. Añadió:

—Una mano muerta nos empujaba a todos, al poderoso general y al gran Emperador, a mi mundo y al mundo de ustedes: la mano muerta de Hari Seldon. Él sabía que un hombre como Riose tenía que fracasar, ya que su mismo éxito provocaba el fracaso, y cuanto mayor fuese el éxito, mayor sería el fracaso.

Forell observó secamente:

—No puedo decir que se esté explicando con mayor claridad.

—Un momento —continuó Barr con énfasis—. Piense en la situación. Es evidente que un general débil nunca nos hubiera puesto en peligro. Tampoco lo hubiera hecho un general fuerte durante el reinado de un emperador débil, porque hubiera dirigido sus armas hacia un blanco mucho más provechoso. Los acontecimientos han demostrado que las tres cuartas partes de los emperadores de los dos últimos siglos fueron generales y virreyes rebeldes antes de ser tales emperadores. Así pues, sólo la combinación de un emperador fuerte y un general fuerte puede perjudicar a la Fundación; porque un emperador fuerte no puede ser destronado fácilmente, y un general fuerte se ve obligado a dirigir su atención hacia fuera, más allá de las fronteras. *Pero* ¿qué es lo que mantiene fuerte a un emperador? ¿Por qué era fuerte Cleón? Es evidente: era fuerte porque no toleraba súbditos fuertes. Un cortesano que se enriquece demasiado y un general demasiado popular son peligrosos. Toda la historia reciente del Imperio prueba estos hechos a un emperador que sea lo bastante inteligente como para ser fuerte. Riose obtuvo victorias, y por ello el Emperador concibió sospechas. Todo el ambiente de los tiempos le obligaba a ser suspicaz. ¿Riose rechazó un soborno? Muy sospechoso; habría motivos ocultos. ¿Su cortesano de mayor confianza se inclinaba repentinamente a favor de Riose? Muy sospechoso; habría motivos ocultos. Lo sospechoso no eran los actos individuales; cualquier otra cosa lo hubiera sido. Por eso nuestros complots individuales fueron innecesarios y bastante fútiles. Fue el *éxito* de Riose lo que despertó sospechas. Y por su éxito fue destituido, acusado, condenado y asesinado. La Fundación vuelve a ganar. Piénselo bien: no existe ninguna concebible combinación de sucesos que no dé como resultado la victoria de la Fundación. Era inevitable, cualquiera que fuese la actuación de Riose o la nuestra.

El magnate de la Fundación asintió gravemente con la cabeza.

—¡Así es! Pero ¿y si el Emperador y el general hubieran sido la misma persona? ¿Qué me dice a eso? Este caso no lo ha previsto usted, por lo que aún no ha probado su punto de vista.

Barr se encogió de hombros.

—No puedo *probar* nada. Carezco de conocimientos matemáticos. Pero apelo a su razón. En un Imperio en el cual cada aristócrata, cada hombre fuerte, cada pirata puede aspirar al trono (y, como enseña la historia, a menudo con éxito), ¿qué le ocurriría incluso a un emperador fuerte excesivamente preocupado con guerras que tuvieran lugar en el extremo opuesto de la Galaxia? ¿Por cuánto tiempo podría permanecer fuera de la capital antes de que alguien iniciase una guerra civil y le obligase regresar a casa? El ambiente social del Imperio acortaría ese tiempo. Una vez dije a Riose que ni con toda la fuerza del Imperio podría desviar la mano muerta de Hari Seldon.

—¡Bien, bien! —Forell estaba explosivamente satisfecho—. Entonces usted opina que el Imperio ya no puede volver a amenazarnos.

—Eso creo —afirmó Barr—. Francamente, Cleón puede morir antes de que acabe el año, y es seguro que la disputa por la sucesión dará origen a la *última* guerra civil del Imperio.

—En tal caso —dijo Forell—, ya no quedan enemigos.

Barr replicó, pensativo:

—Hay una Segunda Fundación.

—¿Al otro extremo de la Galaxia? Tardarán siglos en llegar a ellos.

Devers se volvió de improviso y se enfrentó a Forell, con expresión sombría:

—Tal vez haya enemigos internos.

—¿Usted cree? —preguntó fríamente Forell—. ¿Quién, por ejemplo?

—Pues... la gente que quiere distribuir un poco la riqueza y desea evitar que se concentre en manos que no son las que la producen. ¿Comprende lo que quiero decir?

Lentamente, la mirada de Forell perdió su desprecio y expresó la misma cólera que brillaba en los ojos de Devers.

SEGUNDA PARTE

EL MULO

11. LOS NOVIOS

EL MULO — *«El Mulo» es el menos conocido de todos los personajes de comparativa importancia para la historia galáctica. Se ignora su verdadero nombre, y su vida anterior es mera conjetura. Incluso el período de su mayor renombre nos es conocido principalmente a través de los ojos de sus antagonistas, y, sobre todo, a través de los de una joven recién casada...*

Enciclopedia Galáctica

La primera visión que tuvo Bayta de Haven no fue nada espectacular. Su marido se la señaló: una estrella opaca perdida en el vacío del borde de la Galaxia. Estaba más allá de los últimos y escasos grupos de estrellas, donde brillaban, solitarios, algunos puntos de luz. Incluso entre ellos se la veía pequeña e insignificante.

Toran se daba perfecta cuenta de que, como preludio de su vida matrimonial, la Enana Roja carecía de cualidades impresionantes, y apretó los labios con timidez.

—Lo sé, Bay..., no es exactamente un cambio agradable, ¿verdad? Me refiero a esto, después de la Fundación.

—Es un cambio horrible, Toran. Nunca debí casarme contigo.

El rostro de él se nubló momentáneamente, antes de que pudiera disimularlo, y ella le dijo con su especial tono maternal:

—Anda, tonto. Ahora haz una mueca de disgusto y mírame como un patito moribundo antes de reclinar tu cabeza en mi hombro para que yo acaricie tus cabellos llenos de electricidad estática. Buscabas una mentira piadosa, ¿verdad? Esperabas que yo te dijera: «¡Contigo seré feliz en cualquier parte, Toran!», o bien, «¡Las mismas profundidades interestelares serían mi hogar, amor mío, teniéndote a mi lado!» Vamos, admítelo.

Le apuntó con un dedo y lo retiró un instante antes de que él pudiera aprisionarlo con sus dientes.

Toran contestó:

—Si me rindo y admito que tienes razón, ¿prepararás la cena?

Ella asintió, satisfecha. Toran sonrió, mirándola.

Bayta no era excepcionalmente hermosa para los demás —él lo admitía—, aunque todos se volvían a mirarla. Tenía el cabello oscuro y brillante, pero era liso, y su boca un poco grande; en cambio, sus espesas y bien dibujadas cejas separaban la frente blanca y tersa de unos ojos cálidos, color caoba, eternamente risueños.

Y tras una actitud firme y bien definida basada en ideas prácticas y nada románticas sobre la vida, se ocultaba un fondo de suavidad que nunca se daba a conocer si se buscaba, pero que se encontraba si se empleaba el tacto y no se daba la impresión de perseguirla.

Toran ajustó innecesariamente los controles y decidió descansar. Quedaba un salto interestelar y luego varios milimicroparsecs «en línea recta» antes de que fuera necesario el control manual. Se inclinó hacia atrás para mirar hacia el pañol de víveres, donde Bayta elegía los recipientes apropiados.

Había un poco de presunción en su actitud hacia Bayta; la satisfacción que indica el triunfo de alguien que ha estado al borde del complejo de inferioridad durante tres años.

Al fin y al cabo, era provinciano, y no sólo eso, sino hijo de un comerciante renegado. Y ella procedía de la misma Fundación; y aún más: su linaje se remontaba a Mallow.

Pero tras aquella presunción existía un pequeño temor. Llevarla a Haven, mundo rocoso y con ciudades cavernosas, ya era malo de por sí; pero enfrentarla a la tradicional hostilidad de los comerciantes contra la Fundación —del nómada contra el ciudadano— era todavía peor.

Pese a ello... después de la cena, ¡el último salto!

Haven era un rabioso fulgor carmesí, y el segundo planeta una tosca mancha de luz de bordes nebulosos y un semicírculo de oscuridad. Bayta se inclinó sobre la gran mesa visora en cuyos retículos se veía Haven II limpiamente centrado. Dijo gravemente:

—Me gustaría haber conocido antes a tu padre. Si no le resulto simpática...

—Entonces —replicó Toran con naturalidad—, serías la única muchacha bonita que no le inspirara simpatía. Antes de que perdiera el brazo y dejara de vagar por la Galaxia... Bueno, si le preguntas acerca de lo que hacía, te contará cosas hasta que se te revienten los tímpanos. Llegó un momento en que empecé a pensar que exageraba, porque nunca contaba una historia por segunda vez sin cambiarla...

Ahora Haven II se abalanzaba hacia ellos. El mar encerrado entre rocas giraba pesadamente bajo su nave, gris como la pizarra en el crepúsculo, y ocultándose de vez en cuando entre jirones de nubes. A lo largo de la costa se elevaban agrestes montañas.

El mar pareció arrugarse debido a su proximidad y, cuando viraron y lo perdieron de vista, vislumbraron unos campos de hielo bordeando la costa.

Toran gruñó ante la violenta deceleración.

—¿Llevas el traje cerrado?

La cara redonda de Bayta se veía un poco congestionada por el traje de gomaespuma, provisto de calefacción interna y fuertemente adherido a la piel.

La nave descendió ruidosamente sobre el campo abierto, a poca distancia de una altiplanicie.

Bajaron con torpes movimientos a la sólida oscuridad nocturna del exterior de la Galaxia, y Bayta lanzó una exclamación ahogada cuando sintió el frío repentino y el azote del viento. Toran la cogió por el codo y ambos echaron a correr por el liso y compacto terreno hacia el fulgor de luz artificial que se distinguía a poca distancia.

Los centinelas les salieron al encuentro a medio camino y, tras unas frases en voz baja, siguieron avanzando juntos. El viento y el frío desaparecieron cuando la puerta de roca se cerró tras ellos. El cálido interior, blanco y con paredes luminosas, se llenó de una cierta agitación. Unos hombres les miraron desde sus mesas, y Toran presentó sus documentos.

Tras una rápida ojeada a los papeles les indicaron que siguieran, y Toran murmuró a su esposa:

—Papá debe de haberse encargado de los preliminares. Lo normal es que te retengan cinco horas.

Salieron al exterior, y Bayta exclamó repentinamente:

—¡Oh, querido...!

La ciudad-caverna estaba iluminada por una luz diurna, la luz blanca de un joven sol. Naturalmente, no había ningún sol. Lo que hubiera debido ser el firmamento se perdía en el fulgor difuso de un brillo que lo abarcaba todo. El aire cálido estaba perfumado por la fragancia de la vegetación.

—¡Oh, Toran, qué hermoso! —exclamó Bayta.

Toran sonrió con satisfacción.

—Bueno, Bay, no se puede comparar a la Fundación, pero es la ciudad más grande de Haven II. Tiene veinte mil habitantes. Creo que acabará gustándote. Lo siento, pero no hay parques de diversiones, aunque tampoco hay policía secreta.

—¡Oh, Torie! Es como una ciudad de juguete. Todo blanco y rosado... y tan limpio.

—Bueno... —Toran contempló a su vez la ciudad. La mayoría de las casas tenían dos pisos y estaban construidas con la piedra lisa de la región. Faltaban las torres de la Fundación y las colosales casas de comunidad de los Reinos Antiguos, pero había intimidad e individualismo; era una reliquia de la iniciativa personal en una Galaxia de vida en masa.

Toran fijó de repente su atención.

—Bay..., ¡ahí está papá! Allí, donde te estoy señalando. ¿No le ves?

Sí que le veía. Le dio la impresión de un hombre corpulento que saludaba frenéticamente con la mano, con los dedos extendidos como si quisiera agarrar el aire. Llegó hasta ellos el profundo trueno de un grito sostenido. Bayta siguió a su marido, que corría por el recortado césped. Vio a un hombre más pequeño, de cabellos blancos, casi invisible detrás del hombre robusto, que aún saludaba y seguía gritando.

Toran gritó por encima del hombro:

—Es el hermanastro de mi padre. El que estuvo en la Fundación, ya sabes.

Se encontraron en el césped, riendo, incoherentes, y el padre de Toran lanzó una exclamación final para demostrar su alegría. Se estiró la corta chaqueta y ajustó su cinturón con hebilla de metal, su única concesión al lujo.

Su mirada saltó de uno de los jóvenes al otro, y entonces exclamó, casi sin aliento:

—¡Habéis escogido un día muy malo para volver a casa, muchachos!

—¿Qué? ¡Oh! Es el aniversario de Seldon, ¿verdad?

—Sí. He tenido que alquilar un coche para venir aquí y obligar a Randu a conducirlo. No se podía conseguir un vehículo público ni a punta de pistola.

Sus ojos estaban ahora fijos en Bayta. Se dirigió a ella con voz más suave:

—Tengo tu cristal precisamente aquí, y es bueno, pero ahora veo que quien lo tomó era un aficionado.

Extrajo del bolsillo de la chaqueta el pequeño cubo transparente, y, al ser expuesto a la luz, la sonriente cara de una Bayta en miniatura cobró una vida multicolor.

—¡Ésa! —dijo Bayta—. No sé por qué Toran mandó esta caricatura. Me sorprende que me permitiera usted venir, señor.

—¿De verdad? Llámame Fran; no quiero ceremonias. Creo que será mejor que me cojas del brazo y nos vayamos al coche. Hasta este momento nunca creí que mi chico supiera lo que hacía. Creo que cambiaré de opinión. Sí, *tendré* que cambiar de opinión.

Toran le susurró a su tío:

—¿Cómo está el viejo últimamente? ¿Todavía persigue a las mujeres?

Randu sonrió, arrugando todo el rostro.

—Cuando puede, Toran, cuando puede. Hay veces que recuerda que su próximo cumpleaños será el sexagésimo, y esto le desanima. Pero hace callar ese mal pensamiento y enseguida vuelve a ser el mismo. Es un comerciante del viejo estilo. Pero hablemos de ti, Toran. ¿Dónde encontraste una esposa tan bonita?

El joven sonrió y cogió del brazo a su tío.

—¿Pretendes que te cuente en un minuto la historia de tres años, tío?

En el pequeño salón de la casa, Bayta se despojó de su capa de viaje y ahuecó su cabellera lacia. Se sentó, cruzó las piernas y devolvió la apreciativa mirada de aquel hombre corpulento, diciéndole:

—Sé lo que está intentando adivinar, y voy a ayudarle: edad, veinticuatro años, estatura, uno sesenta y ocho, peso, sesenta y dos, educación especial, Historia.

Bayta advirtió que él se ponía siempre de costado para ocultar que era manco. Pero Fran se le acercó y dijo:

—Ya que lo has mencionado, te diré que pesas sesenta y nueve. —Se rió de buena gana al verla enrojecer, y entonces añadió, dirigiéndose a todos en general—: Siempre se puede adivinar el peso de una mujer fijándose en la parte superior de su brazo, con la debida experiencia, claro. ¿Quieres beber algo, Bay?

—Sí, entre otras cosas —repuso ella, y salieron juntos mientras Toran contemplaba las estanterías en busca de nuevos libros.

Fran volvió solo y explicó:

—Bajará dentro de unos momentos.

Se sentó pesadamente en la gran silla del rincón y colocó su anquilosada pierna izquierda sobre un taburete. Ya no había risas en su rostro rubicundo, y Toran se dirigió hacia él.

—Bien, muchacho —dijo Fran—, ya has vuelto a casa y estoy contento. Me gusta tu mujer. No es una remilgada.

—Me he casado con ella —repuso sencillamente Toran.

—Bueno, eso es algo totalmente distinto, hijo mío. —Sus ojos se oscurecieron—. Es un modo insensato de encadenarse. Durante mi larga vida, de gran experiencia, no hice nada semejante.

Randu interrumpió desde el rincón donde había permanecido en silencio:

—Vamos, Franssart, ¿qué comparaciones se te ocurre hacer? Hasta tu aterrizaje forzoso de hace seis años nunca estuviste en un lugar el tiempo suficiente como para establecerte y cumplir así los requisitos para el matrimonio. Y desde entonces, ¿quién iba a aceptarte?

El hombre manco se enderezó en su asiento y replicó con ardor:

—Muchas, viejo chocho canoso...

Toran intervino con apresurado tacto:

—Es sólo una formalidad legal, papá. La situación tiene sus ventajas.

—Sobre todo para la mujer —gruñó Fran.

—Incluso así —argumentó Randu—, es asunto del muchacho. El matrimonio es una vieja costumbre en la Fundación.

—Los de la Fundación no son modelo apto para un honrado comerciante —refunfuñó Fran.

Toran volvió a intervenir.

—Mi esposa es de la Fundación. —Miró al uno y luego al otro, y añadió con voz queda—: Ya viene.

La conversación giró sobre temas generales, después de la cena, y Fran la amenizó con tres relatos de sus aventuras pasadas, compuestos en partes iguales de sangre, mujeres, beneficios y pura invención. Estaba encendido el pequeño televisor, que transmitía un drama clásico, con el volumen puesto al mínimo. Randu se arrellanó en una posición más cómoda en el bajo sofá y se quedó mirando por encima del humo de su larga pipa hacia el lugar donde Bayta estaba arrodillada sobre la alfombra de piel blanca, traída hacía mucho tiempo de una misión comercial y que ahora sólo se extendía en las grandes ocasiones.

—¿Has estudiado Historia, hija mía? —preguntó amablemente.

—He sido la desesperación de mis maestros —repuso Bayta—, pero al final logré aprender algo.

—Un diploma y una beca —explicó Toran, satisfecho—, ¡sólo eso!

—¿Y qué aprendiste? —continuó preguntando Randu.

—¿Se lo digo todo? ¿Así, de repente? —rió la chica.

El anciano sonrió con suavidad.

—Bueno, pues dime lo que piensas de la situación galáctica.

—Creo —dijo concisamente Bayta— que es inminente una crisis Seldon, y, si no se produce, sería mejor acabar de una vez con el plan Seldon. Es un fracaso.

«Hum —pensó Fran desde su rincón—. Vaya modo de hablar de Seldon.» Pero no dijo nada en voz alta.

Randu dio una chupada a su pipa.

—¿De verdad? ¿Por qué lo dices? Yo estuve en la Fundación cuando era joven, y también tuve grandes ideas dramáticas. Pero dime por qué has dicho eso.

—Bueno... —Los ojos de Bayta estaban pensativos mientras escondía los pies en la suavidad de la piel y apoyaba la barbilla en una mano regordeta—. A mí me parece que toda la esencia del plan de Seldon era crear un mundo mejor que el que había en el Imperio Galáctico. Ese mundo se estaba derrumbando hace tres siglos, cuando Seldon estableció la Fundación, y si la historia dice la verdad, se desmoronaba por culpa de una triple enfermedad: la inercia, el despotismo y la mala distribución de los recursos del universo.

Randu asintió lentamente, mientras Toran contemplaba con orgullo a su esposa y Fran chasqueaba la lengua y volvía a llenarse el vaso. Bayta continuó:

—Si la historia de Seldon es cierta, previó el colapso total del Imperio gracias a sus leyes de la psicohistoria, y predijo los necesarios treinta mil años de barbarie antes del establecimiento de un nuevo Segundo Imperio que devolvería la civilización y la cultura a la humanidad. El objetivo de toda su vida fue establecer las condiciones que asegurarían un renacimiento más rápido.

La profunda voz de Fran interrumpió:

—Y por eso estableció las dos Fundaciones, bendito sea su nombre.

—Y por eso estableció las dos Fundaciones —repitió Bayta—. Nuestra Fundación fue una concentración de científicos del Imperio moribundo, destinada a llevar hacia nuevas cumbres a la ciencia y la cultura del hombre. Y la Fundación estaba situada de tal modo en el espacio, y los acontecimientos históricos fueron tales, que, por un cuidadoso cálculo de su genio, Seldon previó que dentro de mil años se convertiría en un Imperio nuevo y más glorioso.

Hubo un reverente silencio.

La muchacha dijo en voz baja:

—Es una vieja historia. Todos la conocemos. Durante casi tres siglos, todos los seres humanos de la Fundación la han conocido. Pero he creído que era apropiado repetirla... sólo por encima. Hoy es el aniversario de Seldon, y aunque yo sea de la Fundación, y ustedes de Haven, tenemos esto en común...

Encendió un cigarrillo con lentitud y contempló de forma ausente el extremo encendido.

—Las leyes de la historia son tan absolutas como las leyes de la física, y si las probabilidades de error son mayores, es sólo porque la historia no trata de tantos seres humanos como los átomos de que trata la física, y las variaciones individuales cuentan más. Seldon predijo una serie de crisis durante los mil años de evolución, cada una de las cuales provocaría un giro de nuestro camino hacia un fin precalculado. Son estas crisis las que nos dirigen... y por eso ha de producirse una de ellas ahora. ¡Ahora! —repitió con fuerza—. Ha pasado casi un siglo desde la última, y durante este siglo se han reproducido en la Fundación todos los vicios del Imperio. ¡La inercia! Nuestra clase dirigente sólo conoce una ley: no cambiar. ¡El despotismo! Sólo conoce una regla: la fuerza. ¡La mala distribución! Sólo conoce un deseo: conservar lo que tiene.

—¡¡Mientras otros mueren de hambre!! —vociferó de repente Fran dando un potente golpe de su puño contra el brazo de su sillón—. Muchacha, tus palabras son perlas. Sus bolsas llenas arruinan a la Fundación, mientras los valientes comerciantes ocultan su pobreza en mundos remotos como Haven. Es un insulto a Seldon, una bofetada a su rostro, un salivazo a su barba. —Levantó el brazo, y su faz se alargó—. ¡Si tuviera mi otro brazo! ¡Si cierto día me hubieran escuchado!

—Papá —dijo Toran—, no te exaltes.

—¡No te exaltes, no te exaltes! —le imitó ferozmente su padre—. ¡Viviremos y moriremos aquí para siempre, y tú dices que no me exalte!

—Tu Fran es nuestro moderno Lathan Devers —dijo Randu, gesticulando con su pipa—. Devers murió en las minas de esclavos hace ochenta años, junto con el bisabuelo de tu marido, porque le faltaba sabiduría y le sobraba corazón...

—Sí, y por la Galaxia que yo haría lo mismo si fuera él —juró Fran—. Devers fue el más grande comerciante de la historia, más grande que el inflado charlatán de Mallow, a quien los de la Fundación rinden culto. Si los asesinos que gobiernan la Fundación lo mataron porque amaba la justicia, tanto mayor es la deuda de sangre que han contraído.

—Continúa, muchacha —pidió Randu—. Continúa o seguro que hablará toda la noche y desvariará todo mañana.

—Ya no queda nada por decir —repuso Bayta con repentina tristeza—. Ha de haber una crisis, pero ignoro cómo será provocada. Las fuerzas progresistas de la Fundación están oprimidas de modo terrible. Ustedes, los comerciantes, pueden tener voluntad, pero son perseguidos y están dispersos. Si todas las fuerzas de buena voluntad de dentro y fuera de la Fundación se unieran...

La risa de Fran sonó como una ronca burla.

—Escúchala, Randu, escúchala. De dentro y fuera de la Fundación, ha dicho. Muchacha, muchacha, no hay esperanza que valga en lo que se refiere a los débiles de la Fundación. Hay entre ellos algunos que empuñan el látigo, y el resto sufre los latigazos... hasta morir. No queda en todos ellos ni una maldita chispa que les permita enfrentarse a un solo buen comerciante.

Los intentos de interrupción de Bayta se estrellaban contra aquel torrente de palabras.

Toran se inclinó sobre ella y le tapó la boca con la mano.

—Papá —dijo fríamente—, tú nunca has estado en la Fundación. No sabes nada de ella. Yo te digo que la resistencia es allí valiente y osada. Podría decirte que Bayta era uno de ellos...

—Muy bien, muchacho, no te ofendas. Dime, ¿por qué te has enfadado? —Estaba evidentemente confuso.

Toran prosiguió con fervor:

—Tu problema, papá, es que tienes un punto de vista provinciano. Crees que porque algunos cientos de miles de comerciantes se ocultan en los agujeros de un planeta abandonado del confín más remoto, constituyen un gran pueblo. Es cierto que cualquier recaudador de impuestos de la Fundación que llega hasta aquí ya no regresa jamás, pero esto es heroísmo barato. ¿Qué haríais si la Fundación enviara una flota?

—Los barreríamos —replicó Fran.

—O seríais barridos... y la balanza seguiría a su favor. Os superan en número, en armas, en organización, y os enteraréis de ello en cuanto la Fundación lo crea conveniente. Así que haríais bien en buscar aliados... en la Fundación misma, si podéis.

—Randu —dijo Fran, mirando a su hermano como un gran toro indefenso.

Randu se quitó la pipa de entre los labios.

—El muchacho tiene razón, Fran. Cuando escuches la voz de tu interior sabrás que la tiene. Es una voz incómoda, y por eso la ahogas con tus gritos. Pero sigue existiendo. Toran, voy a decirte por qué he iniciado esta conversación.

Chupó pensativamente su pipa durante un rato; luego la introdujo en el cuello de la cubeta, esperó el silencioso relámpago y la extrajo ya limpia. La llenó de nuevo lentamente, con precisos golpeteos de su dedo meñique. Entonces dijo:

—Tu pequeña sugerencia del interés de la Fundación por nosotros, Toran, ha sido acertada. Recientemente ha habido dos visitas... relativas a los impuestos. Lo desconcertante es que el segundo recaudador vino acompañado de una nave-patrulla ligera. Aterrizaron en Gleiar City, despistándonos por primera vez, pero, naturalmente, ya no volvieron a despegar. A pesar de todo es seguro que volverán a visitarnos. Tu padre es consciente de todo esto, Toran, puedes creerlo. Contempla al testarudo libertino. Sabe que Haven está en peligro, y sabe que estamos indefensos, pero repite sus fórmulas. Esto le anima y le protege. Pero cuando se ha desahogado y gritado su desafío, y siente que ha cumplido con su deber de hombre y de gran comerciante, es tan razonable como cualquiera de nosotros.

—¿A quién se refiere al decir «nosotros»? —preguntó Bayta.

—Hemos formado un pequeño grupo, Bayta, sólo en nuestra ciudad. Todavía no hemos hecho nada, ni siquiera hemos logrado entrar en contacto con las otras ciudades, pero ya es algo.

—¿Con qué fin?

Randu meneó la cabeza.

—No lo sabemos... todavía. Esperamos un milagro. Hemos averiguado que, como tú has dicho, es inminente una crisis de Seldon. —Hizo una seña hacia arriba—. La Galaxia está llena de astillas y esquirlas del desmoronado Imperio. Los generales hormiguean por doquier. ¿Crees que algún día uno de ellos puede sentirse osado?

Bayta reflexionó, y luego negó con la cabeza con tal fuerza que sus cabellos lacios se arremolinaron.

—No, no es posible. Ninguno de esos generales ignora que un ataque a la Fundación equivale a un suicidio. Bel Riose, del antiguo Imperio, era mejor que cualquiera de ellos, y atacó con todos los recursos de la Galaxia y no pudo ganar al plan de Seldon. ¿Hay un solo general que no sepa esto?

—Pero ¿y si nosotros les espoleáramos?

—¿A qué? ¿A lanzarse contra un horno atómico? ¿Con qué podríais espolearles?

—Bueno, hay uno nuevo. Durante los dos últimos años se han tenido noticias de un hombre extraño al que llaman el Mulo.

—¿El Mulo? —Bayta meditó—. ¿Has oído hablar alguna vez de él, Torie?

Toran negó con la cabeza. Ella preguntó:

—¿Qué se sabe de él?

—Lo ignoro. Pero dicen que logra victorias contra obstáculos insuperables. Puede que los rumores exageren, pero en cualquier caso sería interesante conocerle.

No todos los hombres con suficiente capacidad y ambición creerían en Hari Seldon y sus leyes de psicohistoria. Podríamos hacer cundir este escepticismo. Es posible que él atacara.

—Y la Fundación ganaría.

—Sí, pero quizá no tan fácilmente. Podría ser una crisis, y nosotros la utilizaríamos para forzar un compromiso con los déspotas de la Fundación. En el peor de los casos se olvidarían de nosotros el tiempo suficiente como para permitirnos seguir adelante con nuestros planes.

—¿Qué opinas tú, Torie?

Toran sonrió débilmente y se apartó un mechón de pelo castaño que le caía sobre la frente.

—Del modo que lo describe, no puede perjudicarnos; pero ¿quién es el Mulo? ¿Qué sabes de él, Randu?

—Todavía nada. Para eso podríamos utilizarte a ti, Toran, y a tu mujer, si está dispuesta. Ya hemos hablado de esto tu padre y yo.

—¿De qué manera, Randu? ¿Qué quieres de nosotros? —El joven lanzó una rápida e inquisitiva mirada a su mujer.

—¿Habéis terminado la luna de miel?

—Pues... sí..., si se puede llamar luna de miel al viaje desde la Fundación.

—¿Qué me decís de una buena luna de miel en Kalgan? Es semitropical; sus playas, los deportes acuáticos, la caza de aves, todo hace del lugar un objetivo para las vacaciones. Se halla a unos siete mil parsecs..., no demasiado lejos.

—¿Qué hay en Kalgan?

—¡El Mulo! Sus hombres, al menos. Lo conquistó el mes pasado, y sin una batalla, aunque el señor guerrero de Kalgan difundió por radio la amenaza de volar el planeta y convertirlo en polvo iónico antes de entregarlo.

—¿Dónde está ahora ese caudillo?

—No existe —dijo Randu, encogiéndose de hombros—. ¿Qué contestáis?

—Pero ¿qué debemos hacer?

—No lo sé. Fran y yo somos viejos y provincianos. Los comerciantes de Haven son todos esencialmente provincianos. Incluso tú lo dices. Nuestro comercio es muy restringido, y no somos los vagabundos de la Galaxia que fueron nuestros antepasados. ¡Cállate, Fran! Pero vosotros dos conocéis la Galaxia. Bayta, en especial, habla con el bonito acento de la Fundación. Deseamos sencillamente lo que podáis averiguar. Si podéis entrar en contacto con..., pero no nos atrevemos a esperarlo. Pensadlo los dos. Hablaréis con todo nuestro grupo, si lo deseáis... ¡Oh!, pero no antes de la semana próxima. Tenéis que aprovechar el tiempo para descansar un poco.

Hubo una pausa, y entonces Fran vociferó:

—¿Quién quiere otro trago? Quiero decir, además de mí.

12. CAPITÁN Y ALCALDE

El capitán Han Pritcher no estaba acostumbrado al lujo que le rodeaba, pero tampoco impresionado. En general rehuía el autoanálisis y todas las formas de filosofía y metafísica que no estuvieran relacionadas con su trabajo.

Era una ayuda.

Su trabajo consistía en gran parte en lo que el Departamento de Guerra llamaba «inteligencia», los sofisticados «espionaje», y los románticos, «servicio secreto». Desgraciadamente, pese a los frívolos comentarios de la televisión, «inteligencia», «espionaje» y «servicio secreto» era, cuando más, un sórdido asunto de rutina interrumpida y mala fe. La sociedad lo excusaba porque se hacía «en interés del Estado», pero un poco de filosofía siempre llevaba al capitán Pritcher a la conclusión de que incluso en tan sagrado interés la sociedad se sentía aliviada mucho antes que la propia conciencia, y por esta razón rehuía filosofar.

Y ahora, ante el lujo de la antesala del alcalde, sus pensamientos se hicieron íntimos a pesar de sí mismo.

Habían sido ascendidos muchos hombres de menor capacidad que él, lo cual era admitido por todos. Había soportado una lluvia constante de críticas y reprimendas oficiales, sobreviviendo a todas ellas. Se aferraba a su modo de actuar en la firme creencia de que la insubordinación en aquel mismo sagrado «interés del Estado» acabaría siendo reconocida como el servicio que realmente era.

Por ello estaba en la antesala del alcalde... con cinco soldados como respetuosos centinelas, y enfrentado probablemente a un consejo de guerra.

Las pesadas puertas de mármol se deslizaron suave y silenciosamente, revelando paredes satinadas, alfombras de plástico rojo y otras dos puertas de mármol con adornos de metal en el interior. Dos oficiales que vestían el severo uniforme de hacía tres siglos salieron y llamaron:

—Audiencia para el capitán Han Pritcher de Información.

Retrocedieron con una ceremoniosa inclinación cuando el capitán se adelantó. Los centinelas se quedaron en la antesala, y él entró solo en la habitación.

La estancia era grande y extrañamente sencilla, y tras una mesa de rara forma angular se hallaba sentado un hombre pequeño que casi se perdía en la inmensidad del ambiente.

El alcalde Indbur —tercero de este nombre que ostentaba el cargo— era nieto de Indbur I, que había sido brutal y eficiente, y que había exhibido la primera de estas cualidades de manera espectacular por su modo de hacerse con el poder, y la segunda por su destreza en eliminar los últimos restos ficticios de las elecciones libres y la habilidad aún mayor con la que mantenía un gobierno relativamente pacífico.

El alcalde Indbur era hijo de Indbur II, que fue el primer alcalde de la Fundación que accedió al puesto por derecho de nacimiento, y el menos importante de los tres, pues no era brutal ni eficiente, sino simplemente un excelente tenedor de libros nacido en familia equivocada.

Indbur III era una peculiar combinación de características hechas a su medida.

Para él, un amor geométrico de la simetría y el orden era «el sistema», un interés infatigable y febril por las más insignificantes facetas de la burocracia cotidiana era «la laboriosidad», la indecisión calculada era «la cautela», y la terquedad ciega en continuar por un camino erróneo era «la determinación».

Por añadidura, no malgastaba el dinero, no mataba a ningún hombre sin necesidad, y sus intenciones eran extremadamente buenas.

Si los sombríos pensamientos del capitán Pritcher se ocupaban de estas cosas mientras permanecía respetuosamente en pie ante la enorme mesa, la férrea expresión de sus rasgos no lo revelaba. No tosió ni cambió de postura, ni movió los pies hasta que el alcalde dejó de escribir unas notas marginales y colocó meticulosamente una hoja de papel impreso sobre un ordenado montón de hojas similares.

El alcalde Indbur cruzó las manos con lentitud, evitando deliberadamente perturbar el impecable orden de los accesorios de su mesa. Dijo, en señal de reconocimiento:

—Capitán Han Pritcher de Información.

Y el capitán Pritcher, con estricta obediencia al protocolo, dobló una rodilla casi hasta el suelo e inclinó la cabeza hasta que oyó la orden:

—Levántese, capitán Pritcher.

El alcalde habló con aire de afectuosa simpatía:

—Está usted aquí, capitán Pritcher, a causa de cierta acción disciplinaria tomada contra usted por su oficial superior. Los documentos relativos a esta acción han llegado a mis manos a su debido tiempo, y como todos los sucesos de la Fundación merecen mi interés, he pedido información adicional sobre su caso. Espero que no esté sorprendido.

El capitán Pritcher repuso desapasionadamente:

—No, excelencia. Su justicia es proverbial.

—¿Lo es? ¿De verdad? —Su tono era de satisfacción, y las coloreadas lentes de contacto que llevaba reflejaron la luz de un modo que dio a sus ojos un brillo seco y duro. Extendió cuidadosamente ante sí una serie de carpetas con tapas de metal. Las hojas de pergamino crujieron cuando empezó a volverlas; su largo dedo seguía las líneas mientras hablaba.

—Aquí tengo su expediente, capitán.... completo. Tiene cuarenta y tres años y hace diecisiete que es oficial de las Fuerzas Armadas. Nació en Loris, sus padres eran de Anacreonte, no tuvo enfermedades graves en la infancia, un ataque de mio.... bueno, eso no tiene importancia.... educación premilitar en la Academia de Ciencias, especialización en hipermotores, diploma académico..., hum, muy bien, se le puede felicitar.... entró en el Ejército como suboficial el día ciento dos del año 293 de la Era Fundacional.

Levantó momentáneamente la vista mientras dejaba la primera carpeta y abría la segunda.

—Ya ve que en mi administración no se abandona nada a la casualidad. ¡Orden! ¡Sistema!

Se llevó a los labios una píldora rosada que olía a jalea. Era su único vicio, al que cedía sin abusar. En la mesa del alcalde faltaba el casi inevitable quemador atómico, destinado a hacer desaparecer las colillas, pues el alcalde no fumaba.

Ni, como es natural, fumaban sus visitantes.

La voz del alcalde siguió zumbando metódicamente, mascullando de vez en cuando en un susurro comentarios igualmente monótonos de aprobación o censura.

Con lentitud fue colocando las carpetas en un ordenado montón.

—Bien, capitán —dijo animadamente—, su historial es insólito. Parece ser que su capacidad es sobresaliente, y sus servicios indudablemente valiosos. Observo que fue herido dos veces en el cumplimiento del deber, y que se le ha concedido la Orden del Mérito por su extraordinario valor. Estos son hechos a tener muy en cuenta.

El rostro impasible del capitán Pritcher no se suavizó. Permaneció en su rígida posición. El protocolo exigía que un súbdito honrado por el alcalde con una audiencia no tomara asiento, punto tal vez innecesariamente recalcado por el hecho de que en la habitación sólo existía una silla: la ocupada por el alcalde. El protocolo exigía también que no se pronunciaran más palabras que las necesarias para responder a una pregunta directa.

Los ojos de Indbur se clavaron en el oficial, y su voz adquirió dureza y ponderosidad.

—Sin embargo, no ha sido ascendido en diez años, y sus superiores informan, una y otra vez, de la inflexible obstinación de su carácter. Le describen como crónicamente insubordinado, incapaz de mantener una actitud correcta hacia sus oficiales superiores, en apariencia nada interesado en mantener relaciones amistosas con sus colegas, y, además, incurable pendenciero. ¿Cómo explica usted todo esto, capitán?

—Excelencia, hago lo que me parece justo. Mis actos al servicio del Estado y mis heridas por su causa prueban que lo que me parece justo está de acuerdo con los intereses del Estado.

—Una declaración muy patriótica, capitán, pero no deja de ser una doctrina peligrosa. Hablaremos de eso más tarde. Específicamente le han acusado de rechazar una misión por tres veces, a la vista de órdenes firmadas por mis delegados legales. ¿Qué tiene que alegar a esto?

—Excelencia, la misión carece de interés en unos momentos críticos en que asuntos de primordial importancia están siendo ignorados.

—¡Ah! ¿Y quién le dice que los asuntos de que habla son de importancia primordial, y si lo son, quién le dice que son ignorados?

—Excelencia, estas cosas son evidentes para mí. Mi experiencia y mi conocimiento de los hechos, reconocidos por mis superiores, me permiten juzgarlo con toda claridad.

—Pero, mi buen capitán, ¿tan ciego está que no ve que arrogándose el derecho de determinar la política de Inteligencia usurpa las funciones de su superior?

—Excelencia, mi deber es principalmente para con el Estado, y no para con mi superior.

—Un error, porque su superior tiene a su vez un superior, y ese superior soy yo mismo, y yo soy el Estado. Pero no tema, no tendrá motivos para quejarse de esta justicia mía que usted llama proverbial. Explique con sus propias palabras la naturaleza de su falta de disciplina que ha originado todo esto.

—Excelencia, mi deber es primordialmente para con el Estado, y no consiste en llevar la vida de un marino mercante retirado en el mundo de Kalgan. Mis instrucciones eran dirigir la actividad de la Fundación en el planeta, y perfeccionar una organización que ha de actuar de freno contra el señor guerrero de Kalgan, particularmente en lo que concierne a su política exterior.

—Ya estoy enterado de esto. ¡Continúe!

—Excelencia, mis informes han subrayado constantemente las posiciones estratégicas de Kalgan y los sistemas que controla. He informado de la ambición del señor guerrero, de sus recursos, de su determinación de extender sus dominios y de su cordialidad, o, tal vez, neutralidad hacia la Fundación.

—He leído sus informes con atención. Siga.

—Excelencia, regresé hace dos meses. Entonces no había señales de una guerra inminente; la única señal era una capacidad casi superflua de repeler cualquier ataque. Hace un mes, un desconocido y afortunado soldado conquistó Kalgan sin lucha. Al parecer, el hombre que fue señor guerrero de Kalgan ya no vive. Los hombres no hablan de traición, hablan sólo del poder y el genio de ese extraño caudillo... el Mulo.

—¿El... qué? —El alcalde se inclinó hacia adelante y pareció ofendido.

—Excelencia, se le conoce como el Mulo. En realidad se habla muy poco de él, pero yo he recopilado todos los rumores y he entresacado los que parecen más probables. No es un hombre de linaje ni posición social. Su padre es desconocido. Su madre murió al darle a luz. Su educación es la de un vagabundo, la que se adquiere en los mundos míseros y los barrios bajos del espacio. No tiene otro nombre que el de Mulo, nombre que según dicen se ha dado a sí mismo y que significa, de acuerdo con la creencia popular, su inmensa fuerza física y su terquedad de propósito.

—¿Cuál es su fuerza militar, capitán? No me interesa la física.

—Excelencia, la gente habla de enormes flotas, pero pueden estar influenciados por la extraña caída de Kalgan. El territorio que controla no es grande, aunque es imposible determinar sus límites exactos. Pese a todo, ese hombre ha de ser investigado.

—Hum... ¡Claro, claro! —El alcalde se sumió en una meditación, y dibujó lentamente seis cuadros, colocados en posición hexagonal, sobre la primera hoja de un cuaderno que después arrancó, dobló limpiamente en tres partes e introdujo en la ranura de la papelera que había a la derecha de la mesa. El papel cayó hacia una limpia y silenciosa desintegración atómica.

—Ahora, dígame, capitán, ¿cuál es la alternativa? Me ha dicho lo que *debe* ser investigado. ¿Qué le han *ordenado* a usted que investigara?

—Excelencia, parece ser que hay una guarida de ratas en el espacio que no paga sus impuestos.

—¡Ah! ¿Y eso es todo? Usted ignora, y nadie se lo ha dicho, que esos hombres que no pagan los impuestos son descendientes de los salvajes comerciantes de nuestros primeros tiempos..., anarquistas, rebeldes, maníacos sociales que proclaman su descendencia de la Fundación y se burlan de la cultura de la Fundación. Usted ignora, y nadie se lo ha dicho, que esa guarida de ratas en el espacio no es una, sino muchas; que son más numerosas de lo que imaginamos y conspiran juntas, una con la otra, y todas con los elementos criminales que aún existen por todo el territorio de la Fundación. ¡Incluso aquí, capitán, incluso aquí!

La momentánea fogosidad del alcalde se extinguió con rapidez.

—Usted lo ignora, capitán.

—Excelencia, estoy enterado de todo esto. Pero como servidor del Estado, he de servir fielmente, y el que más fielmente sirve es quien sirve a la Verdad. Cualquiera que sea la implicación política de estos desechos de los antiguos comerciantes, los señores guerreros que han heredado las esquirlas del viejo Imperio están en el poder. Los comerciantes no tienen armas ni recursos, ni siquiera unidad. Yo no soy un recaudador de impuestos a quien se envía para una misión infantil.

—Capitán Pritcher, usted es un soldado y ha de obedecer. Es un fallo haberle permitido llegar hasta el punto de no cumplir una orden mía. Tenga cuidado. Mi justicia no es simplemente debilidad. Capitán, ya ha sido probado que los generales de la Era Imperial y los señores guerreros de la época actual son igualmente impotentes frente a nosotros. La ciencia de Seldon, que predice el curso de la Fundación, no se basa en el heroísmo individual, como usted parece creer, sino en las tendencias sociales y económicas de la historia. Ya hemos pasado con éxito por cuatro crisis, ¿no es verdad?

—Sí, Excelencia, es verdad. Pero la ciencia de Seldon sólo la conocía el propio Seldon; nosotros simplemente tenemos fe. En las tres primeras crisis, como me han enseñado una y otra vez, la Fundación estaba en manos de sabios dirigentes que previeron la naturaleza de las crisis y tomaron las precauciones adecuadas. Sin ellos..., ¿quién puede saberlo?

—Sí, capitán, pero ha omitido la cuarta crisis. Vamos, capitán, entonces no teníamos un dirigente digno de este nombre y nos enfrentábamos al adversario más inteligente, a los acorazados más pesados y a las fuerzas más numerosas. Y sin embargo, vencimos porque era algo inevitable en la historia.

—Excelencia, esto es cierto. Pero esta historia que ha mencionado no fue inevitable hasta haber luchado desesperadamente durante más de un año. La victoria inevitable que ganamos nos costó quinientas naves y medio millón de hombres. Excelencia, el plan de Seldon ayuda a quienes se ayudan a sí mismos.

El alcalde Indbur frunció el ceño y se sintió repentinamente cansado de sus pacientes explicaciones. Se le ocurrió pensar que había tenido un fallo en su condescendencia con el capitán porque estaba siendo confundida con el permiso de discutir eternamente, de argumentar, de sumergirse en la dialéctica.

Dijo con rigidez:

—Pese a ello, capitán, Seldon garantiza la victoria sobre los señores guerreros, y en estos momentos tan atareados no puedo permitirme el lujo de dispersar nuestro esfuerzo. Estos comerciantes que usted quiere ignorar son descendientes de la Fundación; una guerra con ellos representaría una guerra civil. El plan de Seldon no nos garantiza nada a este respecto, puesto que tanto ellos como nosotros constituimos la Fundación. Así pues, es preciso dominarlos. Ya conoce usted sus órdenes.

—Excelencia...

—No se le ha formulado ninguna pregunta, capitán. Ya conoce sus órdenes y las obedecerá. Más discusión de cualquier índole conmigo o con quienes me representan será considerada como traición. Puede retirarse.

El capitán Han Pritcher dobló de nuevo la rodilla y se retiró, caminando lentamente hacia atrás.

El alcalde Indbur, tercero de su nombre y segundo alcalde en la historia de la Fundación que había accedido al puesto por derecho de nacimiento, recobró su equilibrio y levantó otra hoja de papel del montón que tenía a su izquierda. Era un informe sobre el ahorro de fondos derivado de la reducción de bordes de espuma metálica en los uniformes de la fuerza policial. El alcalde Indbur tachó una coma superflua, corrigió una falta de ortografía, hizo tres observaciones al margen y colocó el pliego sobre el ordenado montón de su derecha. Levantó otro papel del también ordenado montón de su izquierda...

El capitán Han Pritcher de Información encontró una cápsula personal esperándole cuando regresó al cuartel. Contenía órdenes, precisas, subrayadas con lápiz rojo y cubiertas con el sello de URGENTE. El pliego ostentaba en su parte superior una «I» mayúscula.

Se ordenaba al capitán Han Pritcher, en los términos más severos, que se dirigiese al «mundo rebelde llamado Haven».

El capitán Han Pritcher, solo en su ligera nave individual, tomó calmosa y serenamente el rumbo de Kalgan. Aquella noche disfrutó del sueño que correspondía a un hombre obstinado que se había salido con la suya.

13. TENIENTE Y BUFÓN

Si desde una distancia de siete mil parsecs, la caída de Kalgan en poder de los ejércitos del Mulo había producido reverberaciones que excitaron la curiosidad de un viejo comerciante, las aprensiones de un fiel capitán y el enojo de un alcalde meticuloso, entre el pueblo de Kalgan no produjo nada ni excitó a nadie. Es una lección invariable a la humanidad que la distancia en el tiempo, y asimismo en el espacio, da perspectiva a las cosas. A propósito, no consta en ninguna parte que la lección haya sido aprendida de modo permanente.

Kalgan era... Kalgan. Era el único planeta de aquel cuadrante de la Galaxia que no parecía saber que el Imperio había caído, que los Stannell ya no gobernaban, que la grandeza se había extinguido y que la paz brillaba por su ausencia.

Kalgan era el mundo del lujo. Mientras el resto de la humanidad se derrumbaba, él mantenía su integridad como productor de placer, comprador de oro y vendedor de ocio.

Escapaba a las duras vicisitudes de la historia, porque, ¿qué conquistador querría destruir, o tan siquiera perjudicar, a un mundo tan lleno de dinero contante y sonante que podía comprar la inmunidad para sí?

Sin embargo, incluso Kalgan se convirtió finalmente en cuartel general de un señor guerrero, y su idiosincrasia tuvo que ajustarse a las exigencias de la guerra.

Sus junglas amansadas, sus playas finamente modeladas y sus alegres y clamorosas ciudades vibraron al paso de mercenarios importados y ciudadanos curiosos. Los mundos de su provincia habían sido armados y su dinero invertido en naves de guerra y no en sobornos, por primera vez en su historia. Su gobernante probó sin duda alguna que estaba decidido a defender lo que era suyo, y ansioso por conquistar lo que era de otros.

Era un hombre grande de la Galaxia, hacedor de la paz y la guerra, constructor de un Imperio y establecedor de una dinastía.

Y un desconocido que llevaba un ridículo apodo le había conquistado a él, a sus armas, a su naciente Imperio, y ni siquiera había librado una sola batalla.

Así pues, Kalgan volvió a ser lo que era, y sus ciudadanos uniformados se apresuraron a reanudar su antigua vida, mientras los extranjeros profesionales de la guerra se fusionaban fácilmente con las nuevas bandas recién surgidas.

De nuevo, como siempre, se organizaron las elaboradas cacerías de lujo de la cultivada vida animal de las junglas que nunca se cobraban una vida humana; y las cacerías de pájaros en veloces naves, lo cual era fatal para las grandes aves.

En las ciudades, los vividores de la Galaxia podían elegir la variedad de placer que más convenía a sus bolsas, desde los etéreos palacios del espectáculo y la fantasía, que abrían sus puertas a las masas por el módico precio de medio crédito, hasta los anónimos y discretos antros entre cuyos clientes habituales sólo se contaban los millonarios.

En la vasta población, Toran y Bayta cayeron como dos gotas insignificantes. Registraron su nave en el gigantesco hangar común de la Península Oriental, y se dirigieron hacia el ambiente intermedio de la clase media, el mar interior, donde los placeres aún eran legales, e incluso respetables, y las multitudes no estaban demasiado amontonadas.

Bayta llevaba gafas oscuras contra la luz, y un ligero vestido blanco contra el calor. Se abrazó las rodillas con los brazos morenos, apenas más dorados por el sol natural, y contempló con la mirada firme y abstraída el cuerpo de su marido tendido a su lado, que casi centelleaba bajo el esplendor del sol.

—No te excedas —le había dicho al principio, ya que Toran procedía de una moribunda estrella roja. Pese a haber pasado tres años en la Fundación, la luz del sol era un lujo para él; y desde hacía cuatro días su piel, tratada previamente para resistir la fuerza de los rayos, no conocía otra prenda que los pantalones cortos.

Bayta se acurrucó junto a él sobre la arena y empezaron a hablar en susurros.

La voz de Toran tenía un tono de desaliento cuando habló sin cambiar de posición:

—Admito que no hemos conseguido nada. Pero ¿dónde está? ¿Quién es? Este mundo demente no dice nada de él. Quizá ni siquiera existe.

—Existe —replicó Bayta sin mover los labios—. Es inteligente, eso es todo. Y tu tío tiene razón. Es un hombre que podríamos utilizar... si aún hay tiempo.

Tras una corta pausa, Toran murmuró:

—¿Sabes qué estaba haciendo, Bay? Sumiéndome en un estupor solar. Las cosas se ven con tanta nitidez.... tanta dulzura. —Su voz casi se extinguió, y luego volvió a oírse—: Recuerda lo que decía en la Universidad el doctor Amann, Bay. La Fundación no puede perder nunca, pero esto no significa que no puedan perder sus *dirigentes*. ¿Acaso no empezó la verdadera historia de la Fundación cuando Salvor Hardin expulsó a los enciclopedistas y conquistó el planeta Términus como el primer alcalde? Y al siglo siguiente, ¿no obtuvo el poder Hober Mallow con métodos casi igualmente drásticos? Los dirigentes fueron vencidos *dos veces*, de modo que puede conseguirse. ¿Por qué no hemos de hacerlo nosotros?

—Es el más viejo argumento de los libros, Torie. Tu sueño es una pérdida de tiempo.

—¿Tú crees? Piénsalo. ¿Qué es Haven? ¿No es parte de la Fundación? Es sencillamente parte del proletariado externo, por decirlo así. Si nosotros llegamos a ser eficaces, será todavía la Fundación quien venza, y sólo perderán los dirigentes actuales.

—Hay mucha diferencia entre «podemos» y «haremos». Sólo estás soñando despierto.

Toran hizo una mueca.

—Vamos, Bay, estás en uno de tus momentos malos. ¿Por qué quieres estropearme la diversión? Voy a dormitar un rato, si no te importa.

Bayta levantó la cabeza, y de improviso, se echó a reír y se quitó las gafas para mirar hacia la playa, con la palma de la mano protegiéndose los ojos.

Toran levantó la vista, se incorporó y siguió la mirada de ella.

Al parecer contemplaba una escuálida figura que, con los pies en el aire, se paseaba sobre sus manos para divertir a un grupo de curiosos. Era uno de los numerosos mendigos acróbatas de la playa, cuyas flexibles articulaciones se doblaban y contorsionaban para ganar unas monedas.

Un guarda de la playa le hacía señas para que siguiera su camino, y con sorprendente equilibrio sobre una sola mano, el bufón se llevó un pulgar a la nariz. El guarda avanzó amenazadoramente, y fue derribado por un pie que le golpeó en el estómago. El bufón se enderezó sin interrumpir el ritmo de sus contorsiones iniciales y se alejó, mientras el enfurecido guarda era obstaculizado por una muchedumbre que no le agradecía su intervención.

El bufón siguió su torpe paseo por la playa. Rozó a mucha gente, vaciló a menudo, pero no se detuvo en ninguna parte. La muchedumbre se dispersó. El guarda se había ido.

—Es un tipo cómico —dijo Bayta, divertida, y Toran asintió con indiferencia. Ahora el bufón estaba lo bastante cerca como para ser visto con claridad. En su rostro delgado destacaba una voluminosa nariz cuyo extremo carnoso casi se antojaba prensil. Sus largos y esbeltos miembros y su cuerpo huesudo, acentuado por el traje, se movían con agilidad y gracia, pero daba la impresión de que estaban descoyuntados.

Mirarle significaba reírse.

El bufón pareció repentinamente consciente de sus miradas, porque se detuvo después de haber pasado y, con un rápido giro, se acercó. Sus grandes ojos marrones se clavaron en Bayta.

Ésta se sintió desconcertada.

El bufón sonrió, lo cual aumentó la tristeza de su rostro delgado, y cuando habló lo hizo con las suaves y elaboradas frases de los Sectores Centrales.

—Si utilizara el ingenio que los buenos espíritus me dieron —dijo—, entonces diría que esta dama no puede existir, pues ¿qué hombre en su sano juicio llamaría al sueño realidad? Sin embargo, yo preferiría no ser cuerdo y prestar crédito a mis ojos hechizados.

Bayta abrió mucho los suyos, exclamando:

—¡Vaya!

Toran se rió.

—¡Conque eres una hechicera! Adelante, Bay, eso merece una moneda de cinco créditos. Dásela.

Pero el bufón se adelantó con un salto.

—No, señora mía, no me juzguéis mal. No he hablado por dinero, sino por unos ojos brillantes y un rostro bello.

—Vaya, *gracias* —y dijo a Toran—: ¿No crees que el sol habrá ofuscado su vista?

—Pero no sólo por ojos y rostro —continuó el bufón, hablando con rapidez creciente—, sino también por una mente clara y firme... y bondadosa, por añadidura.

Toran se puso en pie, cogió la bata blanca que había llevado colgada del brazo durante cuatro días y se cubrió con ella.

—Veamos, compañero —dijo—; será mejor que me digas lo que quieres y dejes de importunar a la señora.

El bufón retrocedió un paso, asustado, encorvando su huesudo cuerpo.

—No ha sido mi intención ofenderla. Soy un extraño aquí, y dicen que mi mente no rige bien; pero puedo leer en los rostros. Tras la belleza de esta dama hay un corazón bondadoso, y él me ayudaría en mi zozobra. Por eso hablo con tanta osadía.

—¿Se aliviará tu zozobra con cinco créditos? —preguntó Toran con sequedad, alargando la moneda.

Pero el bufón no se movió para tomarla, y Bayta dijo:

—Déjame hablarle, Torie. —Y añadió deprisa y en voz baja—: No hay por qué ofenderse ante su tonta manera de hablar. Es su dialecto; y probablemente nuestra lengua también sea extraña para él.

Preguntó al bufón:

—¿Cuál es tu congoja? No estarás preocupado por el guarda, ¿verdad? No te molestará.

—¡Oh, no! No se trata de él. No es más que un viento ligero que levanta el polvo a mis pies. Huyo de otro, que es una tormenta capaz de barrer los mundos y lanzarlos uno contra otro. Me escapé hace una semana, duermo en las calles de la ciudad y me oculto entre las multitudes. He buscado en muchos rostros la ayuda que necesito, y la encuentro aquí. —Repitió la última frase en tono más suave y ansioso, y en sus ojos se leía la agitación—: La encuentro aquí.

—Verás —explicó serenamente Bayta—, me gustaría ayudarte, pero lo cierto es, amigo, que no puedo protegerte contra una tormenta que barre los mundos. Si he de serte sincera, yo también...

Oyeron muy cerca una voz fuerte y estridente.

—¡Ah!, estás ahí, harapiento bribón...

Era el guarda de la playa, que se aproximaba corriendo, con el rostro enrojecido y la boca abierta. Empuñaba su pequeña pistola lanzarrayos.

—Sujétenlo ustedes dos. No le dejen escapar. —Posó su pesada mano sobre el flaco hombro del bufón, que emitió un gemido lastimero.

—¿Qué ha hecho? —preguntó Toran.

—¡Qué ha hecho, qué ha hecho! ¡Eso sí que es bueno! —El guarda rebuscó en la bolsa que llevaba sujeta al cinturón, y extrajo un pañuelo violeta con el que se secó el cuello. Añadió con deleite—: Les diré lo que ha hecho. Se ha escapado. Por todo Kalgan corre el rumor, y yo le hubiese reconocido antes de haberle visto la cara en vez de los pies.

Y zarandeó a su presa con salvaje buen humor.

Bayta inquirió con una sonrisa:

—Dígame, ¿de dónde se ha escapado?

El guarda levantó la voz. Se estaba formando un corro, curioso e inquieto, y el incremento de auditorio hizo que el sentido de la importancia del guarda aumentara en proporción directa.

—¿Que de dónde se ha escapado? —declaró con sarcasmo—. Supongo que ya han oído hablar del Mulo.

Cesaron los murmullos, y Bayta sintió un escalofrío. El bufón sólo tenía ojos para ella, y seguía temblando bajo la enorme mano del guarda.

—¿Y quién creen que es este desecho infernal? —continuó el guarda—, sino el bufón de corte de Su Señoría, que ha huido de él? —Sacudió de nuevo a su cautivo—. ¿Lo admites, desgraciado?

La respuesta fue una ostensible mueca de terror, y el inaudible silbido de la voz de Bayta junto al oído de Toran.

Toran se aproximó al guarda con actitud amistosa.

—Vamos, amigo, ¿por qué no deja de agarrarle por un momento? Este bufón al que tiene sujeto estaba bailando para nosotros y aún no se ha ganado su dinero.

—Verá —replicó el guarda con repentina ansiedad—, hay una recompensa...

—La tendrá usted, si puede probar que es el hombre a quien busca. ¿Por qué no se retira hasta entonces? Sabe que está molestando a un invitado, y eso podría costarle caro.

—Pero usted está obstaculizando los planes de Su Señoría, y eso también podría costarle caro. —Volvió a zarandear al bufón—. Devuelve el dinero al señor, carroña.

La mano de Toran se movió con celeridad, arrebatando la pistola al guarda con tal fuerza, que casi se le llevó un dedo. El guarda chilló de dolor y de rabia. Toran le empujó violentamente hacia un lado, y el bufón, ya libre, se refugió detrás de él.

Los curiosos, que ya lo eran en número considerable, apenas si dedicaron atención al último incidente. Todos tenían los cuellos estirados hacia otra parte, como si hubiesen decidido aumentar la distancia entre ellos y el centro de actividad.

Entonces se oyó un murmullo y una orden brusca proferida desde lejos. Se formó un pasillo, y dos hombres se acercaron por él, con sus látigos eléctricos preparados. En sus blusas purpúreas había dibujado un haz angular de rayos con un planeta debajo, partido en dos.

Les seguía un gigante moreno, con uniforme de teniente, cabellos negros y expresión adusta.

El gigante habló con peligrosa suavidad, indicio de que no tenía necesidad de gritar para imponer sus caprichos.

—¿Es usted el hombre que ha notificado el suceso?

El guarda seguía sujetándose la mano torcida y contestó con el rostro contraído por el dolor:

—Reclamo la recompensa, Su Grandeza, y acuso a este hombre...

—Recibirá su recompensa —dijo el teniente sin mirarle, e hizo una seña a sus hombres—: Lleváoslo.

Toran sintió que el bufón tiraba de su bata con fuerza desesperada. Levantó la voz y se esforzó para que no temblara:

—Lo siento, teniente; este hombre me pertenece.

Los soldados escucharon la frase sin pestañear. Uno levantó casualmente su látigo, pero una áspera orden del teniente le obligó a bajarlo. El gigante moreno se adelantó y plantó su robusto cuerpo frente a Toran.

—¿Quién es usted?

—Un ciudadano de la Fundación —fue la respuesta.

Dio resultado, al menos con la muchedumbre. El tenso silencio se convirtió en un apasionado murmullo. El nombre del Mulo podía inspirar temor, pero al fin y al cabo era un nombre nuevo y no ahondaba tan profundamente en la conciencia de la gente como el antiguo nombre de la Fundación —que había destruido al Imperio— y cuyo temor gobernaba un cuadrante de la Galaxia con implacable despotismo.

El teniente no se inmutó. Preguntó:

—¿Conoce usted la identidad del hombre que se oculta a su espalda?

—Me han dicho que ha huido de la corte del caudillo de ustedes, pero lo único que sé seguro es que es mi amigo, y va a necesitar usted una buena prueba de su identidad para llevárselo.

Entre el gentío se oyeron sospechosos comentarios. Pero el teniente no hizo caso de ellos.

—¿Tiene usted sus documentos de ciudadanía de la Fundación?

—Están en mi nave.

—¿Se da cuenta de que sus acciones son ilegales? Puedo hacerle matar.

—No me cabe la menor duda. Pero mataría a un ciudadano de la Fundación, y es muy probable que su cuerpo fuese enviado a ella (descuartizado) como compensación parcial. Ya lo han hecho otros señores guerreros.

El teniente se humedeció los labios. La afirmación era cierta. Preguntó:

—¿Su nombre?

Toran aprovechó su ventaja.

—Contestaré a más preguntas en mi nave. En el hangar le dirán el número de mi aparcamiento; la nave está registrada bajo el nombre de *Bayta*.

—¿No entregará al fugitivo?

—Al Mulo tal vez. ¡Envíemelo!

La conversación había ido degenerando en un murmullo, y el teniente dio media vuelta con brusquedad.

—¡Dispersad al gentío! —ordenó a sus hombres, con reprimida ferocidad.

Restallaron los látigos eléctricos. Hubo alaridos y los curiosos se dispersaron en retirada.

Toran interrumpió una sola vez su ensoñación

mientras volvían al hangar. Exclamó, casi para sus adentros:

—¡Por la Galaxia, Bay, qué mal lo he pasado! Tenía tanto miedo...

—Lo sé —repuso ella con voz temblorosa y algo parecido a la adoración en su mirada—. Ha sido algo insólito en ti.

—Bueno, aún no sé lo que ocurrió. Hablé con la pistola en la mano, sin saber siquiera cómo usarla, y le convencí. Ignoro por qué lo hice.

Miró hacia el pasillo de la nave, que les llevaba lejos del área de la playa, para ver al bufón del Mulo dormido en su asiento, y dijo con extrañeza:

—Es lo más difícil que he hecho en mi vida.

El teniente estaba cuadrado respetuosamente ante el coronel de la guarnición, y éste le miró y dijo:

—Bien hecho. Ya ha terminado su misión.

Pero el teniente no se retiró enseguida. Observó:

—El Mulo ha perdido prestigio ante la gente, señor. Será necesario llevar a cabo una acción disciplinaria para restaurar la debida atmósfera de respeto.

—Esa medida ya ha sido tomada.

El teniente se volvió a medias, y entonces dijo con resentimiento:

—Estoy dispuesto a admitir, señor, que órdenes son órdenes, pero estar ante aquel hombre con la pistola y tragarme su insolencia sin replicar ha sido lo más duro que he hecho.

14. EL MUTANTE

El hangar de Kalgan es una institución peculiar, nacida de la necesidad de albergar el vasto número de naves de visitantes extranjeros, y de la necesidad simultánea de ofrecer alojamiento a los mismos. El hombre a quien se le ocurrió la solución obvia se había convertido rápidamente en millonario, y sus herederos, familiares o financieros, se contaban entre las personas más ricas de Kalgan.

El hangar ocupa muchos kilómetros cuadrados de territorio, y la palabra hangar no lo describe suficientemente. En esencia es un hotel para naves. El viajero paga por anticipado, y su nave es colocada en una plataforma desde la que puede despegar hacia el espacio en el momento deseado. El visitante se aloja, como siempre, en su propia nave. Naturalmente, dispone de todos los servicios hoteleros, como el suministro de alimentos y medicinas a un precio especial, el mantenimiento de la nave y el transporte interior por Kalgan en base a una tarifa módica.

Como resultado, el viajero paga al mismo tiempo el espacio del hangar y el hotel, lo cual le economiza dinero. Los propietarios venden el uso temporal de solares con amplios beneficios. El Gobierno recauda enormes impuestos. Todo el mundo está contento; nadie pierde. ¡Sencillo!

El hombre que bajaba por los sombreados bordes de los anchos corredores que conectaban las múltiples alas del hangar, había especulado en el pasado sobre la novedad y utilidad de este sistema, pero éstas eran reflexiones para momentos de ocio, y no convenían en absoluto al momento presente.

Las naves se alineaban en largas hileras de plataformas, y el hombre pasaba de largo hilera tras hilera. Era un experto en lo que estaba haciendo en aquel momento, y aunque su estudio preliminar del registro del hangar no le había procurado información específica aparte de la dudosa indicación de un ala determinada, que contenía cientos de naves, su conocimiento especializado le permitiría reconocer a una sola entre aquellos centenares.

En el silencio sonó un aliento casi inaudible cuando el hombre se detuvo y desapareció junto a una de las hileras, como un insecto trepador, a la sombra de los arrogantes monstruos metálicos aparcados en ella.

Aquí y allí resplandecía la luz de alguna escotilla, indicando la presencia de alguien que había vuelto temprano de los placeres organizados para entregarse a los suyos propios, más sencillos, o más privados.

El hombre se detuvo, y hubiera sonreído de haberlo sabido hacer. Lo cierto es que las circunvoluciones de su cerebro ejecutaron el equivalente mental de una sonrisa.

La nave junto a la que se había detenido era brillante y evidentemente veloz. La peculiaridad de su diseño era lo que él buscaba. No se trataba de un modelo corriente, y, en la actualidad, la mayoría de naves de aquel cuadrante de la Galaxia o bien imitaban el diseño de la Fundación o estaban construidas por técnicos de la Fundación. Pero aquélla era especial. Era una verdadera nave de la Fundación, aunque sólo fuera por las diminutas protuberancias que se veían en la cubierta exterior y que eran los nódulos de la pantalla protectora que únicamente podía poseer una nave de la Fundación. También había, no obstante, otras indicaciones.

El hombre no sintió la menor vacilación.

La barrera electrónica extendida a lo largo de la línea de naves, como una concesión a la intimidad por parte de la dirección, no tenía ninguna importancia para él. Se separó fácilmente, sin activar la alarma, cuando hizo funcionar la muy especial fuerza neutralizadora de que disponía.

De este modo, la primera señal de la presencia de un intruso ante la escotilla de entrada de la nave sería la breve y casi amistosa señal del zumbador con sordina colocado en la cabina, que sonaba posando la palma de la mano sobre la pequeña fotocélula que había junto a la escotilla principal.

Y mientras el intruso iniciaba su búsqueda, Toran y Bayta sentían la más precaria seguridad entre las paredes de acero de la *Bayta*. El bufón del Mulo, que había declarado ostentar el majestuoso nombre de Magnífico Gigánticus, se hallaba sentado ante la mesa, devorando la comida que le habían ofrecido.

Sólo levantaba sus tristes ojos marrones para seguir los movimientos de Bayta en el compartimiento donde comía, que era a la vez cocina y despensa.

—La gratitud de un débil tiene poco valor —murmuró—, pero ustedes cuentan con ella, pues, realmente, durante la última semana sólo había comido mendrugos, y, aunque mi cuerpo es pequeño, mi apetito es desmesurado.

—Entonces, ¡come! —dijo Bayta con una sonrisa—. No pierdas el tiempo manifestando tu gratitud.

¿No existe un proverbio de la Galaxia Central sobre la gratitud?

—Ciertamente que sí, mi señora, pues me dijeron que un hombre sabio dijo una vez: «La gratitud mejor y más efectiva es la que no se evapora en frases vacías.» Pero, ¡ay, mi señora!, al parecer yo no soy más que una masa de frases vacías. Cuando estas frases agradaron al Mulo, me regaló un traje de corte y un espléndido nombre, porque originalmente era Bobo, un nombre que no le complacía, y cuando estas mismas frases le desagradaron, regaló a mi pobre cuerpo palizas y latigazos.

Toran entró desde la cabina del piloto.

—Ahora sólo podemos esperar, Bay. Confío que el Mulo sea capaz de comprender que una nave de la Fundación es territorio de la Fundación.

Magnífico Gigánticus, antes Bobo, abrió mucho los ojos y exclamó:

—¡Qué grande es la Fundación, cuando hace temblar incluso a los crueles servidores del Mulo!

—¿Tú también has oído hablar de la Fundación? —preguntó Bayta con una leve sonrisa.

—¿Y quién no? —La voz de Magnífico era un susurro misterioso—. Hay personas que dicen que es un mundo de gran magia, de fuegos que pueden consumir planetas, y secretos de poderosa fuerza. Dicen que ni la más alta nobleza de la Galaxia podría alcanzar el honor y la deferencia considerados normales en un hombre que pueda decir: «Soy ciudadano de la Fundación», aunque sólo sea un bárbaro minero del espacio o un don nadie como yo.

Bayta le reconvino:

—Vamos, Magnífico, nunca terminarás si haces discursos. Te traeré un vaso de leche aromatizada. Es buena.

Colocó sobre la mesa una jarra de leche e hizo una seña a Toran para que abandonase la habitación.

—Torie, ¿qué haremos ahora con él? —preguntó señalando la puerta de la cocina.

—¿Qué quieres decir?

—Si viene el Mulo, ¿se lo entregaremos?

—Bueno, ¿qué podemos hacer si no, Bay? —Parecía preocupado, y el gesto con que se retiró el mechón de la frente lo demostró bien a las claras... Continuó con impaciencia—: Antes de venir aquí tuve la vaga idea de que todo cuanto debíamos hacer era pedir por el Mulo y luego hablarle de negocios..., sólo de negocios; ya sabes, nada determinado.

—Sé lo que quieres decir, Torie. Yo no tenía esperanzas de ver al Mulo, pero pensaba que podríamos obtener alguna información de primera mano sobre este lío, y después repetírselo a la gente que sabe un poco más de esta intriga interestelar. No soy una espía de novela de aventuras.

—Tampoco yo, Bay. —Cruzó los brazos y suspiró—. ¡Vaya situación! Era inimaginable que *existiera* una persona como el Mulo, de no ser por este extraño incidente. ¿Supones que vendrá a buscar a su bufón?

Bayta le miró a los ojos.

—No sé si deseo que venga. No sé qué hacer ni qué decir. ¿Y tú?

El zumbador interior sonó con su ruido apagado e intermitente. Los labios de Bayta se movieron inaudiblemente.

—¡El Mulo!

Magnífico estaba en el umbral, con los ojos muy abiertos y la voz lastimera:

—¿Será el Mulo?

Toran murmuró:

—Abriré.

Un contacto abrió la escotilla, y la puerta exterior se cerró tras el recién llegado. El visor sólo mostró una figura en la sombra.

—Es una persona sola —dijo Toran con evidente alivio, y su voz era casi temblorosa cuando se inclinó sobre el tubo de señales—: ¿Quién es usted?

—Sería mejor que me dejase entrar y lo averiguase, ¿no cree? —Las palabras llegaron débiles por el receptor.

—Debo informarle que ésta es una nave de la Fundación y, en consecuencia, territorio de la Fundación por tratado internacional.

—Lo sé.

—Entre con las manos en alto o dispararé. Estoy bien armado.

—¡De acuerdo!

Toran abrió la puerta interior y apretó la culata de su pistola lanzarrayos, con el pulgar situado encima del punto de presión. Se oyeron unos pasos y la puerta se abrió. Magnífico exclamó:

—No es el Mulo: es sólo un hombre.

El «hombre» se inclinó severamente ante el payaso.

—Exacto. No soy el Mulo. —Extendió los brazos—. No estoy armado y he venido en misión de paz. Puede descansar y apartar la pistola. Su mano no es lo bastante firme para mi tranquilidad de espíritu.

—¿Quién es usted? —preguntó bruscamente Toran.

—Soy *yo* quien debiera preguntarle eso —dijo el extraño con frialdad—, ya que es usted, y no yo, quien pretende ser lo que no es.

—¿A qué se refiere?

—Proclama que es ciudadano de la Fundación cuando no hay un solo comerciante autorizado en el planeta.

—No es cierto. ¿Cómo puede usted saberlo?

—Porque yo sí soy ciudadano de la Fundación, y tengo documentos que lo prueban. ¿Dónde están los suyos?

—Creo que será mejor que se vaya.

—Yo no lo creo. Si sabe algo sobre los métodos de la Fundación, sabrá que si no vuelvo vivo a mi nave a una hora determinada sonará una señal en el cuartel general más próximo de la Fundación, por lo que dudo que sus armas sean muy eficaces en la práctica.

Hubo un silencio de indecisión, y entonces Bayta dijo con calma:

—Guarda la pistola, Toran, y presta crédito a sus palabras. Me parece que dice la verdad.

—Gracias —dijo el desconocido.

Toran dejó la pistola sobre una silla.

—Y ahora, explíquenos qué significa todo esto.

El recién llegado permaneció en pie. Era más bien alargado y de miembros grandes. Su rostro consistía en planos lisos, y era evidente que nunca sonreía. Pero sus ojos carecían de dureza. Habló:

—Las noticias vuelan, en especial cuando parecen inverosímiles. No creo que haya una sola persona en Kalgan que no sepa que hoy dos turistas de la Fundación se han burlado de los hombres del Mulo. Yo me enteré de los detalles importantes antes del atardecer, y, como ya he dicho, no hay en el planeta turistas de la Fundación, aparte de mí mismo. Sabemos estas cosas.

—¿Quiénes son ustedes?

—«Nosotros» somos «nosotros». ¡Y yo soy uno de ellos! Sabía que estaban en el hangar; les oyeron decirlo. He usado mis métodos para comprobarlo en el registro y para encontrar la nave. —Se volvió hacia Bayta de improviso—: Usted ha nacido en la Fundación, ¿verdad?

—¿Usted cree?

—Es miembro de la oposición demócrata, a la que llaman «la resistencia». No recuerdo su nombre, pero sí el rostro. Salió recientemente, y no lo hubiera hecho de haber sido más importante.

—Sabe usted mucho —repuso Bayta, encogiéndose de hombros.

—Sí. Escapó con un hombre. ¿Es éste?

—¿Acaso importa lo que yo diga?

—No. Sólo pretendo un entendimiento mutuo. Creo que la contraseña durante la semana en que salieron tan apresuradamente era «Seldon, Hardin y la Libertad». Porfirat Hart era su jefe de sección.

—¿Cómo ha sabido eso? —Bayta se enfureció de repente—. ¿Le ha cogido la policía? —Toran la sujetó, pero ella se desasió y avanzó unos pasos.

El hombre de la Fundación dijo tranquilamente:

—Nadie le ha cogido. Es sólo que la resistencia se extiende mucho y por lugares muy extraños. Soy el capitán Han Pritcher de Información, y también, soy jefe de sección, no importa bajo qué nombre. —Esperó, y después agregó—: No, no tienen por qué creerme. En nuestra profesión es preferible exagerar la suspicacia que descuidarla. Pero será mejor que pase por alto los preliminares.

—Sí —dijo Toran—, será mejor.

—¿Puedo sentarme? Gracias. —El capitán Pritcher cruzó sus largas piernas y descansó un brazo sobre el respaldo de la silla—. Empezaré diciendo que no entiendo este asunto; desde el punto de vista de ustedes, claro. No son de la Fundación, pero no es difícil adivinar que proceden de uno de los mundos comerciantes independientes. Esto no me preocupa gran cosa. Pero, por curiosidad, ¿para qué quieren a este sujeto, a este bufón que se han empeñado en salvar? Están arriesgando su vida al protegerle.

—No puedo decirle esto.

—Hum. Bueno, no esperaba que lo hiciera. Pero si creen que el Mulo acudirá con una fanfarria de cuernos, tambores y órganos eléctricos... ¡olvídenlo! El Mulo no trabaja de este modo.

—¿Cómo? —exclamaron a la vez Toran y Bayta; y desde el rincón donde se acurrucaba Magnífico, con los oídos casi visiblemente aguzados, llegó un grito de alegría.

—Es cierto. Yo mismo he intentado ponerme en contacto con él, y lo he hecho mucho mejor que dos aficionados. No se puede conseguir. Ese hombre no se presenta personalmente, no se deja fotografiar ni dibujar de memoria, y sólo le ven sus colaboradores más íntimos.

—¿He de deducir que esto explica su interés por nosotros, capitán? —inquirió Toran.

—No. Ese bufón es la clave. El bufón es uno de los pocos que le han visto. Quiero llevármelo conmigo. Puede ser la prueba que necesito, y bien sabe la Galaxia que necesito algo para despertar a la Fundación.

—¿Necesita que la despierten? —intervino Bayta con repentina ansiedad—. ¿Para defenderla de qué? Y en calidad de qué actúa usted como alarma, ¿en la de un demócrata rebelde o en la de policía secreta y agente provocador?

El rostro del capitán endureció sus rasgos.

—Cuando la Fundación entera es amenazada, mi querida señora revolucionaria, perecen tanto los demócratas como los tiranos. Salvemos a los tiranos de un tirano mayor para poder vencerles a ellos a su tiempo.

—¿Quién es ese tirano mayor al que alude? —preguntó Bayta con ardor.

—¡El Mulo! Sé algo de él, lo bastante como para que signifique mi muerte varias veces, si me hubiera movido con menos agilidad. Haga salir al payaso de la habitación. De esto hay que hablar en privado.

—Magnífico —dijo Bayta, haciendo una seña, y el bufón se fue sin rechistar.

La voz del capitán era grave e intensa, y de tono tan bajo que Toran y Bayta tuvieron que acercarse.

—El Mulo es un intrigante astuto... lo bastante astuto como para comprender la ventaja del magnetismo y la atracción de la jefatura personal. Si renuncia a ella, es por una razón. Esa razón ha de ser el hecho de que el contacto personal revelaría algo que es de la máxima importancia que no trascienda. —Ignoró las preguntas y continuó con mayor rapidez—: Volví al lugar de su nacimiento e interrogué a las personas que, a causa de sus conocimientos, no vivirán mucho. Ya son muy pocas, dicho sea de paso, las que viven. Recuerdan al niño nacido hace treinta años, la muerte de su madre, y su extraña juventud. *¡El Mulo no es un ser humano!*

Sus dos interlocutores retrocedieron con horror ante aquella implicación. Ninguno de los dos comprendió total o claramente, pero la amenaza de la frase era concluyente.

El capitán prosiguió:

—Es un mutante, y de facultades extraordinarias, según ha puesto de manifiesto su carrera. Ignoro sus poderes y hasta qué punto es lo que nuestras novelas de aventuras llaman un «superhombre», pero el ascenso desde la nada a la conquista de Kalgan en dos años es revelador. ¿Verdad que ven el peligro? ¿Puede incluirse en el plan Seldon un accidente genético de imprevisibles proporciones biológicas?

Bayta habló lentamente:

—No lo creo. Debe de ser una especie de truco complicado. ¿Por qué no nos mataron los hombres del Mulo cuando podrían haberlo hecho, si es que en realidad se trata de un superhombre?

—Ya les he dicho que desconozco el grado de su mutación. Tal vez aún no está dispuesto para la conquista de la Fundación, y sería una señal de gran sabiduría resistir las provocaciones hasta que lo esté. Permítanme hablar con el bufón.

El capitán se enfrentó al tembloroso Magnífico, que evidentemente no se fiaba de aquel hombre gigantesco y duro.

El capitán empezó con lentitud:

—¿Has visto al Mulo con tus propios ojos?

—Ya lo creo que sí, respetable señor. Y también he sentido el peso de su brazo en todo mi cuerpo.

—No me cabe la menor duda. ¿Puedes describirle?

—Me asusta recordarle, señor. Es un hombre de enormes proporciones; junto a él, incluso usted sería un enano. Sus cabellos son de un llameante carmesí, y ni siquiera con todo mi peso y fuerza podía bajarle el brazo que tenía extendido, ni tan sólo un milímetro. —La delgadez de Magnífico daba la impresión de que todo él se trataba únicamente de un montón de brazos y piernas—. A menudo, para divertir a sus generales, o a sí mismo solamente, me suspendía en el aire, a una tremenda altura, con un solo dedo, mientras yo recitaba poesías. Sólo me liberaba al vigésimo verso si eran improvisados y de ritmo perfecto; de lo contrario, me dejaba suspendido. Es un hombre de fuerza excepcional, respetable señor, y cruel en el uso de su poder... y sus ojos no los ha visto nadie.

—¿Qué? ¿Qué es lo último que has dicho?

—Lleva gafas, señor, de un tipo muy peculiar. Dicen que son opacas y que ve por medio de una poderosa magia que sobrepasa con mucho las facultades humanas. He oído —y su voz se hizo leve y misteriosa— que verle los ojos equivale a morir; que mata con sus ojos, respetable señor.

La mirada de Magnífico se posó alternativamente en los tres rostros. Añadió, temblando:

—Es cierto. Tan cierto como que estoy vivo.

Bayta aspiró profundamente.

—Parece que tiene usted razón, capitán. ¿Qué nos aconseja que hagamos?

—Bien, repasemos la situación. ¿No deben nada aquí? ¿Está libre la barrera del hangar?

—Puedo despegar cuando quiera.

—Entonces, váyase. Puede que el Mulo no desee antagonizar a la Fundación, pero corre un gran riesgo dejando huir a Magnífico; lo demuestra la persecución de que ha hecho objeto al pobre diablo. Es posible que haya naves esperándole arriba. Si usted se pierde en el espacio, ¿a quién acusar del crimen?

—Tiene razón —asintió fríamente Toran.

—Sin embargo, usted dispone de un escudo, y su nave es probablemente más veloz que las suyas, así que, en cuanto salga de esta atmósfera, describa un círculo en zona neutral hasta el otro hemisferio, y después láncese hacia fuera con el máximo de aceleración.

—Sí —asintió a su vez Bayta—; y cuando estemos de nuevo en la Fundación, ¿qué pasará, capitán?

—Ustedes dos son fieles ciudadanos de Kalgan, ¿no? Yo no sé de nada que lo desmienta, ¿verdad?

Nadie dijo nada más. Toran se volvió hacia los controles. Hubo una imperceptible sacudida.

Cuando Toran había dejado lo bastante atrás Kalgan como para intentar su primer salto interestelar, el rostro del capitán Pritcher se contrajo, ya que ninguna nave del Mulo había intentado en forma alguna detener su marcha.

—Parece que permite que nos llevemos a Magnífico —dijo Toran—. Esto contradice su teoría.

—A menos —corrigió el capitán— que quiera que nos lo llevemos, lo cual no es bueno para la Fundación.

Después del último salto, cuando estuvieron dentro de la zona neutral de vuelo de la Fundación, las primeras noticias radiadas por ultraondas llegaron a la nave.

Y hubo una en particular que fue mencionada sin ningún énfasis. Al parecer, un señor guerrero —que el aburrido locutor olvidó identificar— había comunicado a la Fundación el secuestro de un miembro de su corte. El locutor pasó enseguida a las noticias deportivas.

El capitán Pritcher observó en tono glacial:

—Va un paso por delante de nosotros, después de todo. —Y añadió pensativamente—: Está listo para enfrentarse a la Fundación, y utiliza esto como una excusa para dar paso a la acción. El asunto hace las cosas más difíciles para nosotros. Tendremos que actuar antes de estar verdaderamente dispuestos.

15. EL PSICÓLOGO

Era un axioma el hecho de que el elemento conocido como «ciencia pura» fuese la más libre forma de vida de la Fundación. En una Galaxia donde el predominio —e incluso la supervivencia— de la Fundación continuaba basándose en la superioridad de su tecnología, aun después de su acceso al poder físico un siglo y medio atrás, cierta inmunidad rodeaba al científico. Se le necesitaba, y él lo sabía.

También era natural que Ebling Mis —sólo aquellos que no le conocían agregaban sus títulos a su nombre— representara la más libre forma de vida de la «ciencia pura» de la Fundación. En el mundo donde la ciencia era respetada, él era El Científico, con mayúsculas. Se le necesitaba, y él lo sabía.

Y por eso ocurrió que cuando otros doblaron la rodilla, él se negó a hacerlo, añadiendo en voz alta que sus antepasados no habían doblado la rodilla ante ningún asqueroso alcalde. Además, en tiempos de sus antepasados, los alcaldes eran elegidos y destituidos a voluntad, y las únicas personas que heredaban algo por derecho de nacimiento eran los idiotas congénitos.

Y así ocurrió que cuando Ebling Mis decidió permitir a Indbur III que le honrase con una audiencia, no esperó a que la rígida serie de autoridades presentase su solicitud y le transmitiese la respuesta favorable, sino que, después de echarse sobre los hombros la menos ajada de sus dos chaquetas de gala y calarse de lado sobre la cabeza un estrambótico sombrero de peculiar diseño, encendió un cigarro, lo cual estaba prohibido, e irrumpió, pese a las airadas protestas de dos guardas vociferantes, en el palacio del alcalde.

La primera noticia que este último tuvo de la intrusión fue una creciente algarabía de insultos y la estrepitosa respuesta en forma de maldiciones inarticuladas.

Indbur, que se hallaba en el jardín, abandonó su pala, se enderezó y frunció el ceño, todo ello con idéntica lentitud. Porque Indbur III se permitía una pausa diaria en su trabajo, y durante dos horas, después del mediodía, si el tiempo era benigno, permanecía en el jardín. En él crecían las flores en parterres cuadrados y triangulares, dispuestas en rígidas hileras de rojo y amarillo, con pequeñas manchas de violeta en los extremos y verde follaje en los bordes. Cuando se hallaba en su jardín nadie osaba molestarle... *¡nadie!*

Indbur se quitó los guantes manchados de barro y avanzó hacia la pequeña puerta del jardín. Inevitablemente, preguntó:

—¿Qué significa todo esto?

Es la pregunta exacta, con las palabras exactas, que han sido proferidas en ocasiones similares por una increíble variedad de hombres desde que la humanidad fue creada. No se sabe que se hayan proferido jamás con otra intención que la de causar un efecto digno.

Pero la respuesta fue contundente esta vez, pues el cuerpo de Mis cruzó violentamente el umbral con un rugido, al tiempo que se desasía de las manos, que aún sujetaban los restos de su capa.

Indbur, con expresión severa y disgustada, ordenó a los guardas que se fueran, y Mis se agachó para recoger su sombrero destrozado, lo sacudió para limpiarlo de tierra, se lo puso bajo el brazo y dijo:

—Escuche, Indbur, esos incalificables esbirros suyos tendrán que pagarme una capa y un sombrero nuevos. Mire cómo me los han dejado. —Resopló y se secó la frente con un gesto ligeramente teatral.

El alcalde estaba rígido por la contrariedad, y replicó con altivez:

—No se me ha comunicado, Mis, que haya usted solicitado una audiencia. Y estoy seguro de no habérsela concedido.

Ebling Mis miró al alcalde con expresión de profunda sorpresa.

—Por la Galaxia, Indbur, ¿no recibió mi nota ayer? Se la entregué hace dos días a un presumido con uniforme color púrpura. Se la hubiera entregado a usted personalmente, pero sé cuánto le gustan los formalismos.

—¡Los formalismos! —Indbur le miró con exasperación, y después añadió convincentemente—: ¿Ha oído hablar alguna vez de la necesaria organización? En ocasiones sucesivas tendrá que solicitar una audiencia, redactada por triplicado, y entregarla en la oficina gubernamental establecida a este fin. Entonces esperará hasta que le llegue el turno y se le notifique la hora de la audiencia concedida. Se presentará a ella correctamente vestido, correctamente, ¿me comprende? Y con el debido respeto, además. Ahora ya puede irse.

—¿Qué tienen de malo mis ropas? —preguntó Mis indignado—. Llevaba mi mejor capa hasta que esos incalificables maníacos clavaron sus garras en ella. Me iré en cuanto haya transmitido el mensaje por el que he venido hasta aquí. ¡Por la Galaxia!, si no se tratara de una crisis de Seldon me marcharía inmediatamente.

—¡Una crisis de Seldon! —Indbur no pudo disimular su interés.

Mis era realmente un gran psicólogo; un demócrata, patán y rebelde, desde luego, pero psicólogo al fin. En su incertidumbre, el alcalde ni siquiera pudo expresar con palabras el dolor que sintió de improviso cuando Mis arrancó una flor, se la llevó a la nariz y la tiró con desagrado.

Indbur dijo fríamente:

—¿Quiere seguirme? El jardín no fue hecho para conversaciones serias.

Se sintió mejor en su butaca ante la enorme mesa, desde donde podía mirar los escasos cabellos que no lograban ocultar el cráneo rosado de Mis. Se sintió también mucho mejor cuando Mis lanzó una serie de miradas automáticas a su alrededor buscando una silla, inexistente, y tuvo que permanecer en pie. Y experimentó casi una sensación de felicidad cuando, en respuesta a una cuidadosa pulsación del contacto correcto, un funcionario con librea entró, se inclinó ante el alcalde y depositó sobre la mesa un abultado volumen encuadernado en metal.

—Ahora —dijo Indbur, una vez más dueño de la situación—, a fin de abreviar en lo posible esta entrevista no autorizada, comuníqueme su mensaje con el mínimo de palabras.

Ebling Mis contestó pausadamente:

—¿Sabe qué estoy haciendo estos días?

—Tengo sus informes aquí —replicó el alcalde con satisfacción—, junto con sus autorizados resúmenes. Tengo entendido que sus investigaciones sobre las matemáticas de la psicohistoria tienen como objeto duplicar el trabajo de Hari Seldon y, eventualmente, seguir la pista del proyectado curso de la historia futura, para uso de la Fundación.

—Exacto —asintió Mis con sequedad—. Cuando

Seldon estableció la Fundación fue lo bastante sabio como para no incluir a psicólogos entre los científicos aposentados aquí, de modo que la Fundación siempre ha avanzado a ciegas por el curso de la necesidad histórica. Durante mis investigaciones me he basado en gran parte en insinuaciones halladas en la Bóveda del Tiempo.

—Estoy enterado de ello, Mis. Es una pérdida de tiempo repetirlo.

—No estoy repitiendo nada —replicó Mis—, porque lo que voy a decirle no figura en ninguno de estos informes.

—¿Qué quiere decir con eso de que no está en los informes? —preguntó estúpidamente Indbur—. ¿Cómo es posible...?

—¡Por la Galaxia! Déjeme contarlo a mi manera, pequeña criatura ofensiva. No hable por mi boca ni replique a cada frase mía o saldré de aquí inmediatamente y dejaré que todo se derrumbe a su alrededor. Recuerde, incalificable necio, que la Fundación perdurará porque así ha de ser, pero si yo salgo ahora mismo de aquí, *usted* no perdurará.

Después de tirar al suelo su sombrero, lo que levantó una nube de polvo, saltó los peldaños del entarimado sobre el que se hallaba la enorme mesa y apartando con violencia unos papeles, se sentó en su borde.

Indbur pensó frenéticamente en llamar al guarda o usar los lanzarrayos ocultos en la mesa. Pero el rostro de Mis estaba atento frente al suyo, y no podía hacer otra cosa que resignarse con dignidad a la situación.

—Doctor Mis —empezó con vacilante formalidad—, debe usted...

—¡Cierre la boca —replicó ferozmente Mis— y escúcheme! Si eso que tiene aquí —y descargó con fuerza la palma de la mano sobre el metal de la carpeta— es un resumen garabateado de mis informes, tírelo. Cualquier informe que yo escribo pasa a través de veinte o más funcionarios, llega hasta usted, y después vuelve a caer en manos de veinte funcionarios más. Esto está muy bien si no hay nada que quiera mantener en secreto. Pero hoy traigo algo confidencial, tan confidencial que ni siquiera los muchachos que trabajan conmigo se han enterado de ello. Han hecho el trabajo, naturalmente, pero sólo un fragmento cada uno... y yo los he juntado. ¿Sabe usted qué es la Bóveda del Tiempo?

Indbur asintió con la cabeza, pero Mis continuó, disfrutando mucho de la situación:

—Bueno, se lo diré de todos modos porque he estado imaginando durante mucho tiempo esta situación incalificable en una Galaxia; y sé leer en su mente, insignificante hipócrita. Tiene la mano derecha cerca de un pequeño botón que a la más leve presión hará entrar a unos quinientos hombres armados para liquidarme, pero tiene miedo de lo que yo sé.... tiene miedo de una Crisis Seldon. Aparte de que, sí toca algo de su mesa, yo le machacaré el cráneo antes de que alguien pueda entrar. Al fin y al cabo, usted, el bandido de su padre y el pirata de su abuelo, ya han chupado la sangre a la Fundación durante bastante tiempo.

—Esto es... traición —tartamudeó Indbur.

—Ciertamente —asintió Mis—, pero ¿qué puede hacer para evitarla? Voy a hablarle de la Bóveda del Tiempo. La Bóveda del Tiempo es lo que Hari Seldon instaló aquí al principio para ayudarnos a superar los momentos difíciles. Seldon preparó para cada crisis un simulacro personal para ayudarnos... y explicárnosla. Cuatro crisis hasta ahora... y cuatro apariciones. La primera vez apareció en el punto álgido de la primera crisis. La segunda vez lo hizo enseguida tras la evolución favorable de la segunda crisis. Nuestros antepasados estuvieron allí para escucharle las dos veces. En la tercera y cuarta crisis fue ignorado, probablemente porque no le necesitábamos, pero investigaciones recientes, que no están incluidas en los informes que usted tiene, indican que sí apareció, y además lo hizo en los momentos adecuados. ¿Lo comprende?

No esperó la respuesta. Tiró finalmente la colilla de su cigarro, húmedo y apagado, buscó otro y lo encendió. El humo salió con violencia. Prosiguió:

—Oficialmente, he estado intentando reconstruir la ciencia de la psicohistoria. Verá, ningún hombre va a hacerlo solo, ni es un trabajo de un solo siglo. Pero he hecho progresos en los elementos más simples y he podido usarlos como excusa para introducirme en la Bóveda del Tiempo. Lo que he logrado hacer implica la determinación, hasta un grado suficiente de certeza, de la fecha en que se producirá la próxima aparición de Hari Seldon. Puedo darle el día exacto, en otras palabras, en que la inminente Crisis Seldon, la quinta, alcanzará su apogeo.

—¿Falta mucho? —preguntó tensamente Indbur.

Y Mis hizo explotar su bomba con alegre despreocupación:

—¡Cuatro meses! —dijo—. Cuatro incalificables meses... menos dos días.

—Cuatro meses —murmuró Indbur con insólita vehemencia—. Imposible.

—¿Imposible? ¡Ya veremos!

—¿Cuatro meses? ¿Comprende lo que esto significa? Si una crisis ha de llegar dentro de cuatro meses, es necesario que se haya estado preparando durante años.

—¿Y por qué no? ¿Existe alguna ley de la naturaleza que requiera que el proceso madure a la luz del día?

—Pero nada nos amenaza, al menos no hay nada que lo indique. —Indbur, en su ansiedad, casi se retorció las manos. Con una repentina recrudescencia de su ferocidad, gritó—: ¿*Quiere* apartarse de mi mesa para que pueda ponerla en orden? ¿Cómo espera que *piense*?

Mis, sorprendido, se levantó pesadamente y se apartó.

Indbur colocó los objetos en sus lugares apropiados, con movimientos febriles. Habló con rapidez:

—No tiene derecho a presentarse aquí de este modo. Si hubiera mostrado su teoría...

—No es una *teoría*.

—Yo digo que sí lo es. Si la hubiera mostrado junto con su evidencia y argumentos, de manera apropiada, hubiera ido a la Oficina de Ciencias Históricas. Ahí hubiera sido tratada adecuadamente, me hubieran sometido los análisis resultantes y después, naturalmente, se habrían tomado las medidas que hacen al caso. De este modo me ha importunado usted sin necesidad. ¡Ah, aquí está!

Tenía en la mano una hoja de papel plateado y transparente que agitó ante la cara del psicólogo.

—Esto es un corto resumen que preparo yo mismo, semanalmente, sobre los asuntos extranjeros pendientes. Escuche: hemos completado las negociaciones de un tratado comercial con Mores, proseguimos las negociaciones para otro similar con Lyonesse, hemos enviado una delegación a unas celebraciones de Bonde, hemos recibido una queja de Kalgan y prometido tenerla en consideración, hemos protestado por ciertas prácticas comerciales ilegales de Asperta y allí nos han asegurado tenerlo en cuenta, etcétera. —Los ojos del alcalde recorrieron la lista de anotaciones en clave, y entonces colocó cuidadosamente la hoja en su lugar adecuado, en la carpeta adecuada y en el casillero adecuado—. Se lo aseguro, Mis, no hay absolutamente nada que no respire orden y paz...

La puerta del extremo opuesto de la habitación se abrió y, de modo demasiado dramático para sugerir algo que no fuese la vida real, hizo su aparición un individuo sin la indumentaria de protocolo.

Indbur se incorporó. Tuvo esa sensación curiosamente vertiginosa de irrealidad que suele flotar en los días en que ocurren demasiadas cosas. Tras la intrusión y las salvajes invectivas de Mis, se producía ahora otra intrusión igualmente indecorosa, y, por consiguiente, perturbadora, esta vez por parte de su secretario, de quien cabía esperar que conocía el reglamento.

El recién llegado hizo una profunda genuflexión.

Indbur le interpeló bruscamente:

—¿Qué ocurre?

El secretario habló, mirando al pavimento:

—Excelencia, el capitán Han Pritcher de Información, que ha regresado de Kalgan, en desobediencia a vuestras órdenes, ha sido encarcelado, siguiendo instrucciones previas (vuestra orden X20-513) y espera su ejecución. Sus acompañantes están detenidos para su interrogatorio. Se ha extendido un informe completo.

Indbur, desesperado, rectificó:

—Se ha recibido un informe completo. ¿Qué más?

—Excelencia, el capitán Pritcher ha informado, vagamente, de peligrosos designios por parte del nuevo señor guerrero de Kalgan. De acuerdo con vuestras instrucciones previas (orden X20-651), no se le ha tomado declaración formal, pero se han anotado sus observaciones y redactado un informe completo.

—Se ha recibido ese informe completo. *¿Qué más?* —gritó Indbur.

—Excelencia, hace un cuarto de hora se han recibido informes de la frontera saliniana. Naves identificadas como kalganianas han entrado en territorio de la Fundación sin la debida autorización. Las naves van armadas. Ha habido lucha.

El secretario casi tocaba el suelo. Indbur permanecía en pie. Ebling Mis se adelantó hacia el secretario y le dio una palmada en el hombro.

—Váyase y diga que pongan en libertad a ese capitán Pritcher y lo traigan aquí. ¡Fuera!

El secretario salió y Mis se dirigió al alcalde:

—¿No sería mejor que pusiera la maquinaria en marcha, Indbur? Cuatro meses, recuérdelo.

Indbur permaneció inmóvil, con la mirada fija. Sólo un dedo parecía tener vida, y dibujaba temblorosos triángulos sobre la lisa superficie de la mesa.

16. CONFERENCIA

Cuando los veintisiete Mundos Comerciantes Independientes, unidos por su desconfianza del planeta madre de la Fundación, concertaban entre ellos una asamblea, y cada uno se sentía orgulloso de su propia pequeñez, endurecido por su aislamiento y amargado por el eterno peligro, era preciso vencer negociaciones preliminares de una mezquindad suficiente como para desanimar a los más perseverantes.

No bastaba fijar por adelantado detalles tales como los métodos de votación, o el tipo de representación, ya fuera por mundos o por población. Éstas eran cuestiones de complicada importancia política. No bastaba fijar el asunto de prioridad en la mesa, tanto del consejo como de la cena; éstas eran cuestiones de complicada importancia social.

Se trataba del lugar de reunión, puesto que esto era un asunto de marcado provincialismo. Y finalmente, las dudosas rutas de la diplomacia eligieron el mundo de Radole, sugerido al principio por algunos comentaristas por la lógica razón de su posición central.

Radole era un mundo pequeño, de los que abundan

en la Galaxia, pero entre los cuales era una rareza la variedad habitada. Era un mundo, dicho en otras palabras, donde las dos mitades ofrecían los monótonos extremos del frío y el calor, mientras la región de vida posible era la franja de zona crepuscular.

Un mundo semejante parece invariablemente inhóspito a los que no lo han visitado, pero hay lugares estratégicamente situados, y Radole City era uno de ellos.

Se extendía a lo largo de las suaves laderas de las colinas, situadas frente a la cordillera que delimitaba el hemisferio frío y detenía la masa de hielo. El aire cálido y seco acariciaba las ciudades, que recibían el agua de las montañas; y Radole City era un eterno jardín, caldeado por la radiante mañana de un perpetuo junio.

Cada casa tenía su jardín florido, abierto a los benignos elementos. Cada jardín era un lugar de horticultura forzada, donde las plantas de lujo crecían en fantásticas formas para ser exportadas al extranjero, hasta que Radole casi se convirtió en un mundo productor, en vez de un típico mundo comerciante.

De este modo, a su manera, Radole City era un pequeño punto de suavidad y lujo en un horrible planeta —un minúsculo Edén—, y este hecho fue también un factor influyente en la lógica de la elección.

Los extranjeros llegaron de cada uno de los otros veintiséis mundos comerciantes: delegados, esposas, secretarios, periodistas, naves y tripulaciones, y la población de Radole casi se dobló, por lo que sus recursos tuvieron que estirarse hasta el límite. Todos comían a voluntad, bebían sin límite y no dormían en absoluto.

Sin embargo, había pocos entre aquellos vividores que no fueran intensamente conscientes de que toda la Galaxia ardía con lentitud en una especie de guerra quieta y adormecida. Y entre los que tenían esta conciencia, los había de tres clases: la primera estaba constituida por los que sabían muy poco y rebosaban confianza...

Uno de ellos era el joven piloto espacial que llevaba la escarapela de Haven en la hebilla de su gorra, y que consiguió, sosteniendo la copa ante los ojos, reflejar en ella los ojos de la sonriente radoliana que estaba frente a él. Decía:

—Hemos pasado a propósito a través de la zona de guerra para venir aquí. Viajamos alrededor de un minuto luz por la zona neutral, justo delante de Horleggor...

—¿Horleggor? —interrumpió un nativo de largas piernas, que era el anfitrión del grupo—. Eso es donde el Mulo recibió una paliza la semana pasada, ¿no?

—¿Dónde ha oído usted que el Mulo recibió una paliza? —preguntó con arrogancia el piloto.

—Por la radio de la Fundación.

—¿Ah, sí? Pues bien, el Mulo ha conquistado Horleggor. Casi nos topamos con un convoy de sus naves, y era precisamente de allí de donde venían. No recibe una paliza quien se queda en el campo de batalla, y quien ha dado la paliza se aleja a toda prisa.

Alguien dijo en voz alta:

—No hable de este modo. La Fundación siempre acaba venciendo. Usted espere y se convencerá. La vieja Fundación sabe cuándo ha de volver, y entonces... ¡pum! —El hombre estaba ligeramente borracho y sonrió entre dientes.

—Sea como fuere —replicó el piloto de Haven tras una corta pausa—, vimos las naves del Mulo y tenían muy buen aspecto. Incluso le diré que parecían nuevas.

—¿Nuevas? —repitió el nativo con perplejidad—. ¿Las construyen ellos mismos? —Rompió una hoja de una rama colgante, la olió delicadamente y se la metió en la boca. Mientras la masticaba, la hoja despidió un jugo verdoso y un olor de menta—. ¿Está diciéndome que han vencido a las naves de la Fundación con artefactos caseros? Continúe.

—Nosotros las vimos, amigo. Y yo sé distinguir entre una nave y un cometa.

El nativo se inclinó hacia él.

—¿Sabe lo que pienso? Escuche, no se engañe a usted mismo. Las guerras no empiezan por sí solas, y nosotros contamos con un grupo de gente astuta que nos gobierna y que sabe muy bien lo que hace.

El borracho dijo con la voz repentinamente alta:

—Observe a la Fundación. Esperan hasta el último minuto y entonces... ¡pum! —Sonrió con la boca abierta a la muchacha, que se apartó de él.

El radoliano prosiguió:

—Por ejemplo, amigo, tal vez usted piense que el Mulo está dirigiendo el cotarro. Pues no es así. —Movió horizontalmente un dedo—. Por lo que he oído decir, y en boca de gente importante, no lo dude, trabaja para nosotros. Nosotros le pagamos, y es muy probable que hayamos construido esas naves. Seamos realistas al respecto; es muy probable que sea así. Es evidente que a la larga no puede derrotar a la Fundación, pero puede fastidiarla, y cuando lo hace... *intervenimos*.

La muchacha preguntó:

—¿No puedes hablar de otra cosa, Klev? ¡Sólo de la guerra! Me aburres.

El piloto de Haven dijo en un arranque de galantería:

—Cambie de tema. No debemos aburrir a las chicas.

El borracho adoptó la frase y la repitió mientras golpeaba la mesa con una jarra. Los pequeños grupos que se habían formado se disolvieron en risas y bufonadas, y de la casa que daba al jardín emergieron grupos similares compuestos por dos personas cada uno.

La conversación se generalizó y se hizo más variada, más insustancial...

Después estaban los que sabían un poco más y sentían menos confianza.

Entre ellos se contaba Fran, representando a Haven como delegado oficial y que, a raíz de su corpulencia, vivía por todo lo alto y cultivaba nuevas amistades, con mujeres cuando podía, y con hombres cuando tenía que hacerlo.

Se hallaba descansando en la plataforma soleada de la casa de uno de sus nuevos amigos, situada en la cima de una colina. Era la primera vez que la visitaba, y sólo la visitaría una vez más durante su estancia en Radole. Su nuevo amigo se llamaba Iwo Lyon, un alma gemela de Radole. La casa de Iwo se levantaba lejos de las otras viviendas, aparentemente aislada en un océano de perfume floral y zumbido de insectos. La plataforma solar era una franja de césped colocada formando un ángulo de cuarenta y cinco grados, y Fran yacía tendido sobre la hierba, absorbiendo los rayos solares. Comentó:

—No tenemos nada parecido en Haven.

Iwo contestó, con voz soñolienta:

—No ha visto aún el lado frío. Hay un lugar, a unos treinta y cinco kilómetros de aquí, donde el oxígeno fluye como el agua.

—¿En serio?

—Es un hecho.

—Bien, le diré, Iwo... En los viejos tiempos, antes de que me arrancaran el brazo, me pasó algo... bueno, ya sé que no va a creérselo, pero... —La historia que siguió tuvo una duración considerable, e Iwo no se la creyó.

Una vez finalizada, observó:

—Los viejos tiempos eran mejores, ésta es la verdad.

—Desde luego que sí. Oiga —se animó Fran—, le

he hablado de mi hijo, ¿verdad? También es de la vieja escuela: será un magnífico comerciante. Ha salido en todo a su padre. Bueno, en todo no, porque se ha casado.

—¿Quiere decir un «contrato legal», y con una muchacha?

—Eso es. Yo no le veo ningún sentido. Fueron a Kalgan en su luna de miel.

—¿Kalgan? ¿*Kalgan*? ¿Y cuándo demonios fueron allí?

Fran sonrió y contestó con acento misterioso:

—Justo antes de que el Mulo declarase la guerra a la Fundación.

—Conque sí, ¿eh?

Fran asintió e hizo una seña a Iwo para que se acercara:

—Voy a contarle algo, si me promete no difundirlo. Mi hijo fue enviado a Kalgan para realizar una misión. No me gustaría revelar la índole de la misma, pero si usted repasa ahora la situación, puede adivinarla. En cualquier caso, mi hijo era el hombre adecuado para el trabajo. Nosotros, los comerciantes, necesitábamos algo de alboroto. —Sonrió astutamente—. Y lo tuvimos. No le diré cómo lo hicimos, pero mi hijo fue a Kalgan y el Mulo envió sus naves. ¡Mi hijo!

Iwo estaba francamente impresionado, y también él se puso confidencial.

—Estupendo. Dicen que disponemos de quinientas naves listas para intervenir en el momento apropiado.

Fran rectificó con tono autoritario:

—Y aún más, tal vez. Esto es verdadera estrategia, de la clase que me gusta. —Se pellizcó la piel del vientre—. Pero no olvide que el Mulo es también un chico listo. Lo ocurrido en Horleggor me preocupa.

—Tengo entendido que perdió diez naves.

—Sí, pero tenía cien más, y la Fundación se vio

obligada a retirarse. Está muy bien que derrotemos a esos tiranos, pero no me gusta que tardemos tanto. —Y sacudió la cabeza.

—Me pregunto de dónde sacará el Mulo sus naves. Corre el rumor de que nosotros las fabricamos para él.

—¿Nosotros? ¿Los comerciantes? Haven tiene los mayores astilleros de todos los mundos independientes, y no hemos hecho ninguna nave que no fuera para nosotros. ¿Supone que algún mundo puede construir una flota para el Mulo sin tomar la precaución de una acción conjunta? Esto es... un cuento de hadas.

—Entonces, ¿dónde las consigue?

Fran se encogió de hombros.

—Las fabricarán ellos mismos, supongo. Esto también me preocupa.

Y, por último, estaba el reducido número de los que sabían mucho y no sentían la menor confianza.

Entre ellos se contaba Randu, quien al quinto día de la convención de los comerciantes entró en la Sala Central y encontró en ella, esperándole, a los dos hombres que había citado allí. Los quinientos asientos estaban vacíos... y así iban a seguir.

Randu dijo con rapidez, casi antes de sentarse:

—Nosotros tres representamos alrededor de la mitad del potencial militar de los Mundos Comerciantes Independientes.

—En efecto —repuso Mangin de Iss—, mis colegas y yo ya hemos comentado el hecho.

—Estoy dispuesto —dijo Randu— a hablar con prontitud y seriedad. No me interesan la sutileza ni los regateos. Nuestra posición ha empeorado radicalmente.

—Como consecuencia de... —urgió Ovall Gri de Mnemon.

—De los sucesos de última hora. ¡Por favor! Empecemos desde el principio. Primero, la precaria posición en la que nos hallamos no es culpa nuestra, y dudo de que esté bajo nuestro control. Nuestros tratos originales no fueron con el Mulo, sino con otros, especialmente con el ex señor guerrero de Kalgan, a quien el Mulo derrotó en el momento menos propicio para nuestros planes.

—Sí, pero ese Mulo es un digno sustituto —adujo Mangin—. No me preocupan los detalles.

—Tal vez le preocupen cuando los conozca *todos*. —Randu se inclinó hacia adelante y colocó las manos sobre la mesa, con las palmas hacia arriba. Continuó—: Hace un mes envié a Kalgan a mi sobrino y a su esposa.

—¡A su sobrino! —gritó con asombro Ovall Gri—. Yo ignoraba que fuese su sobrino.

—¿Con qué propósito? —preguntó secamente Mangin—. ¿Éste? —Y dibujó un círculo en el aire con el pulgar.

—No. Si se refiere a la guerra del Mulo contra la Fundación, no. No podía apuntar tan alto. El muchacho no sabía nada, ni de nuestra organización ni de nuestros objetivos. Le dije que yo era miembro menor de una sociedad patriótica de Haven y que su función en Kalgan era sólo la de un observador aficionado. Debo admitir que mis motivos eran bastante confusos. Principalmente sentía curiosidad por el Mulo. Se trata de un extraño fenómeno, pero esto ya es un tema trillado y no me extenderé sobre él. En segundo lugar, era un interesante proyecto de adiestramiento para un joven que tiene experiencia con la Fundación y su resistencia, y da muestras de poder sernos útil en el futuro.

El largo rostro de Ovall se contrajo en líneas verticales cuando enseñó sus grandes dientes.

—Entonces debió sorprenderle el resultado, pues creo que no hay nadie entre los comerciantes que no sepa que ese sobrino suyo raptó a un servidor del Mulo en nombre de la Fundación, y con ello suministró al

Mulo un *casus belli*. ¡Por la Galaxia! Randu, está usted confeccionando novelas. Me cuesta creer que no tuviese parte en ello. Reconozca que fue un trabajo hábil.

Randu meneó su cabeza plateada.

—No participé, y mi sobrino, sólo involuntariamente. Ahora es prisionero de la Fundación, y es posible que no viva para ver completado su habilidoso trabajo. Acabo de recibir noticias suyas. La Cápsula Personal ha podido salir clandestinamente, cruzar la zona de guerra, ir a Haven, y viajar de allí hasta aquí. Su viaje ha durado un mes.

—¿Y qué?

Randu apoyó una pesada mano en el hueco de su palma y dijo tristemente:

—Me temo que estamos destinados a jugar el mismo papel que el ex señor guerrero de Kalgan. ¡El Mulo es un mutante!

Hubo una tensión momentánea; una ligera impresión de pulsos acelerados. Randu podía haberlo imaginado fácilmente.

Cuando Mangin habló, su voz era serena:

—¿Cómo lo sabe?

—Sólo porque mi sobrino lo dice, pero es que él ha estado en Kalgan.

—¿Qué clase de mutante? Hay muchas clases, como usted ya sabe.

Randu se esforzó por dominar su impaciencia.

—Muchas clases de mutantes, ya lo sé, Mangin. ¡Innumerables clases! Pero sólo hay una clase de Mulo. ¿Qué otra clase de mutante empezaría de la nada, reuniría un ejército, establecería, según dicen, un asteroide de ocho kilómetros como base original, conquistaría un planeta, después un sistema, después una región, y entonces atacaría a la Fundación y la *derrotaría* en Horleggor? *¡Y todo en dos o tres años!*

Ovall Gri se encogió de hombros.

—¿De modo que usted cree que vencerá a la Fundación?

—Lo ignoro. ¿Y si lo consigue?

—Lo siento, no puedo ir tan lejos. No se *vence* a la Fundación. Escuche, el único hecho del que partimos es la declaración de un... bueno, de un muchacho inexperto. ¿Y si lo olvidáramos por un tiempo? Pese a todas las victorias del Mulo, no nos hemos preocupado hasta ahora, y a menos que vaya mucho más lejos de lo que ha ido, no veo razón para cambiar de actitud. ¿De acuerdo?

Randu frunció el ceño y se desesperó ante la complejidad de su argumento. Dijo a los otros dos:

—¿Han tenido ya algún contacto con el Mulo?

—No —contestaron ambos.

—Sin embargo, es cierto que lo hemos intentado, ¿verdad? Es cierto que nuestra reunión no servirá de mucho si no le encontramos, ¿verdad? También es cierto que hasta ahora hemos bebido más que pensado, y proferido quejas en lugar de actuar, cito un editorial del *Tribuna de Radole* aparecido hoy, y todo porque no podemos encontrar al Mulo. Caballeros, tenemos casi mil naves esperando entrar en liza en el momento apropiado para apoderarnos de la Fundación. Creo que deberíamos cambiar las cosas. Creo que deberíamos hacer zarpar a esas naves ahora... *contra* el *Mulo*.

—¿Quiere decir a favor del tirano Indbur y los vampiros de la Fundación? —preguntó Mangin con ira contenida.

Randu alzó una mano cansada.

—Ahórrese los adjetivos. He dicho contra el Mulo y a favor de quien sea.

Ovall Gri se levantó.

—Randu, yo no quiero tener nada que ver con esto. Preséntelo esta noche al pleno del consejo si realmente lo que desea es un suicidio político.

Se marchó sin añadir nada más y Mangin le siguió en silencio, dejando a Randu en la soledad de una consideración interminable e insoluble.

Aquella noche, ante el pleno del consejo, no dijo nada.

Ovall Gri irrumpió en su habitación a la mañana siguiente; un Ovall Gri someramente vestido y que no se había afeitado ni peinado.

Randu le miró con tanto asombro que se le cayó la pipa de la boca.

Ovall dijo con voz brusca y ronca:

—Mnemon ha sido bombardeado a traición desde el espacio.

—¿La Fundación? —preguntó Randu, ceñudo.

—¡El Mulo! —explotó Ovall—. ¡El Mulo! —Hablaba rápidamente—. Fue deliberado y sin provocación. La mayor parte de nuestra Flota se había unido a la flotilla internacional. Las pocas naves que quedaban de la Escuadra Nacional eran insuficientes y volaron por los aires. Aún no ha habido desembarcos, y tal vez no se produzcan, pues se ha informado que la mitad de los atacantes han sido destruidos; pero se trata de una guerra, y yo he venido a averiguar la posición de Haven en esta coyuntura.

—Estoy seguro de que Haven se adherirá al espíritu de la Carta de la Federación. ¿Lo ve? También nos ataca a nosotros.

—Este Mulo es un loco. ¿Acaso puede derrotar al universo? —Vaciló, se sentó y agarró la muñeca de Randu—. Nuestros escasos supervivientes han informado de la posesión por parte del Mulo... del enemigo... de un arma nueva. Un depresor de campo atómico.

—¿Un... qué?

Ovall prosiguió:

—La mayoría de nuestras naves se ha perdido porque les han fallado sus armas atómicas. No puede deberse a sabotaje ni accidente. Tiene que haber sido un arma del Mulo. No ha funcionado de manera perfecta; el efecto ha sido intermitente, había modos de neutralizarla..., mis despachos no son detallados. Pero comprenderá que este arma podría cambiar el curso de la guerra y hasta inutilizar a toda nuestra Flota.

Randu se sintió muy viejo. Su rostro era fláccido.

—Temo que ha surgido un monstruo que nos devorará a todos. Pero hemos de luchar contra él.

17. EL VISI-SONOR

La casa de Ebling Mis, en una vecindad sin pretensiones de Términus, era bien conocida por los intelectuales, literatos y casi toda la gente culta de la Fundación. Sus notables características dependían, subjetivamente, del material que se leía acerca de ella. Para un biógrafo meditativo era «el símbolo de un retiro de una realidad no académica»; un columnista de sociedad la describía suavemente como «un ambiente terriblemente masculino de despreocupado desorden»; un profesor de Universidad la llamó bruscamente «pedante y desorganizada»; un amigo no universitario dijo que era «buena para tomar un trago a cualquier hora, y además, se pueden poner los pies sobre el sofá»; y el locutor de una emisión de noticias semanales, aficionado al color, la calificó de «vivienda rocosa, anodina y práctica del blasfemo, izquierdista y calvo Ebling Mis».

Para Bayta, que de momento sólo pensaba por sí misma, y tenía la ventaja de estarla viendo, era, simplemente, desordenada.

Exceptuando los primeros días, su encarcelamiento había sido una carga soportable. Mucho más soportable, parecía, que aquella media hora de espera en casa del psicólogo, tal vez bajo observación secreta. Entonces había estado con Toran, por lo menos...

Quizá la espera se le hubiera hecho más larga si Magnífico no hubiese demostrado con sus muecas una tensión mucho mayor.

Las flacas piernas de Magnífico estaban dobladas bajo su barbilla puntiaguda, como si estuviese intentando desaparecer, y Bayta alargó la mano en un gesto automático de consuelo. Magnífico tuvo un sobresalto, y después sonrió.

—Seguramente, mi señora, se diría que mi cuerpo niega el conocimiento de mi mente y espera de otras manos un golpe.

—No hay de qué preocuparse, Magnífico. Yo estoy a tu lado y no permitiré que nadie te lastime.

Los ojos del bufón se volvieron hacia ella y se desviaron rápidamente.

—Pero antes me mantuvieron apartado de usted, y de su bondadoso marido, y le doy mi palabra, aunque se ría de mí, que añoraba su amistad perdida.

—No me reiría nunca de eso. Yo sentía lo mismo.

El bufón se animó y juntó más las rodillas. Preguntó:

—¿No conoce al hombre que quiere vernos? —Era una pregunta cautelosa.

—No. Pero es un hombre famoso. Le he visto en los noticiarios y oído muchas cosas de él. Creo que es un hombre bueno, Magnífico, y que no desea perjudicarnos.

—¿No? —El bufón se removió, inquieto—. Puede ser cierto, mi señora, pero me ha interrogado antes, y sus modales son de una brusquedad que me asusta. Está lleno de palabras extrañas, y las respuestas a sus preguntas no me salían de la garganta. Casi hubiera creído al embaucador que una vez se aprovechó de mi ignorancia con un cuento que, en tales momentos, se aloja en mi corazón y me impide hablar.

—Ahora es diferente. Él es uno y nosotros somos dos, y no puede asustarnos a los dos, ¿verdad?

—No, mi señora.

Una puerta se cerró de golpe en alguna parte, y una voz fuerte retumbó en la casa. Frente a la habitación en que se encontraban sonó un violento: «¡Largaos, por la Galaxia!», y a través de la puerta entreabierta vieron momentáneamente a dos guardas uniformados que se retiraban a toda prisa.

Ebling Mis entró con el ceño fruncido, depositó en el suelo un paquete cuidadosamente envuelto y se acercó para estrechar con indiferente presión la mano de Bayta. Ésta devolvió el apretón vigorosamente, como un hombre. Mis se volvió a medias hacia el bufón, y luego dedicó a la muchacha una mirada más prolongada. Le preguntó:

—¿Casada?

—Sí. Cumplimos las formalidades legales.

Mis hizo una pausa, y luego siguió preguntando:

—¿Feliz?

—Hasta ahora, sí.

Mis se encogió de hombros y se volvió de nuevo hacia Magnífico. Desenvolvió el paquete.

—¿Sabes qué es esto, muchacho?

Magnífico casi se tiró de su asiento para coger el instrumento de múltiples teclas. Tocó los millares de contactos y entonces dio una voltereta de alegría que amenazó con destruir el mobiliario circundante. Graznó:

—Un Visi-Sonor, y de una manufactura que haría saltar de gozo el corazón de un muerto.

Sus largos dedos acariciaron el instrumento, suave y lentamente, presionando los contactos con ligereza y descansando un momento en una tecla y luego en otra, y el aire de la habitación se bañó de una luz rosada, justo dentro del campo de visión.

—Muy bien, muchacho. Dijiste que sabías usar uno de estos artefactos, y ahora tienes la oportunidad. Pero será mejor que lo afines. Acaba de salir de un museo. —Entonces, en un aparte, dijo a Bayta—: Por lo que tengo entendido, no hay nadie en la Fundación que sepa hacerlo hablar. —Se acercó más y murmuró—: El bufón no dirá nada sin usted. ¿Me ayudará?

Ella asintió.

—¡Bien! —continuó Mis—. Su estado de temor es casi fijo, y dudo de que su fuerza mental pudiera resistir una sonda psíquica. Si he de sacarle algo por otro sistema, tiene que sentirse absolutamente tranquilo. ¿Me comprende?

Ella asintió de nuevo.

—Este Visi-Sonor es el primer paso del proceso. Él dice que sabe tocarlo, y la reacción que ha tenido pone de manifiesto que es una de las grandes ilusiones de su vida. Así pues, tanto si toca bien como mal, muéstrese interesada y apreciativa. A continuación demuestre amistad y confianza hacia mí. Y, sobre todo, siga mis indicaciones continuamente.

Echó una rápida mirada a Magnífico, el cual, acurrucado en un extremo del sofá, manipulaba con facilidad en el interior del instrumento. Estaba completamente absorto.

Mis preguntó a Bayta en tono de conversación:

—¿Ha oído hablar alguna vez de un Visi-Sonor?

—Una vez —repuso Bayta en el mismo tono—, en un concierto de instrumentos raros. No me impresionó.

—Bueno, es difícil encontrar a alguien que lo toque bien; hay poquísimas personas que sepan hacerlo. No es sólo porque requiere coordinación física, un piano múltiple requiere mucha más, sino porque se necesita, además, cierto tipo de mentalidad libre. —Continuó en voz más baja—: Por esta razón nuestro esqueleto viviente puede tocarlo mejor de lo que imaginamos. A menudo los buenos ejecutantes son idiotas en otras cosas. Se trata de uno de esos extraños fenómenos que hacen interesante a la psicología.

Añadió, con un patente esfuerzo por entablar una conversación banal:

—¿Sabe cómo funciona este curioso chisme? Lo examiné para averiguarlo, y todo lo que he podido colegir hasta ahora es que sus radiaciones estimulan directamente el centro óptico del cerebro, sin tocarlo siquiera. En realidad, se trata de la utilización de un sentido que no se conoce en la naturaleza ordinaria. Es notable, si se piensa bien. Lo que usted está oyendo es lo corriente, lo normal. El tímpano, la clóquea y todo eso. Pero... ¡silencio! Ya está listo. ¿Quiere apretar ese conmutador? La cosa funciona mejor sin que haya luz en la estancia.

En la oscuridad, Magnífico era sólo una mancha, y Ebling Mis una masa de pesada respiración. Bayta se sorprendió. Fijó ansiosamente la vista, al principio sin resultado. En el aire había un fino y nervioso temblor que ondeaba rabiosamente hasta lo alto de la escala. Se quedaba suspendido, caía y volvía a recobrarse, ganaba cuerpo y se hinchaba en un resonante crujido que producía el efecto de un tormentoso desgarrón en una espesa cortina.

Un pequeño globo de color fue creciendo en rítmicos brincos y estalló en el aire en informes gotas que se arremolinaron en lo alto y empezaron a caer como curvados surtidores en líneas entrelazadas. Se coagularon en pequeñas esferas, ninguna del mismo color, y Bayta empezó a descubrir cosas.

Observó que, si cerraba los ojos, el dibujo coloreado se hacía más claro; que cada pequeño movimiento de color tenía su propia pauta de sonido; que no podía identificar los colores; y, por último, que los globos no eran globos, sino pequeñas figuras.

Diminutas figuras; como llamas trémulas que bailaban y se retorcían a millares; que se desvanecían y volvían desde la nada; que se perseguían unas a otras y se fundían en un color nuevo.

Incongruentemente, Bayta pensó en los pequeños puntos de color que se ven de noche cuando uno aprieta los párpados hasta que duelen, y mira a continuación fijamente. Se apreciaba el viejo efecto familiar del desfile de los pequeños puntos cambiando de color, de los círculos concéntricos contrayéndose, de las masas informes que tiemblan momentáneamente. Todo aquello, pero más grande, más variado; y cada puntito de color era una minúscula figura.

Se precipitaban contra ella por parejas, y ella alzaba las manos con un súbito jadeo, pero se derrumbaban, y por un instante ella se convertía en el centro de una brillante tormenta de nieve, mientras la luz fría resbalaba por sus hombros y por sus brazos en un luminoso deslizamiento de esquíes, escapándose de sus dedos rígidos y reuniéndose lentamente en un brillante foco en medio del aire. Debajo de todo aquello, el sonido de un centenar de instrumentos fluía en líquidas corrientes y le resultaba ya imposible separarlo de la luz.

Se preguntó si Ebling Mis estaría contemplando lo mismo, y, de no ser así, qué vería. La extrañeza pasó, y luego...

De nuevo Bayta estaba mirando. Las figuritas... ¿Eran figuritas? ¿Diminutas mujeres de ardientes cabellos, que se envolvían y retorcían con demasiada rapidez para que la mente pudiera enfocarlas? Se agarraban en grupos como estrellas que giran, y la música era una risa ligera, una risa de muchacha que empezaba dentro mismo del oído.

Las estrellas giraban juntas, se lanzaban una hacia otra, iban aumentando lentamente de tamaño, y desde abajo se alzaba un palacio en rápida evolución. Cada ladrillo era de un color diminuto, cada color una diminuta chispa, cada chispa una luz punzante que cambiaba las pautas y hacia subir los ojos al cielo hacia veinte minaretes enjoyados.

Una resplandeciente alfombra se extendió y dio vueltas, arremolinándose, tejiendo una telaraña insustancial que abarcó todo el espacio, y de ella partieron luminosos retazos que ascendieron y se transformaron en ramas de árbol que sonaban con una música propia.

Bayta se hallaba totalmente rodeada. La música ondeaba a su alrededor en rápidos y líricos vuelos. Alargó la mano para tocar un árbol frágil, y espiguillas en flor flotaron en el aire y se desvanecieron, cada una con su claro y diminuto tintineo.

La música estalló en veinte címbalos, y ante ella flameó una zona que se derrumbó en invisibles escalones sobre el regazo de Bayta, donde se derramó y fluyó en rápida corriente, elevando el fiero chisporroteo hasta su cintura, mientras en el regazo le crecía un puente de arco iris, y, sobre él, las figuritas...

Un lugar, y un jardín, y minúsculos hombres y mujeres sobre un puente, extendiéndose hasta perderse de vista, nadando entre las majestuosas olas de música de cuerda, convergiendo sobre ella...

Y entonces... hubo como una pausa aterrada, un movimiento vacilante e íntimo, un súbito colapso. Los colores huyeron, trenzándose en un globo que se encogió, se elevó y desapareció.

Y volvió a haber solamente oscuridad.

Un pie pesado se movió en busca del pedal, lo encontró y la luz entró a raudales: la luz inocua de un prosaico sol. Bayta pestañeó hasta derramar lágrimas, como anhelando lo que había desaparecido. Ebling Mis era una masa inerte, con los ojos aún abiertos de par en par, lo mismo que la boca.

Sólo Magnífico estaba vivo, acariciando su Visi-Sonor en un dichoso éxtasis.

—Mi señora —jadeó—, es realmente del más fantástico efecto. Es de un equilibrio y una sensibilidad casi inalcanzables en su estabilidad y delicadeza. Creo que con esto podría realizar maravillas. ¿Le ha gustado mi composición, señora?

—¿Es tuya? —murmuró Bayta—. ¿Tuya de verdad?

Ante su asombro, él enrojeció hasta la misma punta de su considerable nariz.

—Mía y sólo mía, señora. Al Mulo no le gustaba, pero la he tocado una y otra vez para mi propia diversión. Un día, en mi juventud, vi el palacio... un lugar gigantesco de joyas y riquezas que vislumbré desde lejos durante el carnaval. Había gente de un esplendor inconcebible y una magnificencia que jamás he vuelto a ver, ni siquiera al servicio del Mulo. Lo que he creado es una pobre parodia, pero la limitación de mi mente me impide hacerlo mejor. Lo llamo *El recuerdo del cielo*.

Ahora, a través de la niebla de aquellas palabras, Mis retornó a la vida activa.

—Escucha —dijo—, escucha, Magnífico. ¿Te gustaría hacer lo mismo delante de otros?

El bufón retrocedió.

—¿Delante de otros? —repitió, tembloroso.

—De miles —exclamó Mis—, en las grandes salas de la Fundación. ¿Te gustaría ser tu propio dueño y honrado por todos, y... —su imaginación le falló—, y todo eso? ¿Eh? ¿Qué dices?

—Pero ¿cómo puedo ser todo eso, poderoso señor, si no soy más que un pobre payaso ignorante de las grandes cosas de este mundo?

El psicólogo hinchó los labios y se pasó por la frente el dorso de la mano.

—Por tu manera de tocar, hombre. El mundo será tuyo si tocas así para el alcalde y sus grupos de comerciantes. ¿Te gustaría?

El bufón miró brevemente a Bayta.

—¿Seguiría *ella* estando conmigo?

Bayta se echó a reír.

—Claro que sí, tonto. ¿Cómo iba a dejarte ahora que estás a punto de ser rico y famoso?

—Sería todo suyo —replicó él seriamente—, y es seguro que la Galaxia entera no bastaría para pagar mi deuda por su bondad.

—Pero —intervino Mis en tono casual— si primero me ayudaras...

—¿De qué manera?

El psicólogo hizo una pausa y sonrió.

—Con una pequeña prueba de superficie que no duele nada. Sólo tocaría la piel de tu cabeza.

En los ojos de Magnífico apareció una llamarada de pánico.

—No será una sonda... He visto cómo se usa. Absorbe la mente y deja el cráneo vacío. El Mulo la usaba con los traidores y les dejaba vagar por las calles sin cerebro, hasta que los mataba por misericordia. —Alargó la mano para apartar a Mis.

—Eso era una sonda psíquica —explicó pacientemente Mis— incapaz de dañar a una persona.... a menos que se empleara mal. Esta sonda que te propongo es superficial y no perjudicaría ni siquiera a un niño de pecho.

—Es cierto, Magnífico —apremió Bayta—. Sólo es para ayudarnos a vencer al Mulo e impedir que se acerque. Una vez lo hayamos hecho, tú y yo seremos ricos y famosos por el resto de nuestras vidas.

Magnífico extendió una mano temblorosa.

—¿Me sostendrá la mano mientras dura?

Bayta la cogió entre las suyas, y el bufón contempló con ojos muy abiertos los bruñidos discos terminales.

Ebling Mis descansaba cómodamente en la lujosa butaca del despacho del alcalde Indbur, sin agradecer lo más mínimo la condescendencia que se le mostraba, y observando con antipatía el nerviosismo del alcalde. Se sacó de la boca la colilla de su cigarro y escupió un trozo de tabaco.

—Y, a propósito, si quiere algo bueno para su próximo concierto en Mallow Hall, Indbur —dijo—, puede tirar a la basura esos artefactos electrónicos y dejar a ese payaso que toque el Visi-Sonor. Indbur.... es algo que no parece de este mundo.

Indbur replicó, enfurruñado:

—No le he hecho venir aquí para que me dé una conferencia sobre música. ¿Qué hay del Mulo? Dígame eso. ¿Qué hay del Mulo?

—¿Del Mulo? Bien, le diré que he usado una sonda superficial con el bufón y he obtenido muy poco. No puedo usar la sonda psíquica porque el payaso le tiene un temor de muerte, por lo que su resistencia fundiría probablemente sus conexiones mentales en cuanto se estableciera el contacto. Pero he obtenido esto, que le contaré si deja de tamborilear con las uñas. En primer lugar, no sobreestime la fuerza física del Mulo. Puede que sea fuerte, pero es probable que el miedo obligue al payaso a exagerar. Dice que lleva unas extrañas gafas y es evidente que posee poderes mentales.

—Esto ya lo sabíamos al principio —comentó agriamente el alcalde.

—Pues, entonces, la sonda lo ha confirmado, y a partir de eso he estado trabajando matemáticamente.

—¿Ah, sí? ¿Y cuánto durará su trabajo? Sus discursos acabarán por dejarme sordo.

—Creo que dentro de un mes tendré algo para usted. Pero también es posible que no averigüe nada. Sin embargo, ¿qué importa? Si todo esto no se halla incluido en los planes de Seldon, nuestras posibilidades son incalificablemente pequeñas.

Indbur se volvió con fiereza hacia el psicólogo.

—Ahora le he atrapado, traidor. ¡Mienta! Diga que no es uno de esos criminales fabricantes de rumores que siembran el derrotismo y el pánico por toda la Fundación, haciendo mi trabajo doblemente difícil.

—¿Yo? ¿Yo? —murmuró Mis con creciente cólera.

Indbur profirió una maldición.

—Porque, por las nubes de polvo del espacio, la Fundación vencerá... la Fundación tiene que vencer.

—¿A pesar de haber perdido Horleggor?

—No fue una pérdida. ¿También usted se ha tragado esa mentira? Nos superaron en número, nos traicionaron...

—¿Quién? —preguntó desdeñosamente Mis.

—Los apestosos demócratas del arroyo —le gritó Indbur—. Hace tiempo que sé que la Flota está minada de células democráticas. La mayoría han sido desarticuladas, pero aún quedan las suficientes como para explicar la rendición de veinte naves en plena batalla. Las suficientes como para provocar una derrota aparente. A propósito, deslenguado y simple patriota, epítome de las virtudes primitivas, ¿cuáles son sus propias conexiones con los demócratas?

Ebling Mis se encogió de hombros con desprecio.

—Está usted desvariando, ¿lo sabe? ¿Qué me dice de la retirada posterior y de la pérdida de medio Siwenna? ¿Otra vez los demócratas?

—No, no han sido los demócratas —sonrió el alcalde—. Nos retiramos, como se ha retirado siempre la

Fundación bajo el ataque, hasta que la inevitable marcha de la historia se ponga de nuestra parte. Ya estoy viendo el final. La llamada resistencia de los demócratas ya ha publicado manifiestos jurando ayuda y lealtad al Gobierno. Podría ser una estratagema, un ardid que encubra una traición mayor, pero yo la utilizo muy bien, y la propaganda basada en ella producirá su efecto, sean cuales fueran los planes de los traidores. Y algo aún mejor...

—¿Algo aún mejor, Indbur?

—Júzguelo usted mismo. Hace dos días, la Asociación de Comerciantes Independientes declaró la guerra al Mulo, y con ello la Flota de la Fundación se ve reforzada, de golpe, por mil naves. Compréndalo, ese Mulo ha ido demasiado lejos. Nos encontró divididos y luchando entre nosotros, y bajo la presión de su ataque nos unimos y adquirimos fuerza. *Tiene* que perder. Es inevitable... como siempre.

Mis seguía demostrando escepticismo.

—Entonces dígame que Seldon planeó incluso la fortuita aparición de un mutante.

—¡Un mutante! Yo no le distinguiría de un ser humano, ni usted tampoco, si no fuera por los desvaríos de un capitán rebelde, unos jovenzuelos extranjeros y un juglar y bufón que no está en sus cabales. Olvida usted la evidencia más concluyente de todas: la suya propia.

—¿La mía? —Durante un momento, Mis se quedó asombrado.

—Sí, la suya —se burló el alcalde—. La Bóveda del Tiempo se abrirá dentro de nueve semanas. ¿Qué dice a eso? Se abre en una crisis. Si este ataque del Mulo *no* es una crisis, ¿dónde está la crisis «verdadera» por la que se va a abrir la Bóveda? Contésteme a eso, bola de grasa.

El psicólogo se encogió de hombros.

—Está bien. Si eso le hace feliz... Pero concédame

un favor. Por si acaso..., por si acaso el viejo Seldon pronuncia su discurso, y es un discurso desagradable, permítame que asista a la Magna Abertura.

—Muy bien. Y ahora salga de aquí, y permanezca fuera de mi vista durante nueve semanas.

«Con incalificable placer, horroroso engendro», murmuró Mis para sus adentros mientras se iba.

18. LA CAÍDA DE LA FUNDACIÓN

Había una atmósfera en la Bóveda del Tiempo que escapaba a toda definición en varias direcciones a la vez. No era de podredumbre, porque estaba bien iluminada y acondicionada, con colores vivos en las paredes e hileras de sillas fijas muy cómodas y diseñadas al parecer para su uso eterno. No era ni siquiera de antigüedad, porque tres siglos no habían dejado una sola huella visible. No se había hecho ningún esfuerzo por crear un ambiente de temor o respeto, pues la decoración era sencilla y vulgar; de hecho, casi inexistente.

Sin embargo, después de sumar todos los aspectos negativos, algo quedaba... y ese algo se centraba en el cubículo de cristal que dominaba media habitación con su transparencia. Cuatro veces en tres siglos, el simulacro viviente del propio Hari Seldon se había sentado allí y proferido unas palabras. Dos veces había hablado sin auditorio.

A través de tres siglos y nueve generaciones, el anciano que había visto los grandes días del Imperio se proyectaba a sí mismo; y todavía comprendía más cosas de la Galaxia de sus tataranietos que ellos mismos.

Pacientemente, el cubículo vacío esperaba.

El primero en llegar fue el alcalde Indbur III, conduciendo su coche de superficie reservado para las ceremonias por las calles silenciosas y expectantes. Con él llegó su propia butaca, más alta que las colocadas en el interior, y más ancha. La situaron delante de las otras, y así Indbur lo dominaría todo, incluido el transparente cubículo que tenía delante.

El solemne funcionario que estaba a su izquierda inclinó respetuosamente la cabeza.

—Excelencia, se han ultimado los preparativos para que vuestra comunicación oficial de esta noche se extienda lo más ampliamente posible por el espacio subetéreo.

—Bien. Mientras tanto, deben continuar los programas especiales interplanetarios relativos a la Bóveda del Tiempo. No se harán, como es natural, predicciones o especulaciones de ninguna clase en torno al tema. ¿Sigue siendo satisfactoria la reacción popular?

—Muy satisfactoria. Los odiosos rumores difundidos últimamente han disminuido aún más. La confianza es general.

—¡Muy bien! —Ordenó al hombre, con una seña, que se fuera, y se ajustó escrupulosamente el adorno del cuello.

¡Faltaban tan sólo veinte minutos para el mediodía!

Un selecto grupo de los grandes financieros de la alcaldía —jefes de las grandes organizaciones comerciales— apareció con la pompa adecuada a su posición social y su situación privilegiada en el favor del alcalde. Se fueron presentando a éste uno por uno, recibieron una o dos palabras amables y ocuparon el asiento que tenían reservado.

De alguna parte llegó, incongruente en aquella solemne ceremonia, Randu de Haven, que se abrió paso, sin ser anunciado, hasta la butaca del alcalde.

—Excelencia —murmuró, haciendo una reverencia.

Indbur frunció el ceño.

—No se le ha concedido audiencia.

—Excelencia, la he solicitado durante una semana.

—Siento que los asuntos de estado que implica la aparición de Seldon hayan...

—Excelencia, yo también lo siento, pero debo pedirle que derogue la orden de que las naves de los Comerciantes Independientes sean distribuidas entre las flotillas de la Fundación.

La interrupción había hecho enrojecer violentamente a Indbur.

—Éste no es momento para discutirlo.

—Excelencia, no tenemos otro momento —murmuró Randu con urgencia—. Como representante de los Mundos Comerciantes Independientes, he de decirle que esta orden no puede ser obedecida. Ha de ser derogada antes de que Seldon resuelva nuestro problema. Una vez haya pasado la emergencia, será demasiado tarde para la reconciliación, y nuestra alianza quedará deshecha.

Indbur miró a Randu con fijeza y frialdad.

—¿Se da cuenta de que soy el Jefe de las Fuerzas Armadas de la Fundación? ¿Tengo derecho a determinar la política militar o no lo tengo?

—Excelencia, lo tiene, pero hay cosas que no son prudentes.

—No veo en esto ninguna imprudencia. Es peligroso permitir que su pueblo tenga flotas separadas en esta emergencia. La acción dividida redunda en favor del enemigo. Tenemos que unirnos, embajador, tanto militar como políticamente.

Randu sintió que los músculos de su garganta se ponían rígidos. Omitió la cortesía del título.

—Ahora que Seldon va a hablar, se siente seguro y

se vuelve contra nosotros. Hace un mes era amable y condescendiente, cuando nuestras naves derrotaron al Mulo en Terel. Debo recordarle, señor, que la Flota de la Fundación ha sido derrotada cinco veces, y que son las naves de los Mundos Comerciantes Independientes las que han ganado victorias para usted.

Indbur frunció peligrosamente el ceño.

—Su presencia ya no es grata en Términus, embajador. Esta misma tarde se solicitará su traslado. Además, su conexión con fuerzas democráticas subversivas en Términus será, de hecho ya lo ha sido, investigada.

Randu replicó:

—Cuando me vaya, mis naves se irán conmigo. No conozco a sus demócratas. Sólo sé que las naves de su Fundación se han rendido al Mulo por traición de sus altos oficiales, y no de sus soldados, demócratas o no. Le diré que veinte naves de la Fundación se rindieron en Horleggor por orden de su vicealmirante, sin haber sido vencidas ni sufrido daños. El vicealmirante era amigo íntimo de usted; presidió el juicio de mi sobrino cuando éste llegó de Kalgan. No es el único caso que conocemos, y nuestros hombres y naves no pueden correr el riesgo de ser mandados por traidores en potencia.

Indbur silabeó:

—Le haré arrestar cuando salga de aquí.

Randu se marchó bajo las silenciosas miradas despectivas de los dirigentes de Términus.

¡Faltaban diez minutos para el mediodía!

Bayta y Toran ya habían llegado. Cuando Randu pasó, se pusieron en pie y le hicieron señas. Randu sonrió.

—Estáis aquí, después de todo. ¿Cómo lo lograsteis?

—Magnífico fue nuestro mediador —sonrió Toran—. Indbur insiste en su composición del Visi-Sonor, basada en la Bóveda del Tiempo, y con él mismo, sin duda, como protagonista. Magnífico se negó a asistir sin nosotros, y no hubo modo de disuadirle. Ebling Mis está también aquí, o, al menos, estaba. Seguramente anda por ahí. —Entonces, con un repentino acceso de gravedad, añadió—: Pero ¿qué ocurre, tío? Pareces preocupado.

Randu asintió:

—No me extraña. Nos esperan tiempos malos, Toran. Cuando hayan acabado con el Mulo, me temo mucho que nos tocará el turno a nosotros.

Una erguida y solemne figura vestida de blanco se acercó y les saludó con una rígida inclinación. Los ojos oscuros de Bayta sonrieron mientras alargaba la mano.

—¡Capitán Pritcher! ¿De modo que está usted de servicio en el espacio?

El capitán tomó su mano y se inclinó aún más.

—Nada de eso. Tengo entendido que el doctor Mis es responsable de mi venida aquí, pero se trata de algo temporal. Mañana vuelvo a mi puesto de guardia. ¿Qué hora es?

¡Faltaban tres minutos para las doce!

Magnífico era la viva imagen del sufrimiento y la más profunda depresión. Tenía el cuerpo encogido, en su perpetuo esfuerzo por pasar desapercibido. Su larga nariz se arrugaba en el extremo, y sus ojos se movían con inquietud de un lado para otro. Agarró la mano de Bayta, y cuando ella bajó la cabeza, murmuró:

—¿Cree usted, mi señora, que tal vez todas estas autoridades formaban parte del auditorio cuando yo..., cuando yo tocaba el Visi-Sonor?

—Todas, estoy segura —afirmó Bayta, dándole unas suaves palmadas—. Y estoy segura de que todos piensan que eres el intérprete más maravilloso de la Galaxia y que tu concierto ha sido el mejor que se ha escuchado jamás, de manera que endérezate y siéntate correctamente. Hemos de tener dignidad.

Él sonrió débilmente ante la fingida reprimenda, y enderezó poco a poco sus largos miembros.

Era mediodía...

... y el cubículo de cristal ya no estaba vacío.

Era improbable que alguien hubiese presenciado la aparición. Fue algo repentino: un momento antes no había nada, y al momento siguiente estaba allí.

En el cubículo, en una silla de ruedas, había una figura vieja y encogida, de rostro arrugado y ojos brillantes, y, cuando habló, su voz era lo que tenía más vida en ella. Sobre sus piernas había un libro puesto boca abajo. La voz dijo suavemente:

—Soy Hari Seldon.

Habló a través de un terrible silencio, atronador en su intensidad.

—¡Soy Hari Seldon! Ignoro si hay alguien ahí, pues no lo percibo sensorialmente, pero esto carece de importancia. Por ahora tengo pocos temores de que el Plan fracase. Durante los tres primeros siglos, la probabilidad de que no sufra desviación es de noventa y cuatro coma dos por ciento.

Hizo una pausa para sonreír, y luego continuó en tono confidencial:

—A propósito, si alguno de ustedes permanece en pie, puede tomar asiento. Si alguien quiere fumar, puede hacerlo. No estoy aquí en carne y hueso, no necesito ceremonia alguna. Consideremos, pues, el problema del momento. Por primera vez, la Fundación se enfrenta, o tal vez está a punto de enfrentarse, a la guerra civil. Hasta ahora, los ataques procedentes del exterior han sido adecuadamente repelidos, y también inevitablemente, según las estrictas leyes de la psicohistoria. El ataque actual es el de un grupo exterior de la Fundación, excesivamente indisciplinado, contra el Gobierno central, excesivamente autoritario. El procedimiento era necesario, el resultado, obvio.

La dignidad del selecto auditorio empezaba a resquebrajarse. Indbur parecía a punto de saltar de su asiento.

Bayta se inclinó hacia adelante con inquietud en la mirada. ¿De qué hablaba el gran Seldon? No había oído algunas de sus palabras...

—... que el compromiso adoptado es necesario en dos aspectos. La rebelión de los Comerciantes Independientes introduce un elemento de nueva incertidumbre en un Gobierno que tal vez sentía una confianza excesiva. Se ha restaurado el elemento de lucha. Aunque vencidos, un saludable incremento de democracia...

Ahora se oían voces; los murmullos elevaron su volumen, y en su tono se advertía un matiz de pánico.

Bayta dijo al oído de Toran:

—¿Por qué no habla del Mulo? Los comerciantes no se han rebelado.

Toran se encogió de hombros.

La figura sentada siguió hablando tranquilamente a través de la creciente desorganización:

—... un nuevo y más firme gobierno de coalición era el necesario y beneficioso resultado de la lógica guerra civil a que se vio forzada la Fundación. Y ahora sólo quedan los restos del antiguo Imperio para obstaculizar la expansión ulterior, y en ellos, por lo menos durante los próximos años, no existe ningún problema. Como es natural, no puedo revelar la naturaleza del siguiente conflic...

En el completo tumulto que siguió, los labios de Seldon se movían inaudiblemente.

Ebling Mis, sentado junto a Randu, tenía la cara congestionada. Gritó:

—Seldon ha perdido el juicio. Está hablando de

otra crisis. ¿Acaso ustedes, los comerciantes, han planeado alguna vez la guerra civil?

Randu contestó con voz débil:

—Planeamos una, es cierto, pero la aplazamos por culpa del Mulo.

—En tal caso, el Mulo es una contingencia imprevista por la psicohistoria de Seldon. Y ahora, ¿qué pasa?

En el repentino y helado silencio, Bayta vio que el cubículo estaba nuevamente vacío. Se había apagado el brillo atómico de las paredes, y no funcionaba la suave corriente de aire acondicionado.

Desde alguna parte llegó el estridente sonido de una sirena, y los labios de Randu formaron las palabras:

—¡Ataque aéreo!

Ebling Mis observó el reloj de pulsera y exclamó de improviso:

—¡Se ha parado, por la Galaxia! ¿Hay en la sala algún reloj que funcione? —Su voz sonó estentórea.

Veinte muñecas se movieron, y en pocos segundos se hizo evidente que ninguno de los relojes funcionaba.

—Entonces —dijo Mis con severo y terrible convencimiento—, algo ha detenido toda la energía atómica de la Bóveda del Tiempo... y el Mulo está atacando.

El grito de Indbur se hizo audible entre el tumulto.

—¡Permanezcan en sus asientos! El Mulo está a cincuenta parsecs de distancia.

—Lo estaba —le gritó a su vez Mis— hace una semana. En estos momentos está bombardeando Términus.

Bayta sintió que una profunda depresión la iba invadiendo. Intensas oleadas se sucedían en su interior, lo cual le dificultaba la respiración.

Era evidente el clamor del gentío congregado fuera del edificio. Se abrieron las puertas de golpe y entró apresuradamente una figura que habló con rapidez a Indbur, el cual había corrido a su encuentro.

—Excelencia —susurró el hombre—, por la ciudad no circula ni un solo vehículo, y no tenemos ninguna línea de comunicación con el exterior. Se dice que la Décima Flota ha sufrido una derrota y que las naves del Mulo están en la estratosfera. El Estado Mayor...

Indbur se desplomó en el suelo como la imagen de la impotencia. Ahora no se oía una sola voz en toda la sala. Incluso el gentío del exterior guardaba un silencio temeroso, y por doquier flotaba el espíritu del pánico.

Levantaron a Indbur y le acercaron a los labios una copa de vino. Sus labios se movieron antes de que abriera los ojos, y la palabra que musitaron fue:

—¡Rendición!

Bayta estuvo a punto de llorar, no de pena o humillación, sino simple y llanamente de una vasta y asustada desesperación. Ebling Mis le tiró de la manga.

—Vamos, jovencita...

La levantaron de la silla por la fuerza.

—Nos vamos —dijo Mis—; traiga a su músico.

Los labios del rechoncho científico temblaban y carecían de color.

—Magnífico —musitó Bayta. El bufón retrocedió, lleno de horror. Tenía los ojos vidriosos.

—El Mulo —chilló—. El Mulo viene a buscarme.

Se revolvió salvajemente cuando ella le tocó. Toran fue hacia él y descargó su puño. Magnífico se derrumbó, inconsciente, y Toran se lo llevó sobre el hombro como si fuera un saco de patatas.

Al día siguiente, las feas naves negras del Mulo cayeron a montones sobre los cosmódromos del planeta Términus. El general atacante recorrió la calle principal de la ciudad de Términus, totalmente vacía, con un coche de superficie de fabricación extranjera que funcionaba mientras todos los coches atómicos de la ciudad continuaban parados e inservibles.

La proclamación de la ocupación fue hecha veinticuatro horas después de que Seldon se apareciera ante las últimas autoridades de la Fundación.

Entre todos los planetas de la Fundación solamente continuaban incólumes los de los Comerciantes Independientes, y contra ellos se dirigía ahora el poder del Mulo, conquistador de la Fundación.

19. EMPIEZA LA BÚSQUEDA

El solitario planeta, Haven —único de un solo sol en un sector de la Galaxia que se extendía hasta el vacío intergaláctico—, estaba asediado.

Y lo estaba verdaderamente en el estricto sentido militar, ya que ningún área de espacio en el lado galáctico se hallaba a más de veinte parsecs de distancia de las bases avanzadas del Mulo. En los cuatro meses transcurridos desde la fulgurante caída de la Fundación, las comunicaciones de Haven habían sido cortadas como una red bajo el filo de la navaja. Las naves de Haven convergían hacia su mundo, y ahora el único foco de resistencia que existía era el propio Haven.

En otros aspectos, el asedio era aún más estrecho, porque la sensación de impotencia y derrota se infiltraba ya por doquier...

Bayta recorrió pausadamente el pasillo de ondulantes tonos rosáceos, entre hileras de mesas cubiertas de transparente plástico, y encontró su asiento guiada por la costumbre. Se arrellanó en la alta silla sin brazos, contestó mecánicamente a los saludos, que apenas escuchaba, se frotó los cansados ojos con el dorso de la mano y cogió el menú.

Tuvo tiempo de registrar una violenta reacción mental de repugnancia hacia la repetida presencia de diversos manjares cultivados en hongos, que en Haven eran considerados platos exquisitos y que para su paladar educado en la Fundación resultaban apenas comestibles..., antes de darse cuenta de que alguien sollozaba junto a ella.

Hasta entonces, sus tratos con Juddee, la insignificante rubia de nariz respingona que se sentaba cerca de ella en el comedor, habían sido superficiales. Y ahora Juddee estaba llorando, mordiendo con desespero su húmedo pañuelo y tratando de ahogar sus sollozos hasta que en su rostro aparecieron manchas rojas. Llevaba echado sobre los hombros su informe traje a prueba de radiaciones, y la visera transparente que protegía su cara se le había caído sobre el postre.

Bayta se unió a las tres muchachas que se turnaban en la tarea siempre repetida y siempre ineficaz de dar palmaditas en los hombros, acariciar los cabellos y murmurar cosas incoherentes.

—¿Qué ocurre? —susurró.

Una de las chicas se encogió de hombros, significando que no lo sabía. Entonces, comprendiendo la inutilidad de su gesto, empujó a Bayta a un lado.

—Supongo que ha trabajado demasiado. Y está preocupada por su marido.

—¿Pertenece a la patrulla del espacio?

—Sí.

Bayta alargó una mano amiga hacia Juddee.

—¿Por qué no te vas a casa, Juddee? —Su voz fue como una alegre intrusión después de las banalidades precedentes.

Juddee levantó la vista casi con resentimiento.

—Esta semana ya he salido una vez...

—Pues saldrás dos veces. Escucha, si intentas resistirte, la próxima semana tendrás que salir tres veces, de modo que irte a casa ahora casi equivale a patriotismo. ¿Alguna de vosotras trabaja en su departamento? Pues bien, ¿por qué no os hacéis cargo de su tarjeta? Será mejor que primero vayas al lavabo, Juddee, y te limpies la cara. ¡Vamos, vete!

Bayta volvió a su asiento y cogió de nuevo el menú con un ligero alivio. Aquellos estados de ánimo eran contagiosos. Una chica llorosa podía desorganizar todo un departamento en unos días en que los nervios estaban alterados.

Tomó una desabrida decisión, pulsó los botones indicados que tenía junto al codo y colocó el menú en su lugar.

La chica alta y morena que se sentaba frente a ella le preguntó:

—Aparte de llorar, nos quedan pocas cosas por hacer, ¿no crees?

Sus labios asombrosamente gruesos apenas se movieron, y Bayta advirtió que llevaba las comisuras cuidadosamente retocadas para exhibir aquella artificial media sonrisa que era en aquellos momentos la última moda.

Bayta investigó con los ojos semicerrados la insinuación contenida en las palabras, y acogió con agrado la llegada de su comida cuando se bajó el centro de su mesa y volvió a elevarse con el alimento. Desenvolvió cuidadosamente sus cubiertos y se los pasó de mano en mano hasta que se enfriaron.

Replicó:

—¿De verdad no se te ocurre nada más que hacer, Hella?

—¡Oh, sí! —exclamó Hella—. ¡Claro que sí! —Con un casual y experto movimiento de sus dedos tiró el cigarrillo a la pequeña ranura, donde el diminuto chorro atómico lo desintegró antes de que llegase al fondo—. Por ejemplo —añadió mientras colocaba bajo la barbilla sus esbeltas y bien cuidadas manos—. Creo que podríamos llegar a un agradable acuerdo con el Mulo y detener toda esta estupidez. Pero *yo* no tengo los.... bueno..., los medios para alejarme rápidamente de los sitios conquistados por el Mulo.

La frente lisa de Bayta no se arrugó. Su voz era ligera e indiferente.

—No tienes marido o un hermano en las naves de guerra, ¿verdad?

—No. Por eso aún tengo más mérito al no ver razón para el sacrificio de los hermanos y maridos de las demás.

—El sacrificio será todavía mayor si nos rendimos.

—La Fundación se rindió y está en paz. Nuestros hombres están lejos y la Galaxia se alza contra nosotros.

Bayta se encogió de hombros y dijo con dulzura:

—Me temo que es lo primero lo que más te preocupa.

Volvió a su plato de verduras y comió con la sensación de que la rodeaba un gran silencio. Nadie había hecho el menor esfuerzo para replicar al cinismo de Hella.

Se marchó con rapidez, después de pulsar el botón que vaciaría la mesa para la ocupante del siguiente turno.

Una chica nueva, que estaba tres asientos más allá, preguntó en un susurro a Hella:

—¿Quién era ésa?

Los gruesos labios de Hella se curvaron con indiferencia.

—La sobrina de nuestro coordinador. ¿No lo sabías?

—¿De verdad? —Buscó con la mirada a la muchacha, que ya había salido—. ¿Qué está haciendo aquí?

—Es sólo una asambleísta. ¿No sabes que está de moda ser patriótica? Es todo tan democrático que me dan ganas de vomitar.

—Vamos, Hella —intervino la chica rechoncha de su derecha—, aún no nos ha acusado nunca ante su tío. ¿Por qué no la dejas tranquila?

Hella ignoró a su vecina echándole una mirada de reojo y encendió otro cigarrillo.

La chica nueva estaba escuchando la charla de una contable de ojos brillantes que tenía enfrente. Las palabras se sucedían rápidamente:

—... y se dice que estuvo en la Bóveda (nada menos que en la Bóveda, chicas) cuando habló Seldon, y que el alcalde tuvo un ataque de furia y se produjeron motines y cosas por el estilo. Ella se escapó antes de que el Mulo aterrizase, y dicen que su huida fue muy emocionante, a través del bloqueo. Me pregunto por qué no escribirá un libro acerca de todo ello; ahora son muy populares los libros sobre la guerra. También se rumorea que ha estado en el mundo del Mulo.., ya sabéis, Kalgan, y...

El timbre sonó con estridencia y el comedor se vació lentamente. La voz de la contable siguió zumbando, y la chica nueva sólo la interrumpía con el convencional y admirativo «¿de verdad?», en los momentos apropiados.

Cuando horas después Bayta regresaba a su casa, las luces de las enormes cavernas ya disminuían gradualmente su potencia, y pronto reinaría la oscuridad que significaba el sueño para todos.

Toran la recibió en el umbral con una rebanada de pan untado de mantequilla en la mano.

—¿Dónde has estado? —preguntó, masticando. Después, con mayor claridad—: He preparado una cena improvisada. Si no es abundante, no tengo la culpa.

Pero ella daba vueltas a su alrededor, con los ojos muy abiertos.

—¡Torie! ¿Dónde está tu uniforme? ¿Qué haces con ropa de paisano?

—Órdenes, Bay. Randu está encerrado con Ebling Mis, e ignoro de qué se trata. Ya lo sabes todo.

—¿Me envían a mí también? —Bayta se acercó impulsivamente a él.

Toran la besó antes de contestar:

—Creo que sí. Probablemente será peligroso.

—¿Acaso hay algo que no sea peligroso?

—Exactamente. ¡Ah!, ya he enviado a buscar a Magnífico, así que es probable que él nos acompañe.

—¿Quieres decir que debemos cancelar su concierto en la fábrica de motores?

—Por supuesto.

Bayta entró en la habitación contigua y se sentó ante una comida que ofrecía signos evidentes de ser «improvisada». Cortó los bocadillos por la mitad con rápida eficiencia y dijo:

—Lo del concierto es una lástima. Las chicas de la fábrica lo esperaban con ilusión, lo mismo que Magnífico. Maldita sea. ¡es un hombre tan extraño!

—Despierta tu complejo maternal, Bay, eso es lo que hace. Algún día tendrás un niño y entonces olvidarás a Magnífico.

Bayta contestó con la boca llena:

—Se me ocurre que tú eres quien más despierta mi instinto maternal.

Entonces dejó el bocadillo y adoptó una actitud grave.

—Torie.

—¿Qué?

—Torie, hoy he estado en el Ayuntamiento..., en la Oficina de Producción. Por eso he llegado tan tarde.

—¿Qué has hecho allí?

—Pues... —vaciló, indecisa—. He estado incubándolo. Ha llegado un momento en que ya no soportaba la fábrica. Ya no existe la moral. Las chicas tienen un ataque de llanto sin un motivo en particular. Las que no enferman, se agrían. Incluso sollozan las menos sensibles. En mi sección, la producción ha descendido a una cuarta parte de lo que era cuando llegué, y ningún día acude toda la plantilla de obreras.

—Está bien —dijo Toran—, y ahora háblame de la Oficina de Producción. ¿Qué has hecho allí?

—Formular unas cuantas preguntas. Y ocurre lo mismo, Torie, lo mismo en todo Haven. Baja de la producción, sedición e indiferencia por doquier. El jefe de la Oficina se limitó a encogerse de hombros (después de que yo hiciera una hora de antesala para verle, y sólo lo conseguí porque soy la sobrina del coordinador), y dijo que el asunto no es de su incumbencia. Francamente, creo que no le importaba.

—Vamos, Bay, no exageres.

—No creo que le importase —repitió fieramente Bayta—. Te digo que algo va mal. Es la misma horrible frustración que me asaltó en la Bóveda del Tiempo cuando Seldon nos falló. Tú también la sentiste.

—Sí, es cierto.

—¡Pues aquí está de nuevo! —continuó ella con salvaje ímpetu—. Jamás seremos capaces de resistir al Mulo. Incluso aunque tuviéramos el material, nos falta el valor, el espíritu, la voluntad... Torie, no sirve de nada luchar...

Toran no recordaba haber visto nunca llorar a Bayta, y tampoco lloró ahora, al menos, no del todo. Pero Toran le puso con suavidad una mano sobre el hombro y murmuró:

—Será mejor que lo olvides, cariño. Ya sé a qué te refieres, pero no podemos...

—Ya sé, ¡no podemos hacer nada! Todo el mundo

dice lo mismo, y nos quedamos sentados, esperando que caiga la espada.

Volvió a dedicar su atención al bocadillo y el té. Sin hacer ruido, Toran arreglaba las camas. Fuera, la oscuridad era completa.

Randu, como recién nombrado coordinador —en realidad era un cargo de tiempos de guerra— de la Confederación de Ciudades de Haven, ocupaba por propia elección una habitación del piso superior, tras cuya ventana podía reflexionar por encima de los tejados y jardines. Entonces al extinguirse las luces de las cavernas, la ciudad no podía verse entre las sombras oscuras. Randu no quería meditar sobre este simbolismo.

Dijo a Ebling Mis, cuyos ojos pequeños y claros parecían interesarse exclusivamente por la copa llena de líquido rojo que tenía en la mano:

—En Haven existe el proverbio de que cuando se extinguen las luces de las cavernas, es hora de que todos se entreguen al sueño.

—¿Duerme usted mucho últimamente?

—¡No! Siento haberle llamado tan tarde, Mis. Ignoro por qué en estos momentos prefiero la noche. ¿No es extraño? La gente de Haven está condicionada muy estrictamente para que la falta de luz signifique el sueño. Yo también. Pero ahora es diferente...

—Se está ocultando —dijo Mis en tono terminante—. Está rodeado de gente durante el período de vela, y siente sobre usted sus miradas y sus esperanzas. No puede soportarlo, y en el período de sueño se siente libre.

—¿Usted también siente esta terrible sensación de derrota?

Ebling Mis asintió lentamente con la cabeza.

—Sí. Es una psicosis masiva, un incalificable pánico de masas. Por la Galaxia, Randu, ¿qué espera usted? Tiene aquí a toda una civilización basada en la ciega creencia de que un héroe popular del pasado lo tiene todo planeado y cuida de cada detalle de sus vidas. La pauta mental así evocada tiene características *ad religio*, y ya sabe usted lo que eso significa.

—En absoluto.

A Mis no le entusiasmó la necesidad de una explicación. Nunca le había gustado dar explicaciones. Por eso gruñó, miró con fijeza el largo cigarro que enrollaba entre sus dedos y dijo:

—Caracterizada por fuertes reacciones religiosas. Las creencias sólo pueden ser desarraigadas por una sacudida importante, en cuyo caso resulta un desequilibrio mental bastante completo. Casos leves: histeria, un morboso sentido de inseguridad. Casos graves: locura y suicidio.

Randu se mordió la uña del pulgar.

—Cuando Seldon nos falla, o, en otras palabras, cuando desaparece nuestro escenario, en el que hemos descansado durante tanto tiempo, nuestros músculos se atrofian y no podemos movernos sin él.

—Eso es. Una metáfora torpe, pero cierta.

—¿Y qué me dice de sus propios músculos, Ebling?

El psicólogo filtró una larga bocanada de aire a través de su cigarro y dejó salir todo el humo.

—Oxidados, pero no atrofiados. Mi profesión me ha procurado unos pocos pensamientos independientes.

—¿Y atisba una salida?

—No, pero tiene que haberla. Tal vez Seldon no previó lo del Mulo. Tal vez no garantizó nuestra victoria. Pero tampoco garantizó nuestra derrota. El caso es que ha desaparecido del juego y nos ha dejado solos. El Mulo puede ser vencido.

—¿Cómo?

—Del mismo modo que se puede vencer a cualquiera: atacando con fuerza el punto débil. Escuche, Randu; el Mulo no es un superhombre. Si le vencemos, todo el mundo lo verá por sí mismo. Sucede que no le conocemos, y las leyendas se amontonan rápidamente. Se dice que es un mutante. ¿Y qué? Un mutante significa un «superhombre» para los ignorantes de la humanidad. Pero no es eso en absoluto. Se ha estimado que diariamente nacen en la Galaxia varios millones de mutantes. De estos millones, todos menos un uno o un dos por ciento pueden ser detectados solamente por medio de microscopios y de la química. De este uno o dos por ciento de macromutantes, es decir, los de mutaciones que pueden ser detectadas a simple vista o por la mente, todos menos un uno o un dos por ciento son monstruos destinados a los centros de diversión, los laboratorios y la muerte. De los pocos macromutantes cuyas diferencias constituyen una ventaja, casi todos son curiosidades inofensivas, raros en un solo aspecto, normales (y a menudo subnormales) en la mayoría de los otros. ¿Lo comprende, Randu?

—Sí. Pero ¿qué me dice del Mulo?

—Suponiendo que el Mulo sea un mutante, daremos por sentado que posee algún atributo, indudablemente mental, que puede utilizarse para conquistar mundos. En otros aspectos debe tener imperfecciones, las cuales habremos de localizar. No sería tan misterioso, no rehuiría tanto a los demás, si estas imperfecciones no fueran aparentes y fatales. *Suponiendo* que sea un mutante.

—¿Existe una alternativa?

—Podría existir. La evidencia de la mutación se debe al capitán Han Pritcher, de lo que era el Servicio Secreto de la Fundación. Sacó sus conclusiones partiendo de las débiles memorias de los que pretendían conocer al

Mulo, o alguien que podía haber sido el Mulo, en su infancia y primera niñez. Pritcher trabajó con material dudoso, y la evidencia que encontró pudo ser implantada por el Mulo para sus propios fines, porque es seguro que el Mulo ha recibido una considerable ayuda de su reputación de mutante-superhombre.

—Esto es muy interesante. ¿Cuánto tiempo hace que opina usted así?

—No es una opinión en la que yo pueda basarme; se trata únicamente de una alternativa digna de consideración. Por ejemplo, Randu, supongamos que el Mulo ha descubierto una forma de radiación capaz de anular la energía mental, del mismo modo que posee una capaz de anular las reacciones atómicas. ¿Qué pasaría entonces? ¿Podría ello explicar lo que nos ocurre ahora a nosotros, y lo que ocurrió a la Fundación?

Randu parecía inmerso en profunda meditación. Preguntó:

—¿Qué hay de sus investigaciones en torno al bufón del Mulo?

Entonces fue Ebling Mis quien vaciló.

—Infructuosas, hasta ahora. Hablé con valentía al alcalde antes del colapso de la Fundación, principalmente para infundirle valor, y en parte para infundírmelo a mí mismo. Pero, Randu, si mis instrumentos matemáticos estuviesen a la suficiente altura, por medio del bufón podría analizar completamente al Mulo. Entonces le atraparíamos. Entonces podríamos resolver las extrañas anomalías que ya han llamado mi atención.

—¿Cuáles?

—Piense, amigo mío. El Mulo derrotó a voluntad a las naves de la Fundación, pero en cambio no ha conseguido que las débiles flotas de los Comerciantes Independientes se batan en retirada. La Fundación cayó de un solo golpe; los Comerciantes Independientes resisten contra toda su fuerza. Primero usó su Campo de

Extinción contra las armas atómicas de los Comerciantes Independientes de Mnemon. El elemento de sorpresa les hizo perder aquella batalla, pero hicieron frente al Campo. El Mulo no pudo volver a usarlo con éxito contra los Comerciantes. Sin embargo, surtió efecto una y otra vez contra las fuerzas de la Fundación, y al final contra la Fundación misma. ¿Por qué? Partiendo de nuestros conocimientos actuales, todo esto es ilógico. Por consiguiente, debe de haber factores que nosotros desconocemos.

—¿Traición?

—Eso es absurdo, Randu, un incalificable absurdo. No había un solo hombre en la Fundación que no estuviera seguro de la victoria. ¿Quién traicionaría al bando que sin duda alguna ha de ganar?

Randu se acercó a la ventana curvada y contempló, sin ver nada, la oscuridad del exterior. Replicó:

—Pero ahora nosotros estamos seguros de perder. Aunque el Mulo tuviese mil debilidades; aunque fuese como una red, toda llena de agujeros...

No se volvió. Era como si hablase su espalda encorvada, sus dedos que se buscaban nerviosamente unos a otros. Prosiguió:

—Escapamos fácilmente después del episodio de la Bóveda del Tiempo, Ebling. También otros podían haber escapado; unos cuantos lo hicieron, pero la mayoría no. El Campo de Extinción pudo ser neutralizado; sólo hacía falta ingenio y un poco de esfuerzo. Todas las naves de la Fundación podrían haber volado a Haven o a otros planetas vecinos para continuar luchando como lo hicimos nosotros. Ni siquiera un uno por ciento lo hizo. De hecho, se pasaron al enemigo. La resistencia de la Fundación, en la que casi todo el mundo aquí parece confiar a ciegas, no ha hecho nada de importancia hasta el momento. El Mulo ha sido lo bastante diplomático como para prometer salvaguardar la propiedad y los beneficios de los grandes Comerciantes, y éstos se han pasado a su bando.

Ebling Mis protestó tercamente:

—Los plutócratas siempre han estado contra nosotros.

—Y siempre han tenido el poder en sus manos. Escuche, Ebling. Tenemos razones para creer que el Mulo o sus instrumentos, ya han estado en contacto con hombres poderosos de los Comerciantes Independientes. Se sabe que por lo menos diez de los veintisiete Mundos Comerciantes se han unido al Mulo. Tal vez diez más estén a punto de hacerlo. Hay personalidades en el propio Haven a las que no disgustaría el dominio del Mulo. Al parecer es una tentación irresistible renunciar a un poder político en peligro, si ello asegura un control sobre los asuntos económicos.

—¿Usted no cree que Haven pueda luchar contra el Mulo?

—No creo que Haven luche contra él. —Y Randu volvió su rostro preocupado hacía el psicólogo—. Creo que Haven está esperando para rendirse. Le he llamado para decírselo. Quiero que usted abandone Haven.

Ebling Mis infló sus rechonchas mejillas, asombrado.

—¿Ya?

Randu sintió un terrible cansancio.

—Ebling, usted es el mejor psicólogo de la Fundación. Los verdaderos maestros de la psicología se acabaron con Seldon, pero usted es el mejor que tenemos. Usted es nuestra única posibilidad de derrotar al Mulo. Aquí no puede hacerlo; tendrá que marcharse a lo que queda del Imperio.

—¿A Trántor?

—En efecto. Lo que un día fue el Imperio es hoy una partícula, pero aún debe de quedar algo en el centro. Allí tienen los archivos, Ebling. Podrá aprender más de psicología matemática; quizá lo suficiente como para que pueda interpretar la mente del bufón. Irá con usted, naturalmente.

Mis replicó con sequedad:

—Dudo de que esté dispuesto a acompañarme, ni siquiera por temor al Mulo, si la sobrina de usted no viene con nosotros.

—Lo sé. Toran y Bayta irán con usted precisamente por este motivo. Y, Ebling, hay otro objetivo todavía más importante. Hari Seldon fundó dos Fundaciones hace tres siglos; una en cada extremo de la Galaxia. *Debe encontrar esa Segunda Fundación.*

20. EL CONSPIRADOR

El palacio del alcalde, mejor dicho, lo que un día fue el palacio del alcalde, era una gruesa mancha en la oscuridad. La ciudad estaba tranquila tras el toque de queda impuesto a raíz de la conquista, y la difusa «leche» que formaba la gran lente galáctica, con alguna que otra estrella solitaria aquí y allá, dominaba el firmamento de la Fundación.

En tres siglos, la Fundación había evolucionado desde un proyecto privado de un reducido grupo de científicos a un imperio comercial cuyos tentáculos se adentraban profundamente en la Galaxia, y medio año había bastado para arrebatarle la preponderancia y reducirla a la posición de una provincia conquistada.

El capitán Han Pritcher se negaba a admitirlo.

El sombrío toque de queda y el palacio sumido en la penumbra y ocupado por intrusos eran suficientemente simbólicos, pero el capitán Han Pritcher, ante la puerta exterior del palacio y con la diminuta bomba atómica oculta bajo su lengua, se negaba a comprenderlos.

Una silueta se aproximó..., el capitán inclinó la cabeza. Fue tan sólo un susurro, sumamente bajo:

—El sistema de alarma es el mismo de siempre, capitán. ¡Puede seguir! No se detectará nada.

Sin ningún ruido, el capitán se agachó, pasó bajo la pequeña arcada y enfiló el sendero flanqueado por surtidores y que conducía al jardín del alcalde Indbur.

Ya habían pasado cuatro meses desde aquel día en que estuvo en la Bóveda del Tiempo, cuyo recuerdo quería desechar. Aisladas y por separado, las impresiones volvían, venciendo su resistencia, casi siempre de noche.

El viejo Seldon pronunciando las benévolas palabras tan equivocadas, la confusión general, Indbur, cuyas ropas de alcalde contrastaban de manera incongruente con su rostro lívido y contraído, el gentío atemorizado que esperaba en silencio la orden inevitable de rendición, y aquel joven, Toran, desapareciendo por una puerta lateral con el bufón del Mulo colgado de su hombro.

Y él mismo, saliendo al final sin saber cómo, y encontrando su coche inutilizado.... abriéndose paso a través de la multitud, que ya abandonaba la ciudad, desorientada, hacia un destino desconocido..., dirigiéndose a ciegas hacia las diversas ratoneras que habían sido el cuartel general de una resistencia democrática cuyas filas se habían ido debilitando y diezmando a lo largo de ochenta años.

Y las ratoneras estaban vacías.

Al día siguiente se hicieron momentáneamente visibles en el cielo unas extrañas naves negras que se hundieron suavemente entre los apiñados edificios de la ciudad vecina. El capitán Han Pritcher sentía una sensación de impotencia y desesperación conjuntas.

Empezó a viajar incansablemente.

En treinta días cubrió casi trescientos kilómetros

a pie, cambió su traje por las ropas de un obrero de las fábricas hidropónicas, al que encontró muerto en la cuneta, y se dejó crecer la barba, de un intenso color canela.

Y encontró lo que quedaba de la resistencia.

La ciudad era Newton; el distrito, un barrio residencial que había sido elegante y que ahora ofrecía un aspecto mísero; la casa, una de tantas que bordeaban la calle; y el hombre, un individuo de ojos pequeños y largos huesos que mantenía los apretados puños en los bolsillos y cuyo cuerpo delgado bloqueaba el umbral. El capitán murmuró:

—Vengo de Miran.

El hombre contestó a la consigna con expresión sombría.

—Miran se ha adelantado este año.

El capitán replicó:

—Igual que el año pasado.

Pero el hombre no se apartó de la puerta. Preguntó:

—¿Quién es usted?

—¿No es usted Fox?

—¿Siempre responde con una pregunta?

El capitán inspiró con fuerza, pero imperceptiblemente, y repuso con calma:

—Soy Han Pritcher, capitán de la Flota y miembro del Partido Democrático de la Resistencia. ¿Me permite entrar?

Fox se apartó y dijo:

—Mi verdadero nombre es Orum Falley.

Alargó la mano, y el capitán se la estrechó.

La habitación estaba en buen estado, pero carecía de lujo. En un rincón había un decorativo proyector de libros, que a los ojos del capitán podía ser fácilmente una pistola camuflada y de respetable calibre. La lente del proyector cubría la puerta, y podía ser controlada a distancia.

Fox siguió la mirada de su barbudo huésped y sonrió entre dientes. Dijo:

—¡En efecto! Pero sólo servía en los tiempos de Indbur y sus vampiros con corazón de lacayo. No serviría de gran cosa contra el Mulo, ¿verdad? Nada puede ayudarnos contra el Mulo. ¿Tiene usted hambre?

Los músculos del rostro del capitán se contrajeron bajo la barba, y asintió con la cabeza.

—Sólo tardaré un momento, si no le importa esperar. —Fox sacó unos botes de un armario y colocó dos frente al capitán Pritcher—. Mantenga un dedo sobre ellos y rómpalos cuando estén lo bastante calientes. Mi regulador de calor está estropeado. Cosas como ésta nos recuerdan que estamos en guerra..., o estábamos, ¿verdad?

Sus rápidas frases eran alegres en su contenido, pero el tono era cualquier cosa menos jovial, y sus ojos revelaban una profunda concentración. Se sentó frente al capitán y observó:

—No quedará más que una pequeña quemadura en el lugar donde está sentado si hay algo en usted que no me gusta. ¿Lo sabe?

El capitán no contestó. Los botes se abrieron con una ligera presión. Fox exclamó:

—¡Guisado! Lo siento, la cuestión alimenticia es un problema.

—Lo sé —repuso el capitán, que empezó a comer con rapidez, sin levantar la vista.

Fox dijo:

—Le he visto a usted antes. Estoy intentando recordar, y estoy seguro de que no llevaba barba.

—Hace treinta días que no me he afeitado. —Y entonces añadió con fiereza—: ¿Qué quiere usted? Le he dicho la contraseña y me he identificado.

El otro hizo un ademán con la mano.

—¡Oh!, admito que sea usted Pritcher. Pero hay

muchos que conocen la contraseña y pueden identificarse..., y están con el Mulo. ¿Ha oído hablar alguna vez de Levvaw?

—Sí.

—Está con el Mulo.

—¿Cómo? El...

—Sí, era el hombre a quien llamaban «rendición, no». —Los labios de Fox se contrajeron en una sonrisa silenciosa y forzada—. También Willig está con el Mulo, y Garre y Noth. ¡Nada menos que con el Mulo! Por qué no Pritcher, ¿eh? ¿Cómo puedo saberlo?

El capitán se limitó a mover la cabeza.

—Pero no importa —dijo Fox en voz baja—. Si Noth se ha pasado a ellos, deben de tener mi nombre.... de modo que si usted dice la verdad, corre más peligro que yo por haberle recibido.

El capitán, que había terminado de comer, se apoyó en el respaldo de su asiento.

—Si aquí no tiene ninguna organización, ¿dónde puedo encontrar una? La Fundación puede haberse rendido, pero yo no.

—¡Ya! No podrá vagar siempre de un lado para otro, capitán. En estos días, los hombres de la Fundación han de tener un permiso para viajar de una ciudad a otra, ¿lo sabía? Y también tarjetas de identidad. ¿La tiene usted? Además, todos los oficiales de la Flota han recibido la orden de presentarse al cuartel general de ocupación más próximo. Esto le atañe a usted, ¿no?

—Sí. —La voz del capitán era dura—. ¿Acaso cree que huyo por temor? Estuve en Kalgan poco después de que cayera en manos del Mulo. Al cabo de un mes, ni uno solo de los oficiales del ex señor guerrero estaba en libertad, porque eran los naturales jefes militares de cualquier revuelta. La resistencia ha sabido siempre que ninguna revolución puede tener éxito sin el control de, por lo menos, una parte de la Flota. Es evidente que el Mulo también lo sabe.

Fox asintió pensativamente.

—Resulta lógico. El Mulo piensa en todo.

—Me quité el uniforme en cuanto pude. Me dejé crecer la barba. Cabe la posibilidad de que otros hayan hecho lo mismo.

—¿Está usted casado?

—Mi esposa murió. No tengo hijos.

—Así que usted es inmune a los rehenes.

—Sí.

—¿Quiere que le dé un consejo?

—Si tiene alguno que darme...

—Ignoro cuál es la política del Mulo o sus propósitos, pero hasta ahora no han sufrido ningún daño los trabajadores especializados. Se han subido los salarios. La producción de toda clase de armas atómicas se ha acelerado.

—¿De veras? Esto suena a que continuará la ofensiva.

—No lo sé. El Mulo es un sutil hijo de perra, y es posible que sólo pretenda ganarse a los trabajadores. Si Seldon, con toda su psicohistoria, no pudo descubrirle, no voy a intentarlo yo. Pero usted lleva ropas de obrero. Esto sugiere algo, ¿no cree?

—Yo no soy un trabajador especializado.

—Ha seguido un curso militar sobre cuestiones atómicas, ¿verdad?

—Naturalmente.

—Eso basta. La Atom-Field Bearings Inc. está localizada aquí, en la ciudad. Los sinvergüenzas que dirigían la fábrica para Indbur siguen dirigiéndola... para el Mulo. No harán preguntas mientras necesiten más obreros para elevar la producción. Le darán una tarjeta de identidad y usted puede solicitar una habitación en el distrito residencial de la Corporación. Podría empezar enseguida.

De esta forma, el capitán Han Pritcher de la Flota Nacional se convirtió en el especialista en escudos antiatómicos Lo Moro, del Taller 45 de la Atom-Field Bearings Inc. Y de un agente de Inteligencia descendió en la escala social a «conspirador», profesión que algunos meses más tarde le llevó a lo que había sido el jardín particular de Indbur.

En el jardín, el capitán Pritcher consultó el radiómetro que llevaba en la palma de la mano. El campo interior de advertencia todavía funcionaba, por lo que se detuvo a esperar. A la bomba atómica que guardaba en la boca le quedaba media hora de vida. La movió nerviosamente con la lengua.

El radiómetro se apagó, y el capitán avanzó rápidamente.

Hasta aquel momento todo se había desarrollado a la perfección.

Reflexionó objetivamente y se dio perfecta cuenta de que la vida de la bomba atómica era también la suya; que su muerte significaba la suya propia... y la del Mulo.

Entonces llegaría al momento crucial de su guerra privada de cuatro meses; una guerra que había comenzado en la huida y acabado en una fábrica de Newton...

Durante dos meses, el capitán Pritcher llevó delantales de plomo y pesadas mascarillas, hasta que de su aspecto exterior no quedó rastro que delatara su profesión militar. Era un obrero que recibía su salario, pasaba las veladas en la ciudad y jamás hablaba de política.

Durante dos meses no vio a Fox.

Y entonces, un día, un hombre se deslizó junto a su banco y le metió un trozo de papel en el bolsillo. En él estaba escrita la palabra «Fox». Lo tiró a la cámara atómica, donde se desvaneció en humo invisible y aumentó la energía en un milimicrovoltio, y volvió a su trabajo.

Aquella noche fue a casa de Fox y participó en un juego de cartas con dos hombres a los que sólo conocía de oídas y con otro al que conocía por el nombre y el rostro.

Mientras jugaban a las cartas y se repartían fichas, hablaron. El capitán dijo:

—Es un error fundamental. Ustedes viven en el pasado. Durante ochenta años nuestra organización ha estado esperando el exacto momento histórico. Nos cegó la psicohistoria de Seldon, una de cuyas primeras proposiciones es que el individuo no cuenta, no hace la historia, y los complejos factores sociales y económicos le desbordan, le convierten en una marioneta. —Ordenó cuidadosamente sus cartas, apreció su valor y añadió, poniendo una ficha sobre la mesa—: ¿Por qué no matar al Mulo?

—¿Y de qué serviría hacerlo? —preguntó con fiereza el hombre que tenía a su izquierda.

—Ya lo ven —repuso el capitán, deshaciéndose de dos cartas—; ésta es la actitud. ¿Qué es un hombre... entre trillones? La Galaxia no dejará de girar porque un hombre muera. Pero el Mulo no es un hombre, es un mutante. Ya ha interferido con los planes de Seldon, y si se detienen a analizar las implicaciones, comprenderán que él, un solo hombre, un mutante, ha trastocado toda la psicohistoria de Seldon. Si no hubiera vivido, la Fundación no habría sido derrotada. Si dejase de vivir, la Fundación resurgiría. Ya saben que los demócratas han luchado secretamente contra los alcaldes y los comerciantes durante ochenta años. Intentemos el asesinato.

—¿Cómo? —intervino Fox con frío sentido común.

El capitán respondió con lentitud:

—He pensado en ello durante tres meses sin encontrar la solución. Al llegar aquí la he hallado en cinco minutos. —Miró brevemente al hombre que tenía a su derecha, de rostro sonriente, rosado y ancho como un melón—. Usted fue chambelán del alcalde Indbur. No sabía que estuviera en la resistencia.

—Yo tampoco sabía que usted estaba en ella.

—Pues bien; como chambelán, usted comprobaba periódicamente el funcionamiento del sistema de alarma del palacio.

—En efecto.

—Y ahora el palacio está ocupado por el Mulo.

—Así se nos ha anunciado.... aunque es un conquistador modesto que no hace discursos, ni proclamaciones, ni apariciones en público.

—Eso son detalles que no cambian nada. Usted, querido ex chambelán, es todo cuanto necesitamos.

Mostraron las cartas y Fox recogió las apuestas. Lentamente, repartió los naipes.

El hombre que había sido chambelán recogió sus cartas una por una.

—Lo lamento, capitán. Yo comprobaba el sistema de alarma, pero era una rutina. No lo conozco en absoluto.

—Ya me lo esperaba, pero en su mente existe el recuerdo de los mandos, y podemos ahondar en ella lo suficiente... con una sonda psíquica.

El rostro rubicundo del ex chambelán palideció repentinamente. Sus puños arrugaron los naipes que sostenían.

—¿Una prueba psíquica?

—No se preocupe —dijo con sequedad el capitán—; sé cómo usarla. No le perjudicará, aparte de debilitarle durante unos pocos días. Y en el caso de que le perjudicase, se trata de un riesgo que ha de correr y un precio que ha de pagar. No hay duda de que entre nosotros se encuentran algunos que por los controles de la alarma sabrían determinar las combinaciones de la longitud de onda. Hay varios hombres de la resistencia que podrían fabricar una pequeña bomba de relojería, y yo mismo la llevaría hasta el Mulo.

Los presentes se apiñaron en torno a la mesa, y el capitán continuó:

—En un día determinado estallará un motín en la ciudad de Términus, en las proximidades del palacio. No habrá lucha, sólo un alboroto, tras el cual todos huirán. Lo importante es atraer a la guardia del palacio, o, por lo menos, distraerla...

Desde aquel día se iniciaron los preparativos, que duraron un mes, y el capitán Han Pritcher de la Flota Nacional dejó de ser «conspirador» para descender aún más en la escala social y convertirse en «asesino».

El capitán Pritcher, asesino, se encontraba en el mismo palacio, y estaba muy satisfecho de sus dotes de deducción. Un completo sistema de alarma en el exterior significaba una guardia reducida en el interior. En este caso quería decir que no había ni un solo guarda.

El plano del palacio estaba claro en su mente. Era como una sombra deslizándose por la rampa alfombrada. Cuando llegó arriba, se aplastó contra la pared y esperó.

Tenía ante sí la pequeña puerta cerrada de una habitación privada. Tras aquella puerta debía estar el mutante que había vencido lo invencible. Llegaba temprano.... la bomba aún tenía diez minutos de vida.

Cinco de ellos pasaron, y ningún sonido turbó el silencio absoluto. Al Mulo le quedaban cinco minutos de vida... así lo calculaba el capitán Pritcher...

Avanzó guiado por un repentino impulso. El complot ya no podía fallar. Cuando la bomba explotase, estallaría el palacio, todo el palacio. Traspasar una puerta, recorrer diez metros, no era nada. Pero quería ver al Mulo antes de morir con él.

En un último e insolente gesto, aporreó la puerta...

Ésta se abrió y dejó pasar una luz cegadora.

El capitán Pritcher se tambaleó, pero enseguida se repuso. El hombre solemne que se hallaba en el centro de la habitación, bajo una pecera suspendida del techo, le miró con expresión amable.

Su uniforme era totalmente negro: tocó con un ausente ademán la redonda pecera, y ésta osciló violentamente, obligando a los peces de escamas anaranjadas y rojas a nadar con frenesí de un lado para otro.

El hombre dijo:

—¡Entre, capitán!

La lengua temblorosa del capitán tuvo la impresión de que el pequeño globo de metal se hinchaba peligrosamente... una imposibilidad física, como sabía el capitán. Pero estaba en el último minuto de su vida.

El hombre uniformado observó:

—Sería mejor que escupiera esa necia píldora para que pudiera hablar; no estallará.

El minuto pasó, y con un movimiento lento y cansado el capitán inclinó la cabeza y dejó caer el globo plateado en la palma de su mano. Con enérgica fuerza lo lanzó contra la pared. Rebotó con un pequeño y agudo sonido, resplandeciendo inofensivamente en su trayectoria.

El hombre uniformado se encogió de hombros.

—Bueno, olvidémosla. En cualquier caso, no le hubiera servido de nada, capitán. Yo no soy el Mulo. Tendrá que contentarse con su virrey.

—¿Cómo lo sabía usted? —murmuró torpemente el capitán.

—La culpa es de un eficiente sistema de contraespionaje. Conozco todos los nombres de su pequeña pandilla y cada uno de sus planes...

—¿Y nos ha dejado llegar tan lejos?

—¿Por qué no? Uno de mis principales objetivos aquí era encontrarle a usted y a algunos más. En particular a usted. Podría haberle atrapado hace algunos meses, cuando aún era un obrero de la fábrica de Bearings, pero esto es mucho mejor. De no haber sugerido usted las principales directrices del complot, uno de mis propios hombres lo hubiera hecho por ustedes. El resultado es muy espectacular y bastante cómico.

El capitán mostraba dureza en su mirada.

—Yo también lo creo así. ¿Ha terminado todo ahora?

—Acaba de empezar. Venga, capitán, tome asiento. Dejemos las heroicidades a los insensatos que se impresionan por ellas. Capitán, usted es un hombre capaz. De acuerdo con mi información, usted fue el primer hombre de la Fundación que reconoció el poder del Mulo. Desde entonces se ha interesado con bastante osadía por la juventud del Mulo. Usted fue uno de los que raptaron al bufón del Mulo, a quien, por cierto, aún no se ha encontrado, y por el que se pagará una espléndida recompensa. Naturalmente, reconocemos su capacidad, y el Mulo no es hombre que tema la capacidad de sus enemigos, siempre que pueda convertirlos en sus nuevos amigos.

—¿Es eso lo que pretende? ¡Oh, no!

—¡Oh, sí! Es el objetivo de la comedia de esta noche. Usted es un hombre inteligente, y, sin embargo, sus pequeñas conspiraciones contra el Mulo fallan desastrosamente. Apenas puede calificarlas de conspiración. ¿Forma parte de su adiestramiento militar perder naves en acciones imposibles?

—Primero habría que admitir que son imposibles.

—Se hará —le aseguró suavemente el virrey—. El Mulo ha conquistado la Fundación, y la está convirtiendo rápidamente en un arsenal para el cumplimiento de sus objetivos más importantes.

—¿Cuáles son esos objetivos?

—La conquista de toda la Galaxia. La reunión de

todos los mundos dispersos en un nuevo Imperio. El cumplimiento, obtuso patriota, del sueño de vuestro propio Seldon, setecientos años antes de lo que estaba previsto. Y en este cumplimiento, usted puede ayudarnos.

—Puedo, indudablemente. Pero también, indudablemente, no lo haré.

—Tengo entendido —replicó el virrey— que solamente tres de los Mundos Comerciantes Independientes continúan resistiendo. No lo harán durante mucho más tiempo; será el último reducto de la Fundación. Usted resiste todavía.

—Sí.

—Sin embargo, no lo seguirá haciendo. Un colaborador voluntario sería el más eficiente, pero la otra clase de colaborador también servirá. Por desgracia, el Mulo está ausente; dirige la lucha, como siempre, contra los Comerciantes que aún resisten. Pero no tendrá usted que esperar mucho.

—¿Para qué?

—Para su conversión.

—El Mulo —contestó glacialmente el capitán— descubrirá que eso está más allá de sus fuerzas.

—Se equivoca. *Yo* no lo estuve. ¿No me reconoce? Vamos, usted ha estado en Kalgan, de modo que debió verme. Usaba monóculo, una capa escarlata orlada de piel, un gorro muy alto...

El capitán se puso rígido por la consternación.

—Usted era el señor guerrero de Kalgan.

—Sí. Y ahora soy el leal virrey del Mulo. Como ve, es muy persuasivo.

21. INTERLUDIO EN EL ESPACIO

El bloqueo fue burlado con éxito. Ni siquiera todas las naves existentes podían montar una guardia efectiva en aquel vasto volumen de espacio. Con una sola nave, un piloto hábil y una moderada cantidad de suerte se podían encontrar agujeros por donde escapar.

Con una calma glacial en la mirada, Toran conducía una astronave no excesivamente nueva desde la proximidad de una estrella hasta la de otra. Aunque la vecindad de una gran masa hacía más difícil y arriesgado un salto interestelar, también anulaba casi por completo los aparatos de detección enemigos.

Una vez dejado atrás el cinturón de naves, procedió a pasar por la esfera interior del espacio inerte, a través de cuyo subéter bloqueado no podía recibirse mensaje alguno. Por primera vez en más de tres meses, Toran no se sintió aislado.

Transcurrió una semana antes de que los programas de noticias enemigos emitieran otra cosa que no fuesen los aburridos y arrogantes detalles de un control creciente de la Fundación. Durante aquella semana, la nave acorazada de Toran navegó raudamente alejándose de la Periferia a saltos precipitados.

Ebling Mis llamó a la cabina de mando, y Toran alzó la vista de las cartas de navegación.

—¿Qué ocurre? —Toran bajó a la pequeña cámara central que Bayta, inevitablemente, había convertido en sala de estar.

Mis meneó la cabeza.

—Que me ahorquen si lo sé. Los periodistas del Mulo están anunciando un boletín especial. Pensé que tal vez quisieras oírlo.

—No es mala idea. ¿Dónde está Bayta?

—Poniendo la mesa y eligiendo el menú... o dedicándose a cualquier otra tarea doméstica.

Toran se sentó sobre la litera que servía de cama a Magnífico y esperó. La rutina propagandística de los «boletines especiales» del Mulo era monótonamente invariable. Primero la música marcial, y después la voz almibarada del locutor. Comenzaría con las noticias poco importantes, que se sucederían a ritmo pausado. Luego haría una pausa, y, por fin, sonarían las trompetas y se produciría la habitual excitación creciente y la culminación del parte.

Toran lo soportó; Mis murmuró algo entre dientes.

El locutor iba soltando, con la fraseología convencional de los corresponsales de guerra, las palabras untuosas que complementaban el sonido y la imagen del metal al fundirse y la carne al destrozarse en una batalla en el espacio.

«Escuadrones de rápidos cruceros bajo el mando del teniente general Sammin atacaron hoy durante varias horas a las fuerzas que resisten en Iss...»

El rostro cuidadosamente impasible del locutor desapareció de la pantalla para desvanecerse en la negrura del espacio, surcado por veloces naves que hendían el vacío en el furor de la batalla. La voz continuó, alzándose sobre el tremendo fragor:

—La acción más destacable de la batalla ha sido el combate del crucero pesado *Cluster* contra tres naves enemigas de la clase «Nova»...

El objetivo se desvió y enfocó el centro de la batalla. Una gran nave lanzaba chispas, y uno de los frenéticos atacantes lanzó un tremendo fulgor, se desenfocó, se tambaleó y cayó. El *Cluster* describió un furioso vaivén y escapó al golpe de soslayo, mientras el atacante despedía innumerables reflejos.

La voz suave y desapasionada del locutor continuó dando cuenta de todos los combates y pérdidas enemigas.

Entonces se produjo una pausa, y después apareció la imagen de la lucha frente a Mnemon, a cuya descripción se añadió la novedad de una prolija relación del aterrizaje, la vista de una ciudad bombardeada y el desfile de numerosos y extenuados prisioneros.

Mnemon no tardaría en caer.

Otra pausa, y esta vez el ronco sonido de las acostumbradas trompetas. En la pantalla se proyectó el largo corredor franqueado de guardias por el que caminaba rápidamente el portavoz del Gobierno en uniforme de canciller.

El silencio era opresivo.

La voz que sonó finalmente era solemne, lenta y dura.

—Por orden de nuestro soberano, anunciamos que el planeta Haven, hasta ahora en belicosa oposición a su voluntad, ha aceptado la derrota. En estos momentos, las fuerzas de nuestro soberano están ocupando el planeta. La oposición ha sido desarticulada y sofocada rápidamente.

La imagen se desvaneció, y el locutor anterior declaró pomposamente que serían retransmitidos todos los acontecimientos ulteriores a medida que fueran produciéndose.

Entonces sonó música de baile, y Ebling Mis pulsó el mando que desconectaba el aparato.

Toran se levantó y se alejó con paso vacilante, sin decir una palabra. El psicólogo no intentó detenerle.

Cuando Bayta salió de la cocina, Mis le indicó con un gesto que guardara silencio, y dijo:

—Han tomado Haven.

Y Bayta murmuró: «¿Ya?», con los ojos redondos y llenos de incredulidad.

—Sin lucha, sin un mal... —Se interrumpió y tragó saliva—. Será mejor que dejes solo a Toran. No es agradable para él. ¿Y si comiéramos solos?

Bayta miró hacia la cabina, y luego dijo con desaliento:

—Bueno.

Magnífico se sentó a la mesa y su presencia pasó desapercibida. No hablaba ni comía, sino que miraba frente a sí con fijeza, lleno de un temor reconcentrado que parecía agotar toda la vitalidad de su delgado cuerpo.

Ebling Mis empujó ausente su postre de fruta helada y observó con dureza:

—Están luchando dos Mundos Comerciantes. Luchan, se desangran y mueren, pero no se rinden. Sólo Haven... igual que la Fundación...

—Pero ¿por qué? ¿Por qué?

El psicólogo meneó la cabeza.

—Es parte de todo el problema. Cada extraña faceta es una muestra de la naturaleza del Mulo. Primero está el problema de cómo pudo conquistar la Fundación, con poca sangre y esencialmente de un solo golpe.... mientras los Mundos Comerciantes Independientes resistían. La paralización de las reacciones atómicas fue un arma insignificante (hemos discutido a este respecto hasta el hastío), y no surtió efecto más que en la Fundación. Randu sugirió —y Ebling enarcó sus pobladas rejas— que pudo ser una radiación represora de la voluntad. Esto es tal vez lo que han usado en Haven. Pero, entonces, ¿por qué no lo usan en Mnemon e Iss, que están luchando incluso ahora con tal intensidad que necesitan la mitad de la Flota de la Fundación, además de las fuerzas del Mulo, para conquistarlos? Sí, he reconocido naves de la Fundación en el ataque.

Bayta susurró:

—La Fundación, y después, Haven. El desastre parece seguirnos, pero sin tocarnos. Siempre da la impresión de que logramos escapar por un pelo. ¿Cuánto durará?

Ebling Mis no la escuchaba; estaba argumentando consigo mismo.

—Pero existe otro problema...., otro problema, Bayta, ¿recuerdas la noticia de que el bufón del Mulo no había sido encontrado en Términus; que se sospechaba que había huido a Haven o le habían llevado allí sus secuestradores? Bayta, le conceden una importancia que no disminuye, y nosotros aún no hemos descubierto el motivo. Magnífico debe de saber algo que es fatal para el Mulo. Estoy seguro de ello.

Magnífico, con el rostro lívido, protestó tartamudeando:

—Señor..., noble señor..., le juro de verdad que está más allá de mi pobre entendimiento penetrar lo que desea. Le he dicho cuanto sé hasta la última gota, y con su sonda ha sacado de mi escasa inteligencia aquello que sabía, pero que ignoraba que sabía.

—Lo sé, lo sé. Se trata de algo pequeño, de una alusión tan pequeña que ni tú ni yo podemos reconocerla. No obstante, tengo que encontrarla... porque Mnemon e Iss sucumbirán pronto, y cuando lo hagan, nosotros seremos el último resto, el último vestigio de la Fundación independiente.

Las estrellas empiezan a agruparse estrechamente cuando se penetra en el núcleo de la Galaxia. Los campos de gravitación comienzan a superponerse en intensidades suficientes como para producir perturbaciones en un salto interestelar, lo cual no se puede pasar por alto.

Toran se dio cuenta de ello cuando un salto lanzó su nave contra el fiero resplandor de un gigante sol rojo al que se agarró obstinadamente, y cuya atracción no pudo vencer hasta pasadas doce horas de insomnio y angustioso esfuerzo.

Con cartas limitadas en extensión y una experiencia no desarrollada lo suficiente, ni operacional ni matemáticamente, Toran se resignó a días enteros de cuidadoso estudio entre salto y salto.

En cierto modo, se convirtió en un proyecto de comunidad. Ebling Mis comprobaba las matemáticas de Toran y Bayta calculaba posibles rutas por medio de los diversos métodos generalizados, en busca de las soluciones reales. Incluso Magnífico tuvo que trabajar con la máquina calculadora para las computaciones rutinarias, un tipo de trabajo que, una vez explicado, le resultó muy divertido y en el que era sorprendentemente hábil.

Así, al cabo de un mes poco más o menos, Bayta pudo estudiar la línea roja que serpenteaba a través del modelo tridimensional de la Galaxia hasta medio camino de su centro, y decir con satírico placer:

—¿Sabes a qué se parece? Da la impresión de ser una lombriz de tres metros con un tremendo caso de indigestión. Eventualmente nos vas a llevar de nuevo a Haven.

—Lo haré —gruñó Toran, arrugando la carta— si no cierras el pico.

—Y, sin embargo —continuó Bayta—, es probable que haya una ruta directa, rectilínea como un meridiano.

—Conque sí, ¿eh? Pues bien, en primer lugar, insensata, lo más seguro es que fueran precisos quinientos años para que quinientas naves dieran con esa ruta por casualidad, y mis asquerosas cartas de navegación no la señalan. Además, tal vez sea conveniente evitar esas rutas directas; es muy probable que estén atestadas de naves. Y otra cosa...

—¡Oh, por la Galaxia! Cesa de desvariar y exhibir tu virtuosa indignación —exclamó Bayta, tirándole del pelo.

—¡Ay! —gritó él—. ¡Suéltame! —Y la agarró por las muñecas derribándola al suelo, tras lo cual Toran, Bayta y la silla rodaron en desordenado montón. La lucha degeneró en un combate de boxeo, compuesto en su mayor parte por risas ahogadas y diversos golpes cariñosos.

Toran interrumpió la pelea cuando vio entrar a Magnífico sin aliento.

—¿Qué pasa?

Arrugas de preocupación surcaban la cara del bufón, y la piel de su nariz estaba tan tirante que parecía blanca.

—Los instrumentos se comportan de forma extraña, señor. Sabiendo mi ignorancia, no he tocado nada...

Toran llegó a la cabina de mando en dos segundos. Dijo en voz baja a Magnífico:

—Despierta a Ebling Mis. Dile que venga aquí.

Se dirigió a Bayta, que estaba intentando ordenar sus cabellos con los dedos:

—Hemos sido detectados, Bay.

—¿Detectados? —repitió Bayta, dejando caer los brazos—. ¿Por quién?

—La Galaxia lo sabe —murmuró Toran—, pero me imagino que será alguien armado y apuntándonos.

Se sentó, y con voz serena empezó a enviar al subéter la clave de identificación de la nave.

Cuando entró Ebling Mis, en bata y con los ojos adormilados, Toran dijo con una calma desesperada:

—Parece ser que estamos dentro de las fronteras de un reino local que se llama la Autarquía de Filia.

—Nunca la había oído nombrar —repuso Mis.

—Yo tampoco —dijo Toran—, pero la cuestión es que nos ha detenido una nave filiana e ignoro lo que puede suceder.

El capitán inspector de la nave filiana subió a bordo con seis hombres armados a la zaga. Era bajo, casi calvo, de labios delgados y piel reseca. Tosió violentamente al sentarse y abrió la carpeta que llevaba bajo el brazo. La hoja estaba en blanco.

—Sus pasaportes y la documentación de la nave.

—No tenemos ni lo uno ni lo otro —repuso Toran.

—Conque no, ¿eh? —Agarró un micrófono suspendido de su cinturón y habló con rapidez—: Tres hombres y una mujer. Sus documentos no están en orden. —Hizo una anotación en la hoja mientras hablaba. Preguntó—: ¿De dónde vienen?

—De Siwenna —contestó Toran con precaución.

—¿Dónde está eso?

—A cien mil parsecs, ochenta grados al este de Trántor, cuarenta grados...

—¡No importa, no importa!

Toran vio que su inquisidor había anotado: «Punto de origen: Periferia.»

El filiano continuó:

—¿Adónde se dirigen?

Toran respondió:

—Al sector de Trántor.

—¿Motivo?

—Viaje de placer.

—¿Llevan algún cargamento?

—No.

—Hum. Lo comprobaremos. —Hizo una seña y dos hombres se pusieron en movimiento.

Toran no trató de intervenir.

—¿Qué les trae a territorio filiano? —Los ojos del filiano brillaban malévolamente.

—No sabíamos dónde estábamos. Carezco de una carta de navegación detallada.

—Por carecer de ella se verá obligado a pagar cien créditos... y, naturalmente, los acostumbrados derechos del arancel de aduanas, etc.

Habló de nuevo al micrófono, pero en aquella ocasión escuchó más que habló. Entonces preguntó a Toran:

—¿Sabe algo sobre tecnología atómica?

—Un poco —contestó precavidamente Toran.

—¿Sí? —El filiano cerró la carpeta y añadió—: Los hombres de la Periferia tienen fama de ser entendidos en esta materia. Póngase un traje y venga conmigo.

Bayta dio un paso adelante.

—¿Qué van a hacer con él?

Toran la apartó suavemente y preguntó con frialdad:

—¿Adónde quiere que vaya?

—Nuestra planta de energía necesita una pequeña reparación. Él vendrá con usted. —Y señaló directamente a Magnífico, cuyos ojos marrones se abrieron con evidente angustia.

—¿Qué tiene que ver él con esto? —preguntó furiosamente Toran.

El oficial le dirigió una mirada glacial.

—Me han informado de actividades piratas por estos alrededores. La descripción de una de sus naves concuerda con la de usted. Se trata de una cuestión rutinaria de identificación.

Toran vaciló, pero seis hombres y seis pistolas eran argumentos elocuentes. Abrió el armario para sacar los trajes.

Una hora más tarde se encontraba en el interior de la nave filiana, gritando con furia:

—No veo nada estropeado en los motores. Las barras están bien, los tubos L están alimentando como es debido y el análisis de la reacción es correcto. ¿Quién manda aquí?

El ingeniero jefe dijo en voz baja:

—Yo.

—Pues bien, diga que me saquen de aquí...

Le condujeron a la planta de oficiales, y en la pequeña antesala encontró sólo a un alférez indiferente.

—¿Dónde está el hombre que vino conmigo?

—Espere, por favor —repuso el alférez.

Quince minutos después hicieron entrar a Magnífico.

—¿Qué te han hecho? —inquirió rápidamente Toran.

—Nada, nada en absoluto —negó Magnífico, moviendo la cabeza con lentitud.

Tuvieron que pagar ciento cincuenta créditos para satisfacer las exigencias de Filia —cincuenta de ellos para su inmediata liberación—, y volvieron a su nave.

Bayta dijo con una risa forzada:

—¿No merecemos una escolta? ¿No van a acompañarnos a cruzar la frontera?

Y Toran replicó con acento sombrío:

—No era una nave filiana... y no podremos marcharnos enseguida. Venid aquí.

Todos se agruparon a su alrededor.

Toran dijo con voz átona:

—Era una nave de la Fundación, y sus tripulantes eran hombres del Mulo.

Ebling se agachó para recoger el cigarro que se le había caído. Preguntó:

—¿Aquí? Estamos a treinta mil parsecs de la Fundación.

—Y *nosotros* estamos aquí. ¿Por qué no pueden ellos hacer el mismo viaje? Por la Galaxia, Ebling, ¿no cree usted que sé distinguir las naves? He visto sus motores, y eso me basta. Le digo que eran motores de la Fundación, una nave de la Fundación.

—¿Y cómo han llegado hasta aquí? —inquirió Bayta con lógica—. ¿Cuáles son las posibilidades de un encuentro casual, en el espacio, de dos naves determinadas?

—¿Y eso qué tiene que ver? —replicó Toran acaloradamente—. Sólo demostraría que nos han seguido.

—¿Seguido? —repitió Bayta—. ¿Por el hiperespacio?

Ebling Mis intervino con acento cansado:

—Eso se puede hacer... con una buena nave y un piloto eficiente. Pero la posibilidad no es lo que me impresiona.

—Yo no he ocultado mi rastro —insistió Toran—. He mantenido la velocidad en línea recta. Un ciego podría haber calculado nuestra ruta.

—¡Que te crees tú eso! —gritó Bayta—. Con los saltos dementes que has dado, observar nuestra dirección inicial no hubiera servido de nada. Hemos salido de varios saltos en la dirección opuesta.

—¡Estamos perdiendo el tiempo! —estalló Toran—. Se trata de una nave de la Fundación en poder del Mulo. Nos ha detenido. Nos ha registrado. Nos ha llevado a Magnífico y a mí como rehenes para que vosotros estuvierais indefensos en caso de que sospecharais. Y nosotros vamos a destruir su nave inmediatamente.

—Cálmate —dijo Ebling Mis, sujetándole—.

¿Acaso vas a perdernos por una sola nave que crees enemiga? Recapacita, hombre. ¿Crees que nos iban a perseguir por una ruta imposible a través de media Galaxia para echarnos un vistazo y luego *dejarnos marchar*?

—Todavía siguen interesados en saber adónde vamos.

—Entonces, ¿Por qué nos han detenido poniéndonos en guardia? No es lógico, y tú lo sabes.

—Voy a hacer lo que me he propuesto. Suélteme, Ebling, o le derribaré de un puñetazo.

Magnífico se inclinó hacia adelante desde el respaldo de su silla favorita a la que se había encaramado. Las aletas de su nariz se movían por la excitación.

—Les pido perdón por interrumpirles, pero mi pobre mente se ve de improviso atormentada por un extraño pensamiento.

Bayta adivinó la reacción impaciente de Toran y le agarró, junto con Ebling.

—Adelante, habla, Magnífico. Todos te escucharemos con atención.

Magnífico dijo:

—Durante mi estancia en su nave, mis embotados sentidos apenas me servían por el terrible miedo que llevaba encima. A decir verdad, casi no recuerdo lo ocurrido. Muchos hombres me miraban con fijeza y hablaban de cosas que no entendía. Pero hacia el final, como si un rayo de sol atravesara una nube, vi un rostro conocido. Fue sólo un instante, y, sin embargo, cada vez adquiere en mi memoria más fuerza y claridad.

—¿Quién era? —preguntó Toran.

—Aquel capitán que estuvo con nosotros tanto tiempo después de que ustedes me salvaran de la esclavitud.

Era evidente que el propósito de Magnífico había

sido el de causar un gran efecto, y una sonrisa de deleite asomó bajo su enorme nariz demostrando que estaba satisfecho del éxito de sus intenciones.

—¿El capitán... Han... Pritcher? —preguntó Mis con expresión severa—. ¿Estás seguro? ¿Completamente seguro?

—Señor, lo juro. —Y colocó su mano huesuda sobre su hundido pecho—. Mantendría la verdad de mi afirmación ante el propio Mulo, y lo juraría en su presencia aunque él lo negase con todas sus fuerzas.

Bayta murmuró, anonadada:

—Entonces, ¿qué significa todo esto?

El bufón se volvió hacia ella ansiosamente.

—Mi señora, tengo una teoría. Se me ocurrió de repente, como si el espíritu galáctico la hubiese colocado en mi mente con toda suavidad. —Levantó la voz cuando oyó que Toran empezaba a poner objeciones—. Mi señora —continuó, dirigiéndose exclusivamente a Bayta—, si ese capitán hubiera huido con una nave, como nosotros, si como nosotros estuviera haciendo un viaje con un plan determinado, y nos hubiera encontrado de pronto... sospecharía que nosotros le perseguimos, del mismo modo que hemos sospechado de él. ¿Sería entonces extraño que organizase esta comedia para entrar en nuestra nave?

—Pero ¿por qué nos ha llevado a su nave? —arguyó Toran—. No tiene sentido.

—Sí, sí que lo tiene —replicó el bufón, muy inspirado—. Envió a un subordinado que no nos conocía, pero que nos describió por el micrófono. El capitán debió recordarme por la descripción de mi pobre persona, pues en verdad que no hay muchos en esta gran Galaxia que puedan compararse con mi delgadez. Y yo fui la prueba de la identidad de todos ustedes.

—¿De modo que nos permitirá marcharnos?

—¿Qué sabemos nosotros de esta misión y de su

secreto? Nos ha espiado y comprobado que no somos enemigos, y, en este caso, ¿por qué ha de arriesgar su plan con más complicaciones?

Bayta dijo lentamente:

—No seas terco, Toran. Esto explica la situación.

—Podría ser —convino Mis.

Toran parecía impotente ante aquella resistencia conjunta. Algo en los argumentos del bufón no le convencía; algo no encajaba. Pero estaba desconcertado y, a pesar de sí mismo, su cólera fue cediendo.

—Durante un rato —murmuró—, creí que estábamos ante una de las naves del Mulo.

Y en sus ojos se reflejaba el dolor que sentía por la pérdida de Haven.

Los otros lo comprendieron.

22. MUERTE EN NEOTRÁNTOR

NEOTRÁNTOR — *El pequeño planeta de Delicass, rebautizado después del Gran Saqueo, fue durante casi un siglo sede de la última dinastía del Primer Imperio. Fue un mundo simbólico y un Imperio simbólico, y su existencia tiene sólo importancia legal. En la primera de las dinastías Neotrantorianas...*

Enciclopedia Galáctica

¡Neotrántor era el nombre! ¡Nuevo Trántor! Y cuando se ha pronunciado el nombre se han agotado de golpe todos los parecidos del nuevo Trántor con el original. A dos parsecs de distancia, el sol del antiguo Trántor seguía brillando, y la Capital Imperial de la Galaxia, del siglo precedente, aún giraba en el espacio en silenciosa y eterna repetición de su órbita.

Incluso había hombres que habitaban el antiguo Trántor. No muchos, tal vez cien millones, cuando hacía cincuenta años se apiñaban en él cuarenta mil millones. El gigantesco mundo metálico estaba hecho trizas. Las cimas de las múltiples torres que surgían por encima de la desnuda corteza del mundo estaban destrozadas y vacías —aún mostraban los agujeros de los cañones y las armas de fuego—, como muestra del Gran Saqueo de cuarenta años atrás.

Era extraño que un mundo que había sido centro de la Galaxia durante dos mil años, que había gobernado sin límites el espacio y albergado legisladores y gobernantes cuyos caprichos recorrían los parsecs, pudiera morir en un solo mes. Era extraño que un mundo que había salido indemne de los vastos movimientos de conquista y retirada de un milenio, e igualmente indemne de las guerras civiles y las revoluciones palaciegas de otro milenio, hubiera muerto al fin. Era extraño que la Gloria de la Galaxia fuera un cadáver en putrefacción.

¡Y también patético!

Porque aún pasarían siglos antes de que las descomunales obras de cincuenta generaciones de seres humanos se convirtieran en inservibles. Solamente las hacían inservibles ahora las facultades disminuidas de los propios hombres.

Rodeados de las perfecciones mecánicas del esfuerzo humano— circundados por las maravillas industriales de una humanidad liberada de la tiranía del medio ambiente, regresaron a la tierra. En las inmensas áreas de aparcamiento crecían el trigo y el maíz. A la sombra de las torres pacían las ovejas.

Pero Neotrántor existía —un planeta parecido a un humilde pueblo— sumido en la sombra del poderoso Trántor, hasta que los miembros de una familia real, huyendo del fuego y las llamas del Gran Saqueo, buscaron en él su último refugio y permanecieron en él hasta que se apaciguó el fragor de la rebelión. Allí gobernaban, rodeados de fantasmal esplendor, los restos cadavéricos de un Imperio.

¡Veinte mundos agrícolas formaban un Imperio Galáctico!

Dagoberto IX, rey de veinte mundos de rebeldes señoras y sombríos campesinos, era Emperador de la Galaxia y dueño del Universo.

Dagoberto IX tenía veinticinco años el sangriento día en que llegó a Neotrántor con su padre. En sus ojos y su mente seguían vivos la gloria y el poder del Imperio. Pero su hijo, que un día sería Dagoberto X, nació en Neotrántor.

Veinte mundos era todo lo que conocía.

El coche descubierto de Jord Commason era el mejor vehículo de su clase en todo Neotrántor, y, al fin y al cabo, era natural que fuera así. Commason no era solamente el mayor terrateniente de Neotrántor, sino que en tiempos pasados había sido el compañero y la mala inspiración de un joven príncipe heredero que se debatía bajo el dominio de un emperador de mediana edad. Y ahora era el compañero y también la mala inspiración de un príncipe heredero de mediana edad que odiaba y dominaba a un viejo emperador.

Jord Commason, en su coche aéreo con incrustaciones de nácar y adornos de oro, que hacían inútil un escudo de armas como identificación de su propietario, contemplaba las tierras y los kilómetros de campos de trigo que eran suyos, y las enormes trilladoras y segadoras que eran suyas, y los arrendatarios y jornaleros que eran suyos; y consideraba cautelosamente sus problemas.

Junto a él, su encorvado y envejecido chófer conducía delicadamente la nave a través de los vientos superiores y sonreía.

Jord Commason dijo:

—¿Recuerdas lo que te dije, Inchney?

Los finos y grises cabellos de Inchney ondeaban ligeramente al viento. Su sonrisa se acentuó, descubriendo su boca desdentada, y las arrugas verticales de sus mejillas se profundizaron como si guardase para sí un eterno secreto. El murmullo de su voz silbó entre sus escasos dientes:

—Lo recuerdo, señor, y he pensado en ello.

—¿Y a qué conclusión has llegado, Inchney? —En la pregunta había un tono de impaciencia.

Inchney recordaba que había sido joven y apuesto, y un señor del antiguo Trántor. Inchney recordaba que era un desfigurado anciano en Neotrántor, que vivía por gracia del señor Jord Commason y que correspondía a esta gracia prestando su sutil ingenio cuando era solicitado. Suspiró ligeramente.

—Es muy conveniente, señor, tener visitantes de la Fundación. En especial, señor, si vienen en una sola nave y entre ellos sólo hay un hombre apto para la lucha. ¿Serán bien acogidos?

—¡Bien acogidos! —exclamó sombríamente Commason—. Tal vez. Pero esos hombres son magos y podrían resultar peligrosos.

—¡Puf! —murmuró Inchney—. La neblina de la distancia oculta la verdad. La Fundación sólo es un mundo. Sus ciudadanos sólo son hombres. Si se les dispara, mueren.

Inchney seguía manteniendo el rumbo. Abajo, un río serpenteaba y despedía plateados destellos. Añadió:

—¿Y no hablan ahora de un hombre que mueve los mundos de la Periferia?

Commason se tornó suspicaz de improviso.

—¿Qué sabes tú de esto?

La sonrisa se desvaneció del rostro del chófer.

—Nada, señor. Ha sido una pregunta ociosa.

La vacilación de Commason fue breve. Dijo con brutal franqueza:

—Ninguna de tus preguntas es ociosa, y tu método de adquirir conocimientos puede que te cueste el pescuezo. Pero... ¡te lo diré! Ese hombre recibe el nombre de Mulo, y uno de sus súbditos estuvo aquí hace unos meses por... un asunto de negocios. Estoy esperando a otro... ahora... para concluirlo.

—¿Y estos recién llegados? ¿Son acaso los que espera?

—Carecen de la identificación que deberían tener.

—Se dice que la Fundación ha sido conquistada...

—Yo no te lo he dicho.

—Ha corrido la voz —continuó Inchney con frialdad—, y, si es cierto, entonces éstos pueden ser refugiados de la destrucción y sería aconsejable retenerles por amistad al Mulo.

—¿Tú crees? —Commason vacilaba.

—Además, señor, puesto que es bien sabido que el amigo del conquistador es la última víctima, resultaría una medida de defensa propia muy legítima. Porque existen cosas como las sondas psíquicas... y aquí tenemos cuatro cerebros de la Fundación. Hay muchos detalles de la Fundación que sería útil conocer, y muchos también acerca del Mulo. Y entonces la amistad del Mulo sería un poco menos dominante...

Commason, en la quietud de la atmósfera, volvió con un estremecimiento a su primera idea.

—Pero si la Fundación no ha caído, si los rumores son falsos... Se dice que está previsto que no puede caer.

—La época de los adivinos ha pasado, señor.

—Pero ¿y si no hubiera caído, Inchney? ¡Piénsalo! Si no hubiera caído... Es cierto que el Mulo me hizo promesas... —Había ido demasiado lejos, y retrocedió—: Mejor dicho, insinuó algo. Pero de la insinuación al hecho hay mucho trecho.

Inchney rió inaudiblemente.

—Desde luego que hay mucho trecho. No creo que haya nada más peligroso que una Fundación al extremo de la Galaxia.

—Además, está el príncipe —murmuró Commason, casi para sus adentros.

—¿También trata con el Mulo, señor?

Commason no fue capaz de ocultar su expresión complaciente.

—No enteramente. No como yo. Pero se está volviendo más díscolo, más incontrolable. Tiene un demonio en su interior. Si yo detengo a esta gente y él se la lleva para su propio uso, porque no le falta cierta astucia, yo aún no estoy preparado para pelearme con él. —Frunció el ceño y sus gordas mejillas se distendieron en una mueca de disgusto.

—Ayer vi a esos extranjeros durante un momento —dijo el canoso chófer sin venir a cuento—, y la mujer morena es muy extraña. Camina con la soltura de un hombre y su palidez contrasta notablemente con su oscura cabellera.

Había cierto ardor en el ronco murmullo de su voz, y Commason se volvió hacia él con repentina sorpresa.

—Creo que el príncipe —prosiguió Inchney— no encontraría desatinado un compromiso razonable. Usted podría quedarse con los otros si le dejara a la muchacha...

Commason se iluminó de alegría.

—¡Es una idea! ¡Es muy buena idea! ¡Inchney, vuelve atrás! Y si todo va bien, tú y yo discutiremos de nuevo la cuestión de tu libertad.

Con un sentido del simbolismo casi supersticioso, Commason encontró una Cápsula Personal esperándole en su estudio cuando regresó. Había llegado por una longitud de onda que muy pocos conocían. Commason sonrió con complacencia. El hombre del Mulo llegaría pronto, y la Fundación había caído realmente.

Los sueños nebulosos que Bayta había tenido de un palacio imperial no concordaban con la realidad, y en su interior sintió una vaga decepción. La habitación era pequeña, casi fea, casi ordinaria. El palacio ni siquiera podía compararse a la residencia del alcalde en la Fundación, y el propio Dagoberto IX...

Bayta tenía ideas *definidas* sobre el aspecto que debía tener un emperador. *No* debía parecer un abuelo benevolente. No debía ser delgado, canoso y arrugado... ni servir tazas de té con su propia mano como si estuviera ansioso por agradar a sus invitados.

Sin embargo, éste era así.

Dagoberto IX esbozó una sonrisa mientras servía el té a Bayta, que sostenía rígidamente la taza.

—Es un gran placer para mí, querida, disponer de un momento sin la presencia de cortesanos y sus ceremonias. Hace tiempo que no tenía la oportunidad de agasajar a visitantes de mis provincias exteriores. Ahora que soy viejo, mi hijo se ocupa de estos detalles. ¿No conocen a mi hijo? Es un muchacho estupendo, un poco testarudo quizá. Pero es que es joven. ¿Desea una cápsula aromatizada? ¿No?

Toran intentó una interrupción:

—Majestad Imperial...

—¿Sí?

—Majestad Imperial, no era nuestra intención imponeros nuestra presencia...

—Tonterías, no me imponen nada. Esta noche será la recepción oficial, pero hasta entonces estamos libres. Veamos, ¿de dónde han dicho que proceden? Creo que no hemos tenido una recepción oficial durante mucho tiempo. ¿Han dicho que vienen de la provincia de Anacreonte?

—¡De la Fundación, Majestad Imperial!

—¡Ah, sí!, la Fundación; ahora lo recuerdo. Pregunté dónde estaba; en la provincia de Anacreonte.

Nunca he estado allí. Mi médico me prohíbe los viajes largos. No recuerdo ningún informe reciente de mi virrey de Anacreonte. ¿Cómo está la situación allí? —concluyó ansiosamente.

—Señor —murmuró Toran—, no os traigo ninguna queja.

—Excelente. Felicitaré a mi virrey.

Toran miró con impotencia a Ebling Mis, que alzó su brusca voz:

—Señor, nos han dicho que necesitaremos vuestro permiso para visitar la Biblioteca Universal de la Universidad de Trántor.

—¿Trántor? —inquirió con extrañeza el emperador—. ¿Trántor? —Entonces cruzó su delgado rostro una expresión de dolor—. ¿Trántor? —murmuró—. Sí, ahora lo recuerdo. Estoy planeando volver allí con una escuadra de naves. Ustedes irán conmigo. Juntos destruiremos al rebelde Gilmer. ¡Juntos restauraremos el Imperio!

Enderezó su espalda curvada. Su voz había adquirido fuerza. Por un momento, su mirada fue dura. Entonces parpadeó y dijo en voz baja:

—Pero Gilmer ha muerto. Me parece recordar... ¡Sí, sí! ¡Gilmer ha muerto! Trántor también ha muerto... Por un instante pensé que... ¿De dónde han dicho que proceden?

Magnífico susurró a Bayta:

—¿Es realmente un emperador? Yo creía que los emperadores eran más grandes y más sabios que los hombres corrientes.

Bayta le indicó con una seña que callara. Intervino:

—Si Vuestra Majestad Imperial firmase una orden que nos permitiera ir a Trántor, ayudaríamos mucho a la causa común.

—¿A Trántor? —El Emperador vacilaba, sin comprender.

—Señor, el virrey de Anacreonte, en cuyo nombre hablamos, ha enviado la noticia de que Gilmer está vivo...

—¡Vivo! ¡Vivo! —exclamó Dagoberto—. ¿Dónde? ¡Significará la guerra!

—Majestad Imperial, aún no se puede divulgar. Su paradero es incierto. El virrey nos envía para comunicaros el hecho, y sólo en Trántor podremos encontrar su escondite. Cuando lo descubramos...

—Sí, sí.... hay que encontrarle... —El anciano Emperador fue tambaleándose hacia la pared y tocó la pequeña fotocélula con un dedo tembloroso. Murmuró, después de una pausa inútil—: Mis servidores no vienen. No puedo esperarles.

Escribió en una hoja de papel y terminó con una adornada «D». Dijo:

—Gilmer conocerá el poder de su Emperador. ¿De dónde han dicho que vienen? ¿De Anacreonte? ¿Cuál es la situación allí? ¿Tiene poder el nombre del Emperador?

Bayta tomó el papel de sus dedos inertes.

—Vuestra Majestad Imperial es amado por el pueblo. Vuestro amor por todos es bien conocido.

—Tendré que visitar a mi buena gente de Anacreonte, pero mi médico dice... No recuerdo lo que dice, pero... —Levantó la vista, y sus ojos grises eran agudos—. ¿Decían algo de Gilmer?

—No, Majestad Imperial.

—No seguirá avanzando. Regresen y díganselo a su pueblo. ¡Trántor resistirá! Mi padre dirige ahora la Flota, y el asqueroso rebelde de Gilmer se congelará en el espacio con su chusma homicida.

Se desplomó en un sillón y volvió a mirar con ojos ausentes.

—¿Qué estaba diciendo?

Toran se levantó e hizo una profunda reverencia.

—Vuestra Majestad Imperial ha sido bondadoso con nosotros, pero ya ha pasado el tiempo concedido a nuestra audiencia...

Por un momento, Dagoberto IX pareció un verdadero emperador cuando se levantó y esperó, erguido, a que sus visitantes se retirasen uno a uno hacia la puerta, caminando hacia atrás...

... y entonces intervinieron veinte hombres armados, que formaron un círculo a su alrededor.

Un arma relampagueó...

Bayta recobró el conocimiento paulatinamente, pero carente de la sensación de no saber dónde estaba. Recordó claramente al extraño anciano que se llamaba a sí mismo emperador, y a los otros hombres que esperaban fuera. El picor artrítico que sentía en las articulaciones de los dedos significaba que había sido el blanco de un rayo paralizante. Mantuvo los ojos cerrados y escuchó con atención las voces que apenas si oía.

Había dos. Una era lenta y cautelosa, con una insidia que se ocultaba bajo su tono afable. La otra era ronca y espesa, como la de un borracho, y salía en aparentes viscosos chorros. A Bayta no le gustó ninguna de las dos.

La voz espesa predominaba. Bayta captó las últimas palabras:

—Ese viejo loco vivirá eternamente. Me fastidia. Commason, tengo que conseguirlo. Yo también envejezco.

—Alteza, veamos primero si esa gente puede sernos útil. Es posible que obtengamos fuentes de fuerza distintas de la que su padre aún retiene.

La voz espesa se perdió en un murmullo. Bayta sólo oyó las palabras «la chica», pero la otra voz complaciente se fundió en una carcajada seguida de una frase confidencial, casi de camarada:

—Dagoberto, usted no envejece. Miente quien diga que no es un jovencito de veinte años.

Se rieron juntos, y la sangre de Bayta se heló en sus venas. Dagoberto, alteza... El viejo Emperador había hablado de un hijo testarudo, y la implicación de los susurros le resultó ahora de una alarmante claridad. Pero semejantes cosas no sucedían a la gente en la vida real...

Oyó de pronto la voz de Toran, que profería una lenta y dura maldición.

Abrió los ojos, y Toran, que la estaba mirando, expresó un inmenso alivio. Dijo con fiereza:

—¡Este acto de vandalismo será castigado por el Emperador! ¡Soltadnos!

Bayta se dio cuenta de que sus muñecas y tobillos estaban fijos a la pared y al suelo por un intenso campo de atracción.

La voz espesa se acercó a Toran. El hombre era barrigudo, sus párpados estaban hinchados y sus cabellos eran escasos. Había una alegre pluma en su sombrero de pico, y en los bordes de su jubón lucía un bordado de espuma de metal plateada. Se burló con pérfida diversión:

—¿El Emperador? ¿El pobre y loco Emperador?

—Tengo su pase. Ningún súbdito puede entorpecer nuestra libertad.

—Pero yo no soy un súbdito, basura del espacio. Soy el regente y príncipe heredero, y tienes que hablarme como a tal. En cuanto al bobalicón de mi padre, le divierte tener visitas de vez en cuando, y nosotros le seguimos la corriente. Halaga su vanidad imperial. Pero, como es natural, la cosa carece de cualquier otro significado.

Entonces se plantó delante de Bayta, y ella alzó la

vista con desdén. Se le acercó y ella notó que su aliento olía fuertemente a menta.

El hombre dijo:

—Tiene los ojos bonitos, Commason; es aún más hermosa cuando los abre. Creo que servirá. Será un manjar exótico para un paladar ahíto, ¿no crees?

Toran intentó fútilmente ponerse en pie, pero el príncipe heredero le ignoró. Bayta sintió que un escalofrío recorría todo su cuerpo. Ebling Mis continuaba inconsciente, con la cabeza colgando sobre el pecho, pero en cambio Magnífico, como Bayta comprobó con una sensación de sorpresa, tenía los ojos abiertos, muy abiertos, como si hubiera estado despierto desde hacía ya mucho rato. Sus grandes ojos marrones miraban a Bayta con fijeza, y entonces susurró, moviendo la cabeza en dirección del príncipe heredero:

—Ése tiene mi Visi-Sonor.

El príncipe heredero se volvió en redondo al oír la nueva voz.

—¿Esto es tuyo, monstruo?

Se descolgó el instrumento del hombro, donde lo había llevado suspendido por su correa verde sin que Bayta lo advirtiera. Lo palpó torpemente, intentó hacer sonar una cuerda y no lo consiguió.

—¿Sabes tocarlo, monstruo?

Magnífico asintió una vez con la cabeza.

Toran dijo de improviso:

—Han disparado contra una nave de la Fundación. Si su padre no nos venga, la Fundación lo hará.

El otro, Commason, contestó lentamente:

—¿*Qué* Fundación? ¿O es que el Mulo ya no es el Mulo?

No hubo respuesta, a esta pregunta. La sonrisa del príncipe mostró unos dientes desiguales. El campo de atracción del bufón fue neutralizado, y le ayudaron a empujones a ponerse en pie. Con un golpe le pusieron el instrumento en las manos.

—Toca para nosotros, monstruo —ordenó el príncipe—. Toca una serenata de amor y de belleza para esta dama extranjera que tenemos aquí. Dile que la prisión de mi padre no es ningún palacio, pero que puedo llevarla a uno donde nadará en agua de rosas... y conocerá el amor de un príncipe.

Colocó un grueso muslo sobre la mesa de mármol y balanceó perezosamente una pierna, mientras su fatua y sonriente mirada llenaba a Bayta de silenciosa furia. Los músculos de Toran luchaban contra el campo de atracción, en un esfuerzo tremendo. Ebling Mis se movió y emitió un gemido.

Magnífico jadeó:

—Mis dedos están rígidos...

—¡Toca, monstruo! —rugió el príncipe. Las luces disminuyeron su intensidad a un gesto de Commason, y el príncipe cruzó los brazos y esperó.

Magnífico hizo correr los dedos en rápidos y rítmicos saltos de un extremo a otro del instrumento de múltiples teclas, y un repentino arco iris de luz inundó la habitación. Sonó un tono bajo y suave, tembloroso y atemorizado, que enseguida se convirtió en una risa triste, acompañada por un sordo doblar de campanas.

La penumbra pareció intensificarse. La música llegó a Bayta como a través de los pliegues de invisibles mantas. Una luz deslumbradora la alcanzó desde las profundidades, como si un foco estuviese encendido en el fondo de un pozo.

Automáticamente, los ojos de Bayta se agrandaron. La luz se incrementó, pero continuó siendo difusa. Se movió en remolinos, en colores confusos, y la música se hizo repentinamente clamorosa y maligna, aumentando de volumen. La luz oscilaba, siguiendo el rápido y alevoso ritmo. Algo se retorcía dentro de la luz, algo que tenía escamas metálicas y venenosas... y la música se retorcía al unísono.

Bayta luchaba contra una extraña emoción, y entonces se sintió atrapada en una angustia mental que le recordó las horas pasadas en la Bóveda del Tiempo y los últimos días en Haven. Era la misma red viscosa y terrible del horror y la desesperación. Bayta se rindió a aquella opresión.

La música sonaba a su alrededor, riendo espantosamente, y aquel terror oscilante, como si mirara por el extremo opuesto de un telescopio, quedó abandonado en un pequeño círculo de luz cuando ella lo esquivó febrilmente. Su frente estaba húmeda y fría.

La música cesó. Debió de durar unos quince minutos, y su ausencia llenó a Bayta de indescriptible placer. La luz volvió a su volumen normal, y la cara de Magnífico, sudorosa, lúgubre, de ojos muy abiertos, se acercó a ella.

—Mi señora —jadeó—, ¿cómo se siente?

—No muy mal —murmuró ella—. Pero ¿por qué has tocado de ese modo?

Bayta miró a los restantes ocupantes de la habitación. Toran y Mis se hallaban tendidos, impotentes, contra la pared. El príncipe yacía en extraña posición debajo de la mesa. Commason emitía sonidos salvajes y lastimeros con la boca abierta de par en par.

Commason se encogió de miedo y vociferó cuando Magnífico dio un paso hacia él.

Magnífico dio media vuelta y, en un momento liberó a los demás.

Toran se puso en pie y agarró por el cuello al terrateniente.

—Usted vendrá con nosotros. Le necesitaremos para llegar a nuestra nave.

Dos horas después, en la cocina de la nave, Bayta

sirvió un enorme pastel, y Magnífico celebró el retorno al espacio atacándolo con total desprecio de la buena educación.

—¿Es bueno, Magnífico?

—¡Hum-m-m-m!

—Magnífico...

—¿Sí, mi señora?

—¿Qué fue lo que tocaste?

El bufón se retorció.

—Yo... prefiero no decirlo. Lo aprendí una vez, y el Visi-Sonor produce un profundo efecto sobre el sistema nervioso. Ciertamente fue una cosa mala y no apta para su dulce inocencia, mi señora.

—¡Oh!, vamos, vamos, Magnífico. No soy tan inocente. No me halagues así. ¿Vi yo algo parecido a lo que vieron ellos?

—Espero que no. Yo lo toqué sólo para ellos. Si usted lo vio, fue sólo por los bordes y desde lejos.

—Y fue suficiente. ¿Sabes que derribaste al príncipe?

Magnífico habló con voz sombría mientras masticaba un trozo de pastel:

—Le he matado, mi señora.

—¿Que? —exclamó Bayta, esforzándose por tragar.

—Estaba muerto cuando dejé de tocar; de otro modo, hubiese continuado tocando. No me preocupaba Commason. Su mayor amenaza era la muerte o la tortura. Pero, mi señora, ese príncipe la miraba con malas intenciones, y... —Se interrumpió en un acceso de indignación y timidez.

Bayta sintió que la asaltaban ideas muy extrañas, y las desechó con severidad.

—Magnífico, tienes un alma galante.

—¡Oh, mi señora! —Acercó su roja nariz al pastel, pero no comió.

Ebling Mis miraba fijamente por la portilla. Trántor estaba cerca; su brillo metálico era tremendamente intenso. Toran se encontraba al lado de Mis, y murmuró con amargura:

—Hemos venido para nada, Ebling. El hombre del Mulo nos precede.

Ebling Mis se frotó la frente con una mano que parecía haber perdido su antigua redondez. Su voz era un murmullo ininteligible.

Toran estaba furioso.

—Digo que esta gente sabe que la Fundación ha caído. Digo que...

—¿Cómo? —Mis le miró, perplejo. Entonces puso la mano con suavidad sobre la muñeca de Toran, habiendo olvidado completamente la conversación previa—. Toran, yo... He estado contemplando Trántor. Tengo una sensación muy singular... desde que llegamos a Neotrántor. Es como un ímpetu arrollador que me empuja y crece dentro de mí. Toran, puedo hacerlo, sé que puedo hacerlo. Las cosas están adquiriendo claridad en mi mente... nunca han sido tan claras.

Toran le miró fijamente... y se encogió de hombros. No comprendía el significado de aquellas palabras. Preguntó:

—¿Mis?

—¿Qué?

—¿No vio usted una nave aterrizando en Neotrántor cuando nos marchamos?

Mis reflexionó un instante.

—No.

—Yo, sí. Tal vez fue imaginación, pero podría haber sido aquella nave filiana.

—¿La que llevaba al capitán Han Pritcher?

—El espacio sabe a quién llevaba. Según Magnífico, era el capitán... Nos ha seguido hasta aquí, Mis.

Ebling Mis no dijo nada.

Toran exclamó con inquietud:

—¿Le ocurre algo? ¿No se siente bien?

Los ojos de Mis eran pensativos, luminosos y extraños. No contestó.

23. LAS RUINAS DE TRÁNTOR

La localización de un objetivo en el gran mundo de Trántor presenta un problema único en la Galaxia. No hay continentes ni océanos que identificar desde mil quinientos kilómetros de distancia; no hay ríos, lagos ni islas que puedan verse a través de las nubes.

El mundo cubierto de metal era —había sido— una ciudad colosal, y únicamente el viejo palacio imperial podía ser identificado fácilmente por un extranjero desde el espacio exterior. La *Bayta* describió círculos sobre el mundo, casi a la misma altura que lo acostumbraba a hacer un coche aéreo, en su repetida y afanosa búsqueda.

Desde las regiones polares, donde la capa de hielo que cubría las torres de metal era una sombría evidencia del deterioro o abandono de la maquinaria acondicionadora del clima, se dirigieron hacia el sur. Ocasionalmente podían experimentar con las correlaciones —o presuntas correlaciones— entre lo que veían y lo que mostraba el mapa incompleto obtenido en Neotrántor.

Pero fue inconfundible cuando lo encontraron. La

grieta en la capa de metal del planeta tenía setenta kilómetros. El insólito follaje se extendía sobre ciertos de kilómetros cuadrados, en cuyo centro se ocultaba la delicada gracia de las antiguas residencias imperiales.

La nave *Bayta* revoloteó y se orientó lentamente. Sólo las enormes supercalzadas podían guiarles. Largas y rectas flechas en el mapa; lisas y resplandecientes cintas en la superficie que había debajo de ellos.

Llegaron por cálculo aproximado a lo que en el mapa figuraba como el área de la Universidad, y la nave descendió sobre lo que un día debió ser un bullicioso cosmódromo.

Fue cuando se sumergieron en el océano de metal que la aparente belleza vista desde el aire se transformó en las tétricas ruinas que quedaron tras el Gran Saqueo. Las torres estaban truncadas, los lisos muros tenían grandes agujeros, y vieron por un instante un área de tierra desnuda, oscura y arada, que debía tener varios centenares de hectáreas.

Lee Senter esperó a que la nave se posara cautelosamente. Era una nave extraña, que no procedía de Neotrántor; en su interior exhaló un suspiro. Las naves extranjeras y los tratos confusos con hombres del espacio exterior podían significar el fin de los cortos días de paz, un retorno a los viejos y grandiosos tiempos de batallas y muerte. Senter era el jefe del Grupo; los libros antiguos estaban a su cargo y había leído sobre los tiempos en que fueron editados. No quería que volvieran.

Tal vez transcurrieron diez minutos hasta que la extraña nave quedó definitivamente posada en la llanura, y durante ese tiempo le asaltaron recuerdos de aquellos lejanos días. Vio primero la inmensa granja de su infancia, que perduraba en su memoria como el lugar donde trabajaba mucha gente. Luego vio la emigración de las familias jóvenes hacia nuevas tierras.

Entonces él contaba diez años; era hijo único, y estaba perplejo y asustado.

Después, los edificios nuevos; las grandes planchas metálicas que tuvieron que ser retiradas y partidas; la tierra que quedó al descubierto tuvo que ser trabajada, abonada y reforzada; las viejas construcciones fueron derribadas y algunas transformadas en viviendas.

Hubo que sembrar y recoger la cosecha; establecer relaciones pacíficas con las granjas vecinas...

Hubo crecimiento y expansión bajo la tranquila eficiencia del autogobierno. Llegó una nueva generación de niños fuertes nacidos en aquellas tierras. Y, por fin, el gran día en que fue elegido jefe del Grupo; y por primera vez desde que cumpliera dieciocho años no se afeitó y contempló cómo aparecía el primer vello de su Barba de Jefe.

Y ahora aquella intrusión podía poner fin al breve idilio del aislamiento...

La nave aterrizó. Vio en silencio cómo se abría el portillo. Salieron cuatro personas, cautelosas y vigilantes. Había tres hombres, diferentes, extraños; uno viejo, uno joven, otro flaco y narigudo. Y una mujer que caminaba junto a ellos como su igual. Se tocó la negra y poblada barba mientras salía a su encuentro.

Hizo el gesto universal de paz, adelantando ambas manos, con las duras y encallecidas palmas hacia arriba.

El joven se acercó dos pasos e imitó su gesto.

—Vengo en son de paz.

El acento era extraño, pero las palabras fueron comprensibles y amables. Replicó con voz profunda:

—Que así sea. Sed bien venidos a la hospitalidad del Grupo. ¿Tenéis hambre? Comeréis. ¿Tenéis sed? Beberéis.

Lentamente llegó la respuesta:

—Agradecemos tu bondad y daremos un buen informe de tu Grupo cuando volvamos a nuestro mundo.

Una respuesta extraña, pero buena. Tras él, los hombres del Grupo sonreían, y las mujeres aparecieron frente a los huecos de los edificios circundantes.

En su propia morada, sacó de su escondite la caja de cristal cerrada con llave y ofreció a cada uno de sus huéspedes los largos y gruesos cigarros reservados para las grandes ocasiones. Delante de la mujer, vaciló. Se había sentado entre los hombres. Era evidente que los extranjeros permitían, incluso esperaban, aquella desfachatez. Rígidamente, le ofreció la caja.

Ella aceptó uno con una sonrisa, y aspiró el humo aromático con toda la fruición que era de esperar. Lee Senter reprimió una escandalizada emoción.

La conversación, forzada, que precedió a la comida, versó cortésmente sobre el tema agrícola de Trántor.

Fue el viejo quien preguntó:

—¿Y las instalaciones hidropónicas? Seguramente, en un mundo como Trántor, podrían ser la solución.

Senter meneó la cabeza con lentitud. Se sentía inseguro. Sus conocimientos sólo se referían a los libros que había leído.

—¿Está hablando de un cultivo artificial con productos químicos? No, no sirve en Trántor. Estas instalaciones requieren un mundo industrial, por ejemplo, una gran industria química. Y en la guerra o el desastre, cuando la industria se paraliza, la gente se muere de hambre. Además, no todos los alimentos pueden cultivarse artificialmente. Algunos pierden su poder nutritivo. El suelo es barato, aún mejor, y siempre es más seguro.

—¿Y su cosecha de alimentos es suficiente?

—Suficiente, sí; tal vez sea monótona. Tenemos gallinas ponedoras y animales que nos dan leche; pero nuestro suministro de carne depende de nuestro comercio exterior.

—¿Comercio? —El joven pareció repentinamente interesado—. Así que ustedes comercian. Pero ¿qué exportan?

—Metal —fue la tajante respuesta—. Mire a su alrededor. Tenemos una cantidad inagotable, y ya fabricada. Vienen con naves desde Neotrántor, derriban el área indicada, con lo cual aumenta nuestro suelo cultivable, y nos dejan a cambio carne, fruta enlatada, concentrados de alimentos, maquinaria agrícola, etc. Se llevan el metal y las dos partes salimos ganando.

Comieron pan y queso, y un estofado de verduras que era realmente delicioso. Mientras comían el postre de fruta congelada, el único elemento importado del menú, los extranjeros fueron, por primera vez, algo más que meros huéspedes. El joven mostró un mapa de Trántor.

Lee Senter lo estudió con calma. Escuchó y replicó gravemente:

—Los terrenos de la Universidad son un área estática. Nosotros los granjeros no cultivamos en ella. Incluso preferimos no pisarla. Es una de las escasas reliquias del pasado que deseamos conservar intacta.

—Nosotros buscamos la ciencia. No tocaríamos nada. Nuestra nave sería nuestro rehén —propuso el viejo, ansiosa y febrilmente.

—Entonces, les llevaré hasta allí —dijo Senter.

Aquella noche los extranjeros durmieron, y mientras tanto Lee Senter envió un mensaje a Neotrántor.

24. EL CONVERSO

La escasa vida de Trántor se extinguió cuando se introdujeron entre los espaciados edificios del campus de la Universidad. Reinaba un silencio solemne y solitario.

Los extranjeros de la Fundación no sabían nada de los agitados días y noches del sangriento Saqueo, que había dejado intacta la Universidad. No sabían nada de la época posterior al colapso del poder imperial, cuando los estudiantes, con armas prestadas y un valor inusitado, formaron un ejército de voluntarios para proteger el santuario de la ciencia de la Galaxia. No sabían nada de la lucha de los Siete Días y del armisticio que liberaba a la Universidad cuando incluso en el palacio imperial resonaban las botas de Gilmer y sus soldados durante el breve intervalo de su dominación.

Los de la Fundación, al acercarse por primera vez, comprendieron solamente que, en un mundo de transición entre lo viejo y podrido y lo esforzadamente nuevo, este área era una tranquila y delicada pieza de museo de antigua grandeza.

En cierto sentido, eran intrusos. El vacío grande y

solemne rechazaba su presencia. La atmósfera académica parecía vivir aún y temblar airadamente ante su intrusión.

La biblioteca era un edificio de pequeñas dimensiones que en su parte subterránea alcanzaba una enorme extensión de silencio y ensueño. Ebling Mis se detuvo ante los elaborados murales de la sala de recepción.

Murmuró (allí era preciso hablar en susurros):

—Creo que nos hemos dejado atrás la sala de los catálogos. Voy a ver si la encuentro. —Tenía la frente enrojecida y su mano temblaba—. No debo ser molestado, Toran. ¿Me bajarás la comida allí?

—Lo que usted diga. Haremos cuanto sea necesario para ayudarle. ¿Quiere que trabajemos con usted?

—No. Debo estar solo...

—¿Cree que conseguirá lo que quiere?

Ebling Mis replicó con tranquila certidumbre:

—¡Estoy seguro de ello!

Toran y Bayta estuvieron más cerca de «montar una casa» de la forma normal que en cualquier otro momento del tiempo que llevaban casados. Era una especie extraña de «montar una casa». Vivían rodeados de grandeza con una sencillez inapropiada. Su alimento procedía en gran parte de la granja de Lee Senter, y lo pagaban con los pequeños utensilios atómicos de que disponía la nave de cualquier comerciante.

Magnífico aprendió a utilizar los proyectores de la sala de lectura y pasaba las horas leyendo novelas de aventuras y romances de amor, absorto hasta el punto de olvidarse de comer y dormir, como le sucedía a Ebling Mis.

En cuanto a Ebling, estaba completamente aislado. Había insistido en que le instalaran una hamaca en la Sala de Psicología. Su rostro adelgazó y empalideció. Su voz fue perdiendo su fuerza acostumbrada, y olvidó sus maldiciones preferidas. Había momentos en que parecía luchar para reconocer a Toran o a Bayta.

Era más él mismo cuando estaba con Magnífico, que le llevaba las comidas y a menudo se sentaba a contemplarle durante horas con una extraña y fascinada atención, mientras el anciano psicólogo transcribía larguísimas ecuaciones, buscaba referencias en interminables libros audiovisuales, y se paseaba de un lado a otro entregado a un salvaje esfuerzo mental cuyo objetivo sólo él conocía.

Toran tropezó con Bayta en la habitación oscura, y exclamó:

—¡Bayta!

Ella le miró con expresión de culpabilidad.

—¿Qué? ¿Me buscabas, Torie?

—Claro que te buscaba. ¿Qué diablos estás haciendo aquí? Estás actuando de un modo extraño desde que llegamos a Trántor. ¿Qué te pasa?

—¡Oh, Torie, calla! —contestó con gesto de cansancio.

—¡Oh, Torie, calla! —repitió él en son de burla. Y luego, con repentina suavidad—: ¿No quieres decirme qué te pasa, Bay? Algo te preocupa.

—¡No! No me preocupa nada, Torie. Si continúas acusándome, me volverás loca. Sólo estoy... pensando.

—¿Pensando en qué?

—En nada. Bueno, en el Mulo, en Haven, en la Fundación, en todo un poco. En Ebling Mis y si encontrará algo sobre la Segunda Fundación; y si representará una ayuda el hecho de que lo encuentre... y un millón de otras cosas. ¿Satisfecho? —Su voz tenía un timbre de agitación.

—Si sólo estás pensando, ¿te importaría dejar de hacerlo? No es agradable y no mejora la situación.

Bayta se puso en pie y sonrió débilmente.

—Muy bien, soy feliz. Mira, sonrío y estoy alegre.

La voz de Magnífico gritó con ansiedad en el umbral:

—¡Mi señora...!

—¿Qué ocurre? Pasa...

La voz de Bayta se ahogó de repente cuando en el umbral apareció el robusto y severo...

—¡Pritcher! —exclamó Toran.

Bayta tartamudeó:

—¡Capitán! ¿Cómo nos ha encontrado?

Han Pritcher entró en la habitación. Su voz era clara y tranquila, y totalmente desprovista de emoción.

—Ahora ostento el rango de coronel... a las órdenes del Mulo.

—¡A las órdenes del... Mulo! —repitió Toran. Los tres se quedaron inmóviles.

Magnífico le miró fijamente y se escondió detrás de Toran. Nadie reparó en él.

Bayta dijo, juntando fuertemente sus manos temblorosas:

—¿Va a arrestarnos? ¿De verdad se ha pasado a ellos?

El coronel contestó rápidamente:

—No he venido a arrestarles. Mis instrucciones no hacen mención a ninguno de ustedes. En este caso, soy libre de hacer lo que quiera, y, si me lo permiten, me gustaría evocar nuestra vieja amistad.

El rostro de Toran expresaba una furia reprimida.

—¿Cómo me ha encontrado? ¿De modo que estaba en la nave filiana? ¿Nos siguió?

La impasibilidad del rostro de Pritcher esbozó un leve desconcierto.

—Estaba en la nave filiana. Pero les encontré... bueno, por casualidad.

—Es una casualidad matemáticamente imposible.

—No. Es sólo improbable, así que deben creerme. En cualquier caso, ustedes admitieron ante los filianos (por supuesto, la nación de Filia no existe en realidad) que se dirigían al sector de Trántor, y como el Mulo ya tiene contactos en Neotrántor, era fácil detenerles allí. Por desgracia, ustedes se marcharon antes de mi llegada, un poco antes. Tuve tiempo de ordenar a las granjas de Trántor que me advirtieran de su presencia aquí. Así lo hicieron, y por eso he venido. ¿Puedo sentarme? Vengo como amigo, créanme.

Tomó asiento. Toran bajó la cabeza. Con una entumecida falta de emoción, Bayta preparó el té.

Toran alzó bruscamente la vista.

—Bien, ¿a qué está esperando, *coronel*? ¿En qué consiste su amistad? Si no es un arresto, ¿qué es? ¿Acaso piensa custodiarnos? Llame a sus hombres y dé las órdenes oportunas.

Pacientemente, Pritcher meneó la cabeza.

—No, Toran. He venido por propia voluntad a hablar con ustedes, a persuadirles de la inutilidad de lo que están haciendo. Si fracaso, me iré. Eso es todo.

—¿Eso es todo? Pues bien, vomite su propaganda, pronuncie su discurso y váyase. Yo no quiero té, Bayta.

Pritcher aceptó una taza con una grave frase de agradecimiento. Mientras bebía a sorbos miró a Toran con fuerza serena. Entonces dijo:

—El Mulo *es* un mutante. No puede ser vencido por la naturaleza de su mutación...

—¿Por qué? ¿Cuál es su mutación? —preguntó Toran con sarcasmo—. Supongo que ahora puede decírnoslo, ¿no?

—Sí, se lo diré. El hecho de que ustedes lo sepan no le perjudicará. Verán... es capaz de dirigir el equilibrio emocional de los seres humanos. Parece un pequeño truco, pero es totalmente efectivo.

Bayta interrumpió:

—¿El equilibrio emocional? —Frunció el ceño—. ¿Quiere explicarnos eso? No lo entiendo del todo.

—Quiero decir que es fácil para él inspirar, por ejemplo, en un general, la emoción de completa lealtad al Mulo y de completa fe en la victoria del Mulo. Sus generales están controlados emocionalmente. No pueden traicionarle, no pueden flaquear... y el control es permanente. Sus enemigos más inteligentes se convierten en sus más fieles subordinados. El señor guerrero de Kalgan le entregó su planeta y se convirtió en virrey de la Fundación.

—Y usted —añadió amargamente Bayta— traiciona su causa y se convierte en el enviado del Mulo en Trántor. ¡Comprendo!

—No he terminado. La facultad del Mulo funciona a la inversa todavía con mayor efectividad. ¡El desespero es una emoción! En el momento crucial, hombres clave de la Fundación, hombres clave de Haven, se desesperaron. Sus mundos cayeron sin apenas luchar.

—¿Quiere usted decir —preguntó tensamente Bayta— que la sensación que me invadió en la Bóveda del Tiempo fue provocada por el Mulo, que controlaba mi estado emocional?

—Sí, y el mío, y el de todos. ¿Qué pasó en Haven cuando se acercaba el fin?

Bayta miró hacia otra parte.

El coronel Pritcher continuó con vehemencia:

—Del mismo modo que actúa sobre los mundos, actúa sobre los individuos. ¿Podría usted luchar contra una fuerza capaz de hacer que se rinda voluntariamente en un momento determinado? ¿Capaz de convertirle en un fiel servidor cuando se le antoja?

Toran preguntó con lentitud:

—¿Cómo puedo saber si todo esto es cierto?

—¿Puede explicar la caída de la Fundación y de Haven de alguna otra manera? ¿Puede explicar mi conversión? ¡Reflexione, hombre! ¿Qué hemos hecho usted o yo, o toda la Galaxia en todo este tiempo, contra el Mulo? ¿Hemos hecho algo, aunque sea poca cosa?

Toran aceptó el reto.

—¡Por la Galaxia que puedo explicarlo! —Y gritó con repentina y fiera satisfacción—: Su maravilloso Mulo tiene contactos con Neotrántor que, según usted, debieran habernos detenido, ¿verdad? Esos contactos ya no existen. Nosotros matamos al príncipe heredero y convertimos al otro en un idiota inútil. El Mulo no nos detuvo allí ni pudo hacer nada contra nosotros.

—No, no, de ninguna manera. Ésos no eran nuestros hombres. El príncipe heredero era una mediocridad, y borracho por añadidura. El otro hombre, Commason, es totalmente estúpido. Tenía poder en su mundo, pero eso no le impidió ser vicioso, malévolo y por completo incompetente. No teníamos nada que ver con ellos. En cierto sentido marionetas...

—Pero fueron ellos quienes nos detuvieron, o lo intentaron.

—Se equivoca de nuevo. Commason tenía un esclavo personal, un hombre llamado Inchney. La idea de su detención fue *suya*. Es viejo, pero servirá para nuestros propósitos momentáneos. Ustedes no habrían podido matarle.

Bayta se encaró con el coronel. No había tocado su taza de té.

—Pero, según usted mismo ha confesado, sus emociones están controladas. Tiene fe en el Mulo, una fe antinatural y *enfermiza* en el Mulo. ¿Qué valor tienen sus opiniones? Ha perdido toda su capacidad de pensar objetivamente.

—Está usted en un error. —El coronel negó lentamente con la cabeza—. Sólo las emociones me han sido dictadas. Mi razón es la misma de siempre. Puede ser influenciada hacia cierta dirección por mis emociones dirigidas, pero no es *forzada*. Y hay algunas cosas que puedo ver más claramente ahora que estoy libre de mi anterior tendencia emocional. Puedo ver que el programa del Mulo es inteligente y práctico. Desde que he sido... convertido, he seguido su carrera desde su comienzo, hace siete años. Con su poder mental mutante empezó venciendo a un caudillo y a su banda. Después conquistó un planeta. Con eso, y su poder, extendió su influencia hasta que pudo vencer al señor guerrero de Kalgan. Cada uno de sus pasos siguió al anterior de manera lógica. Con Kalgan en el bolsillo, tuvo en sus manos una flota de primera clase, y con eso, y su poder, pudo atacar a la Fundación. La Fundación es la clave. Es el área de mayor concentración industrial de la Galaxia, y ahora que las técnicas atómicas de la Fundación están en sus manos, es el verdadero dueño de la Galaxia. Con esas técnicas, y su poder, puede obligar a los restos del Imperio a reconocer su dominio, y eventualmente, cuando muera el viejo Emperador, que está loco y no vivirá mucho tiempo, a coronarle Emperador. Entonces lo será de nombre y no sólo de hecho. Con eso, y su poder, ¿dónde está el mundo de la Galaxia que pueda hacerle frente? En estos últimos siete años ha establecido un nuevo imperio. En otras palabras: en siete años habrá realizado lo que toda la psicohistoria de Seldon no podría haber hecho en menos de setecientos. La Galaxia disfrutará por fin de paz y de orden. Y ustedes no podrían detenerlo, como no podrían detener con sus hombros el curso de un planeta.

Un largo silencio siguió al discurso de Pritcher. El resto de su té se había enfriado. Vació su taza, la volvió a llenar y bebió lentamente. Toran se mordía la uña del pulgar. El rostro de Bayta era frío, distante y lívido.

Entonces Bayta dijo con voz débil:

—No estamos convencidos. Si el Mulo desea que vivamos, que venga aquí y nos influya él mismo. Usted luchó contra él hasta el último momento de su conversión, ¿no es verdad?

—En efecto —afirmó solemnemente Pritcher.

—Entonces concédanos el mismo privilegio.

El coronel Pritcher se levantó. Con tono decidido e irrevocable, dijo:

—En este caso, me voy. Como he dicho antes, mi actual misión no les concierne en modo alguno. Por consiguiente, no creo que sea necesario informar de su presencia aquí. No se trata de un gran favor. Si el Mulo desea detenerles, sin duda dispone de otros hombres para hacer el trabajo, y ellos les detendrán. Pero, aunque no sirva de nada, yo no contribuiré a menos que reciba una orden.

—Gracias —musitó Bayta.

—¿Y Magnífico? ¿Dónde está? Sal de ahí, Magnífico, no te haré ningún daño...

—¿Qué hay de él? —preguntó Bayta con repentina animación.

—Nada. Mis instrucciones tampoco le mencionan. He oído decir que le buscan, pero el Mulo le encontrará cuando le convenga. Yo no diré nada. ¿Quieren estrechar mi mano?

Bayta negó con la cabeza. Toran le miró con furioso desprecio. El coronel bajó casi imperceptiblemente los hombros. Se fue hacia la puerta, y allí se volvió y dijo:

—Una última cosa. No crean que desconozco el motivo de su terquedad. Se sabe que están buscando la Segunda Fundación. El Mulo tomará sus medidas a su debido tiempo. Nada puede ayudarles... Pero yo les conocí en otros tiempos y tal vez haya algo en mi conciencia que me ha impulsado a hacer esto; en cualquier caso, he tratado de ayudarles y evitarles el peligro final antes de que fuera demasiado tarde. Adiós.

Se cuadró rígidamente... y desapareció.

Bayta se volvió hacia Toran y murmuró:

—Incluso están enterados de lo de la Segunda Fundación.

En la escondida biblioteca, Ebling Mis, ajeno a todos, se acurrucaba bajo un rayo de luz en la penumbra de la enorme sala, y mascullaba triunfalmente para sí.

25. LA MUERTE DE UN PSICÓLOGO

A partir de entonces, a Ebling Mis sólo le quedaban dos semanas de vida.

Y en aquellas dos semanas, Bayta estuvo con él tres veces. La primera fue la noche que siguió a la visita del coronel Pritcher. La segunda fue a la semana siguiente, y la tercera también una semana después —el último día—, el día en que Mis murió.

La primera vez, cuando se hubo ido el coronel Pritcher, Toran y Bayta, anonadados, pasaron una hora meditando, dando vueltas a los mismos problemas. Bayta dijo:

—Torie, hemos de decírselo a Ebling.

Toran repuso con voz átona:

—¿Crees que puede ayudarnos?

—Nosotros sólo somos dos. Compartiremos la carga con él. Tal vez se le ocurra algo.

—Ha cambiado —observó Toran—. Ha perdido peso. Está un poco desorientado, como ausente. —Movió los dedos en el aire, metafóricamente—. A veces pienso que no puede servirnos de mucho, y otras creo que nada puede servirnos.

—¡No digas eso! —gritó Bayta—. ¡Torie, no digas eso! Cuando te oigo me da la impresión de que el Mulo nos está captando. Digámoselo a Ebling, Torie, ¡ahora mismo!

Ebling Mis levantó la vista de los libros que tenía sobre el largo escritorio y les miró, parpadeando, mientras se acercaban. Sus cabellos estaban desgreñados, y sus labios emitían sonidos ininteligibles.

—¿Eh? —preguntó—. ¿Alguien me busca?

Bayta se arrodilló.

—¿Le hemos despertado? ¿Quiere que nos vayamos?

—¿Irse? ¿Quién es? ¿Bayta? ¡No, no, quédate! ¿No hay sillas? Las he visto en alguna parte... —Y señaló vagamente con un dedo.

Toran acercó dos sillas. Bayta se sentó y tomó entre las suyas las manos fláccidas del psicólogo.

—¿Podemos hablar con usted, doctor? —Raramente usaba el título.

—¿Ocurre algo malo? —Las mejillas de Mis recuperaron algo de color—. ¿Ocurre algo malo?

Bayta contestó:

—Ha venido el capitán Pritcher. Déjame hablar a mí, Torie. ¿Recuerda al capitán Pritcher, doctor?

—Sí..., sí... —Se pellizcó los labios y los soltó—. Es un hombre alto. Un demócrata.

—Sí, es él. Ha descubierto la mutación del Mulo. Ha estado aquí, doctor, y nos lo ha contado.

—Pero esto no es nada nuevo. Yo ya conozco la mutación del Mulo. —Y añadió con genuino asombro—: ¿No os lo he dicho? ¿He olvidado decíroslo?

—¿Decirnos qué? —intervino Toran con rapidez.

—La mutación del Mulo, naturalmente. Interfiere en las emociones. ¡El control emocional! ¿No os lo he dicho? ¿Por qué me habré olvidado? —Se mordió el labio inferior, absorto.

Entonces, lentamente, la vida volvió a su voz y abrió mucho los párpados, como si su cerebro embotado hubiese encontrado su cauce normal. Habló como en sueños, mirando a un punto inexistente entre sus dos interlocutores:

—En realidad, es muy sencillo: no requiere un conocimiento especializado. Por supuesto, en las matemáticas de la psicohistoria se resuelve muy pronto con una ecuación de tercer grado, sin necesitar más complicaciones. Pero dejemos eso. Puede exponerse con palabras corrientes, de modo general, y hacerlo comprensible, lo cual no suele ocurrir con los fenómenos psicohistóricos.

»Preguntaos a vosotros mismos... ¿Qué puede desbaratar el cuidadoso esquema histórico de Hari Seldon? —Les miró con una leve e inquisitiva ansiedad—. ¿Cuáles fueron los supuestos originales de Seldon? Primero, que no habría ningún cambio fundamental en la sociedad humana durante los próximos mil años.

»Por ejemplo, suponed que hubiera un cambio importante en la tecnología de la Galaxia, como el hallazgo de un nuevo principio para la utilización de la energía o el perfeccionamiento del estudio de la neurobiología electrónica. Los cambios sociales harían anticuadas las ecuaciones originales de Seldon. Pero eso no ha ocurrido, ¿verdad?

»O suponed que se inventara, fuera de la Fundación, una nueva arma capaz de contrarrestar todas las armas de la Fundación. *Eso* podría causar una considerable desviación, aunque con menor certeza. Pero tampoco ha ocurrido. El depresor atómico de campo ideado por el Mulo ha sido un arma torpe que hemos podido neutralizar. Y es la única novedad que ha presentado.

»¡Pero había un segundo supuesto, más sutil! Seldon supuso que la reacción humana a los estímulos permanecería constante. Si admitimos que el primer supuesto fue correcto, ¡entonces *debe haber fallado el segundo*! Algún factor debe estar retorciendo y desfigurando la respuesta emocional de los seres humanos, o Seldon no habría fracasado y la Fundación no habría caído. ¿Y qué factor podía ser, sino el Mulo?

»¿Tengo razón? ¿Hay alguna laguna en mi razonamiento?

La mano regordeta de Bayta le dio unas palmadas.

—Ninguna laguna, Ebling.

Mis estaba satisfecho como un niño.

—De esto se deducen otras cosas con la misma facilidad. Os digo que a veces me pregunto qué estará pasando en mi interior. Creo que recuerdo el tiempo en que tantas cosas eran un misterio para mí... y ahora todo está muy claro. No existen problemas. Me enfrento a algo que podría serlo, y de alguna forma veo y comprendo en mi interior. Y parece que mis intuiciones y mis teorías me son dictadas. Hay un ímpetu dentro de mí... me empuja siempre más allá... no permite que me detenga... y no siento deseos de comer o dormir... sólo de continuar... continuar...

Su voz era un murmullo, su mano ajada y de venas azules se posó temblorosamente en su sien. En sus ojos había un frenesí que se encendía y apagaba. Añadió con más calma:

—¿Así que nunca os he hablado de los poderes mutantes del Mulo? Pero... ¿no acabáis de decirme que los conocéis?

—Nos lo dijo el capitán Pritcher, Ebling —repuso Bayta—. ¿Le recuerda?

—¿Él os lo dijo? —En su tono se advertía cierto resentimiento—. Pero ¿cómo lo ha averiguado?

—Ha sido influenciado por el Mulo. Ahora es coronel y uno de los hombres del mutante. Vino a aconsejarnos que nos rindiésemos al Mulo, y nos contó lo que usted acaba de decirnos.

—Entonces, ¿el Mulo sabe que estamos aquí? He de apresurarme... ¿Dónde está Magnífico? ¿No está con vosotros?

—Se ha ido a dormir —contestó Toran con impaciencia—. Es más de medianoche, ¿lo sabía usted?

—¿De veras? ¿Dormía yo cuando habéis entrado?

—Creo que sí —dijo Bayta con decisión—, y no le permitiremos que vuelva al trabajo. Se irá a dormir. Vamos, Torie, ayúdame. Y usted deje de empujarme, Ebling, o le meteré primero bajo la ducha. Quítale los zapatos, Torie, y mañana ven a buscarle y llévatelo a respirar aire puro antes de que se pudra. ¡Fíjese, Ebling, está usted criando telarañas! ¿Tiene hambre?

Ebling Mis meneó la cabeza y les miró desde su catre con expresión confundida.

—Quiero que mañana me enviéis a Magnífico —susurró.

Bayta le tapó hasta el cuello con la sábana.

—Seré *yo* quien venga mañana, con su ropa limpia. Le haré tomar un buen baño y salir a visitar la granja y sentir el calor del sol.

—No lo haré —dijo Mis débilmente—. ¿Me oyes? Estoy demasiado ocupado.

Sus escasos cabellos yacían sobre la almohada como un fleco plateado en torno a su cabeza. Su voz murmuró en tono confidencial:

—Queréis encontrar la Segunda Fundación, ¿no?

Toran se volvió con rapidez y se puso en cuclillas junto al catre.

—¿Qué sabe de la Segunda Fundación, Ebling?

El psicólogo sacó un brazo de debajo de la sábana, y sus dedos cansados agarraron a Toran por la manga.

—Las Fundaciones fueron establecidas en una gran Convención de Psicología presidida por Hari Seldon, Toran. He localizado las actas de aquella Convención.

Veinticinco gruesos rollos de película. Ya he dado un repaso a varios sumarios.

—¿Y qué?

—Pues que es muy fácil encontrar en ellos el lugar de la Primera Fundación, si se sabe algo de psicohistoria. Se alude a ella con frecuencia, si se comprenden las ecuaciones. Pero, Toran, nadie menciona a la Segunda Fundación. No existe referencia de ella en ninguna parte.

Toran enarcó las cejas.

—Entonces, ¿no existe?

—¡Claro que existe! —gritó airadamente Mis—. ¿Quién ha dicho lo contrario? Pero no se habla de ella. Su importancia, y todo lo concerniente a ella, está oculto, velado. ¿No lo comprendes? Es la más importante de las dos. Es la esencial, *¡la que cuenta!* Y yo tengo las actas de la Convención de Seldon. El Mulo aún no ha vencido...

Bayta, sin hacer ruido, apagó las luces.

—A dormir.

Sin hablar, Toran y Bayta se dirigieron a sus propios aposentos.

Al día siguiente, Ebling Mis se bañó y se vistió, vio el sol de Trántor y sintió su viento por última vez. Al final del día se sumergió de nuevo en las gigantescas salas de la biblioteca, y nunca más volvió a salir.

Durante la semana que siguió, la vida continuó su curso. El sol de Neotrántor era una estrella quieta y brillante en el firmamento nocturno de Trántor. La granja estaba ocupada con la siembra de primavera. Los terrenos de la Universidad estaban silenciosos. La Galaxia parecía vacía. Era como si el Mulo no hubiera existido nunca.

Bayta pensaba todo esto mientras contemplaba a Toran que encendía cuidadosamente su cigarro y miraba las partes de cielo azul visibles entre las altas torres metálicas que les rodeaban.

—Es un hermoso día —dijo Toran.

—En efecto. ¿Tienes todo lo que necesitamos en la lista, Torie?

—Sí. Mantequilla, una docena de huevos, judías verdes... Todo está aquí, Bay. Lo traeré sin falta.

—Bien. Y asegúrate de que las verduras son de la última cosecha, y no reliquias de museo. A propósito, ¿has visto a Magnífico en alguna parte?

—No, desde el desayuno. Seguramente estará abajo con Ebling, mirando un libro-película.

—Muy bien. No pierdas el tiempo, porque necesito los huevos para la comida.

Toran se fue con una sonrisa y saludando con la mano.

Bayta dio media vuelta cuando Toran se perdió de vista entre el revoltijo de metal. Vaciló ante la puerta de la cocina, retrocedió lentamente, y se deslizó por entre las columnas que conducían al ascensor por el que se bajaba a la biblioteca.

Allí estaba Ebling Mis, con la cabeza inclinada sobre los oculares del proyector, y el cuerpo encorvado e inmóvil. Junto a él se hallaba Magnífico, acurrucado en una silla, con los ojos vigilantes; era como un montón de miembros desarticulados, con una nariz que acentuaba la delgadez de su rostro. Bayta dijo suavemente:

—Magnífico...

Magnífico se puso en pie de un salto. Su voz era un ansioso murmullo:

—¡Mi señora!

—Magnífico —dijo Bayta—, Toran se ha ido a la granja y estará un rato fuera. ¿Serías tan amable de correr tras él con un mensaje que voy a escribir?

—Gustosamente, mi señora. Mis pequeños servicios son suyos sin reserva, por si pueden serle de alguna utilidad.

Se quedó sola con Ebling Mis, que no se había movido. Firmemente, colocó una mano en su hombro.

—Ebling...

El psicólogo se sobresaltó y exhaló un grito:

—¿Qué...? —Arrugó los ojos—. ¿Eres tú, Bayta? ¿Dónde está Magnífico?

—Le he mandado fuera. Quería estar sola con usted durante un rato. —Pronunciaba las palabras con exagerada claridad—. Quiero hablarle, Ebling.

El psicólogo hizo ademán de volver a su proyector, pero la mano de Bayta se mantuvo firme sobre su hombro. Sintió claramente el hueso bajo la manga. La carne parecía haberse fundido desde su llegada a Trántor. Tenía el rostro delgado, amarillento, y llevaba una barba de varios días. Los hombros estaban visiblemente encorvados, incluso sentado.

—Magnífico no le molesta, ¿verdad, Ebling? —preguntó Bayta—. No se mueve de aquí ni de noche ni de día.

—¡No, no, no! En absoluto. Ni siquiera advierto su presencia. Guarda silencio y nunca me distrae. A veces me lleva y me trae los rollos de película; parece saber lo que necesito sin que se lo pida. Déjale seguir aquí.

—Muy bien, pero... Ebling, ¿no le inspira extrañeza? ¿Me oye, Ebling? ¿No le inspira extrañeza?

Empujó una silla junto a él y le miró fijamente, como si quisiera leer la respuesta en sus ojos. Ebling Mis meneó la cabeza.

—No. ¿A qué te refieres?

—Me refiero a que tanto el coronel Pritcher como usted dicen que el Mulo puede condicionar las emociones de los seres humanos. Pero ¿está usted seguro de ello? ¿No es el propio Magnífico una negación de su teoría?

Hubo un silencio.

Bayta reprimió un fuerte deseo de zarandear al psicólogo.

—¿Qué le ocurre, Ebling? Magnífico era el bufón del Mulo. ¿Por qué no fue condicionado para el amor y la fe? ¿Por qué precisamente él, entre todos los que rodean al Mulo, le odia tanto?

—Pero... ¡sí que fue condicionado! ¡Claro, Bay! —Pareció ir ganando certeza a medida que hablaba—. ¿Supones que el Mulo trata a su bufón del mismo modo que trata a sus generales? De los últimos necesita fe y lealtad, pero del bufón sólo requiere temor. ¿No has observado nunca que el continuo estado de pánico de Magnífico es patológico en su naturaleza? ¿Encuentras natural que un ser humano esté tan asustado continuamente? El temor hasta ese grado se convierte en cómico. Es probable que el Mulo lo encontrase cómico, y útil además, porque dificultó la ayuda que antes podríamos haber obtenido de Magnífico.

Bayta preguntó:

—¿Quiere decir que la información de Magnífico acerca del Mulo era falsa?

—Era desconcertante. Estaba influida por el miedo patológico. El Mulo no es el gigante físico que Magnífico piensa. Es más probable que sea un hombre corriente, aparte de sus poderes mentales. Pero le divertía posar como un superhombre ante el pobre Magnífico... —El psicólogo se encogió de hombros—. En cualquier caso, la información de Magnífico ya no tiene importancia.

—Entonces, ¿qué es lo importante?

Pero Mis se desasió y volvió a su proyector.

—¿Qué es lo importante? —repitió ella—. ¿La Segunda Fundación?

Los ojos del psicólogo se clavaron en Bayta.

—¿Te he dicho algo acerca de eso? No recuerdo

haber dicho nada. Aún no estoy preparado. ¿Qué te he dicho?

—Nada —repuso intensamente Bayta—. ¡Oh, por la Galaxia! Usted no me ha dicho nada, pero desearía que lo hiciera porque estoy mortalmente cansada. ¿Cuándo acabará esto?

Ebling Mis la miró de soslayo, vagamente arrepentido.

—Vamos, vamos..., querida, no he querido ofenderte. A veces olvido... quiénes son mis amigos. A veces tengo la impresión de que no debo hablar de todo esto. Es preciso guardar el secreto..., pero del Mulo, no de ti, querida. —Le dio unas palmadas en el hombro, con gentil amabilidad.

Ella preguntó:

—¿Qué me dice de la Segunda Fundación?

La voz de Mis se convirtió automáticamente en un susurro, fino y sibilante:

—¿Conoces la meticulosidad con que Seldon cubrió sus huellas? Las actas de la Convención de Seldon me hubieran servido de muy poco hace un mes, antes de que llegara esta extraña inspiración. Incluso ahora me parece... muy confuso. Los documentos de la Convención son a menudo oscuros, sin aparente ilación. Más de una vez me he preguntado si los propios miembros de la Convención conocían todo lo que había en la mente de Seldon. A veces creo que usó la Convención como una gigantesca pantalla, y erigió él solo la estructura...

—¿De las Fundaciones? —urgió Bayta.

—¡De la Segunda Fundación! Nuestra Fundación fue sencilla. Pero la Segunda Fundación era sólo un nombre. Se mencionó, pero su elaboración, si la hubo, fue ocultada profundamente bajo las matemáticas. Hay todavía muchas cosas que ni siquiera he empezado a comprender, pero en estos últimos siete días me he formado una vaga imagen reuniendo los detalles. La Primera Fundación fue un mundo de científicos físicos. Representaba una concentración de la ciencia moribunda de la Galaxia bajo las condiciones necesarias para su resurgimiento. No se incluyeron psicólogos. Fue un fallo muy peculiar, pero que debió de tener sus motivos. La explicación corriente es que la psicohistoria de Seldon funcionaba mejor cuando las unidades de individuos trabajadores, seres humanos, ignoraban lo que iba a ocurrir y podían por tanto reaccionar naturalmente ante todas las situaciones. ¿Me sigues, querida...?

—Sí, doctor.

—Entonces, escucha con atención. La Segunda Fundación era un mundo de científicos mentales. Era la imagen reflejada de nuestro mundo. La psicología, y no la física, predominaba. —Y triunfalmente—: ¿Lo comprendes?

—No.

—Pues reflexiona, Bayta, usa el cerebro. Hari Seldon sabía que su psicohistoria sólo podía predecir probabilidades, no certezas. Había siempre un margen de error, y, a medida que pasa el tiempo, este margen aumenta en progresión geométrica. Es natural que Seldon se previniera contra esto. Nuestra Fundación era científicamente vigorosa. Podía conquistar ejércitos y armas. Podía oponer la fuerza. Pero ¿qué hay del ataque mental de un mutante como el Mulo?

—¡Esto sería resuelto por los psicólogos de la Segunda Fundación! —exclamó Bayta, sintiendo la excitación que crecía en su interior.

—¡Claro, claro! ¡Exacto!

—Pero hasta ahora no han hecho nada.

—¿Cómo sabes que no han hecho nada?

Bayta reflexionó.

—No lo sé. ¿Tiene usted pruebas de su actividad?

—No. Hay muchos factores que desconozco por completo. La Segunda Fundación no pudo establecerse en pleno desarrollo, como tampoco nosotros. Evolucionamos lentamente y fuimos adquiriendo fuerza; ellos deben haber hecho lo mismo. Sólo las estrellas saben en qué etapa de su fuerza se encuentran ahora. ¿Son lo bastante fuertes como para luchar contra el Mulo? ¿Son siquiera conscientes del peligro? ¿Tienen dirigentes capacitados?

—Pero si siguen el plan de Seldon, el Mulo *ha de* ser vencido por la Segunda Fundación.

—¡Ah! —Y la delgada cara de Ebling Mis se arrugó pensativamente—. Ya volvemos a estar en lo mismo. Pero la Segunda Fundación fue una tarea más difícil que la Primera. Su complejidad es enormemente mayor; y en consecuencia, también lo es la posibilidad de error. Y si la Segunda Fundación no vence al Mulo, las cosas irán mal... definitivamente mal. Tal vez signifique el fin de la raza humana, tal como la conocemos.

—¡No!

—Sí. Si los descendientes del Mulo heredan sus dotes mentales... ¿Lo comprendes? El Homo Sapiens no podría competir. Habría una nueva raza dominante, una nueva aristocracia, y el Homo Sapiens sería degradado a trabajar en calidad de esclavo, como una raza inferior. ¿No es así?

—Sí, así es.

—E incluso, aunque por alguna casualidad el Mulo no estableciera una dinastía, establecería un distorsionado nuevo Imperio dirigido solamente por su poder personal. Moriría con él; la Galaxia estaría donde estaba antes de su llegada; excepto que ya no habría Fundaciones que pudieran fundirse en un real y sano Segundo Imperio. Significaría miles de años de barbarie. No habría un final a la vista.

—¿Qué podemos hacer? ¿Podemos advertir a la Segunda Fundación?

—Debemos hacerlo, o pueden desaparecer debido a la ignorancia, a lo cual no podemos arriesgamos. Pero no hay modo de transmitirles el aviso.

—¿No podríamos encontrar un medio?

—Ignoro su paradero. Están en «el otro extremo de la Galaxia», pero eso es todo, y hay millones de mundos para escoger.

—Pero, Ebling, ¿no dice nada aquí? —Y Bayta señaló vagamente los rollos de película que cubrían la mesa.

—No, nada. No dicen dónde puedo encontrarla... todavía. El secreto debe significar algo. Ha de haber una razón... —En sus ojos había una expresión perpleja—. Ahora me gustaría que te fueras. Ya he perdido bastante tiempo. y ya queda poco..., ya queda poco.

Se apartó de ella, petulante y con el ceño fruncido.

Los pasos suaves de Magnífico se aproximaron.

—Su marido está en casa, mi señora.

Ebling Mis no saludó al bufón. De nuevo se inclinaba sobre el proyector.

Aquella noche, después de haber escuchado, Toran habló:

—¿Y tú crees que tiene razón, Bay? ¿No piensas que está un poco...? —Vaciló.

—Tiene razón, Torie. Está enfermo, lo sé. El cambio que se ha operado en él, su pérdida de peso, el modo en que habla... está enfermo. Pero escúchale en cuanto sale el tema del Mulo, de la Segunda Fundación o de algo en lo que esté trabajando. Está lúcido como el cielo del espacio exterior. Sabe de lo que está hablando. Yo le creo.

—Entonces, aún hay esperanzas. —Era casi una pregunta.

—Yo..., yo no lo puedo asegurar. ¡Tal vez sí, tal vez

no! Llevaré una pistola en lo sucesivo. —Tenía en la mano una diminuta arma de reluciente cañón—. Por si acaso, Torie, por si acaso.

—¿De qué caso hablas?

Bayta rió con un pequeño tono de histerismo.

—No importa. Quizá yo también estoy un poco loca..., como Ebling Mis.

En aquel momento, a Ebling Mis sólo le quedaban siete días de vida, y los siete días transcurrieron tranquilamente, uno tras otro.

Toran sentía que había una especie de estupor en ellos. El calor y el sordo silencio le invadían y aletargaban. Todo lo que estaba vivo parecía haber perdido su poder de acción, convirtiéndose en un mar infinito de hibernación.

Mis era una entidad oculta cuyo laborioso trabajo no producía nada y no se daba a conocer. Era como si viviese tras una barricada. Ni Toran ni Bayta podían verle. Sólo la misión de intermediario de Magnífico evidenciaba su existencia. Magnífico, silencioso y pensativo como nunca, iba y venía con bandejas de comida, andando de puntillas, como convenía al único testigo del reino de las penumbras.

Bayta estaba cada vez más encerrada en sí misma. Su vivacidad se desvaneció, su segura eficiencia se tambaleaba. Ella también parecía preocupada y absorta, y en cierta ocasión Toran la sorprendió acariciando su pistola, Bayta la dejó enseguida, con una sonrisa forzada.

—¿Qué estabas haciendo con ella, Bay?

—La sostenía. ¿Acaso es un crimen?

—Te vas a saltar tus necios sesos.

—Si lo hago, no representará una gran pérdida.

La vida conyugal había enseñado a Toran la futilidad de discutir con una mujer en un mal momento. Se encogió de hombros y se fue.

El último día, Magnífico irrumpió sin aliento ante ellos. Les agarró, asustado.

—El eximio doctor les llama. No se encuentra bien.

Y no estaba bien. Se hallaba en el lecho, con los ojos extrañamente grandes y brillantes.

—¡Ebling! —gritó Bayta.

—Déjame hablar —masculló el psicólogo, incorporándose con esfuerzo y apoyándose sobre un codo—. Dejadme hablar. Estoy acabado; os lego mi trabajo. No he tomado notas; he destruido los números. Ninguna otra persona ha de saberlo. Todo debe grabarse en vuestras mentes.

—Magnífico —dijo Bayta con brusca franqueza—, ¡vete arriba!

De mala gana, el bufón se levantó y retrocedió un paso. Sus tristes ojos estaban fijos en Mis.

Mis hizo un gesto débil.

—Él no importa; dejadle permanecer aquí. Quédate, Magnífico.

El bufón volvió a sentarse con rapidez. Bayta miró al suelo. Lentamente, muy lentamente, se mordió el labio inferior.

Mis dijo en un ronco susurro:

—Estoy convencido de que la Segunda Fundación puede ganar, si no es atacada prematuramente por el Mulo. Se ha mantenido en secreto; este secreto debe guardarse; tiene un propósito. Debéis ir allí; vuestra información es vital... puede cambiarlo todo. ¿Me escucháis?

Toran gritó, casi con desesperación:

—¡Sí, sí! Díganos cómo podremos llegar. ¡Ebling! ¿Dónde está?

—Puedo decíroslo —murmuró la débil voz.

Pero no consiguió hacerlo.

Bayta, con el rostro lívido y hierático, levantó su pistola y disparó. El disparo resonó con fuerza en la habitación. Mis había desaparecido de la cintura para arriba, y en la pared del fondo había un agujero dentado. La pistola desintegradora cayó al suelo, al ser soltada por unos dedos entumecidos.

26. FINAL DE LA BÚSQUEDA

No había palabras que pronunciar. Los ecos del estampido se difundieron por las salas exteriores y se extinguieron en un ronco y moribundo murmullo. Antes de hacerlo definitivamente ahogaron el ruido de la pistola de Bayta al caer contra el suelo; ahogaron también el grito agudo de Magnífico y el rugido inarticulado de Toran.

Reinó un silencio espantoso.

La cabeza de Bayta, inclinada, se hallaba en la oscuridad. Una gota tembló en el rayo de luz al caer. Bayta no había llorado jamás en ninguna otra ocasión.

Los músculos de Toran casi estallaron en un espasmo, pero no se distendieron; Toran tuvo la sensación de que ya no volvería a separar los dientes. El rostro de Magnífico era una máscara ajada y sin vida.

Finalmente, entre sus dientes aún apretados, Toran exclamó con una voz irreconocible:

—Así que eres una mujer del Mulo. ¡Te ha captado!

Bayta alzó la mirada, y su boca se torció en dolorosa mueca.

—¿*Yo*, una mujer del Mulo? Esto sí que es una ironía.

Sonrió con esfuerzo tenso y se echó atrás los cabellos con una sacudida. Lentamente, su voz recobró el tono normal:

—Se acabó, Toran; ahora puedo hablar. Ignoro cuánto podré sobrevivir. Pero puedo empezar a hablar...

La tensión de Toran había cedido bajo su propia intensidad, convirtiéndose en una fláccida indiferencia.

—¿Hablar de qué, Bay? ¿Qué queda por decir?

—Hablar de la calamidad que nos ha estado persiguiendo. La hemos observado antes, Torie. ¿No lo recuerdas? La derrota siempre nos ha pisado los talones y nunca ha logrado atraparnos. Estuvimos en la Fundación, y ésta se derrumbó mientras los comerciantes independientes aún luchaban... Pero *nosotros* llegamos a tiempo a Haven. Estuvimos en Haven, y Haven se derrumbó mientras los otros aún luchaban... y de nuevo escapamos a tiempo. Fuimos a Neotrántor, que ahora indudablemente ya está en manos del Mulo.

Toran escuchaba y meneaba la cabeza.

—No te comprendo.

—Torie, estas cosas no suceden en la vida real. Tú y yo somos personas insignificantes; no vamos de un vértice político a otro, continuamente, por espacio de un año..., a menos que llevemos el vértice con nosotros. *¡A menos que llevemos con nosotros la fuente de la infección!* ¿Comprendes ahora?

Toran apretó los labios. Su mirada se fijó en los terribles y sangrientos restos de lo que un día fuera un ser humano, y sus ojos expresaron horror.

—Salgamos de aquí, Bay. Salgamos al aire libre.

Fuera estaba nublado. El viento salió a su encuentro a latigazos, desordenando los cabellos de Bay. Magnífico había trepado tras ellos, y ahora escuchaba, inadvertido, su conversación. Toran dijo con voz tensa:

—¿Has matado a Ebling Mis porque creías que él

era el foco de infección? —Algo en los ojos de ella le detuvo. Murmuró—: ¿Era el Mulo? —No comprendió, no podía comprender las implicaciones de sus propias palabras.

Bayta se rió bruscamente.

—¿El pobre Ebling el Mulo? ¡Por la Galaxia, no! No hubiera podido matarle de haber sido el Mulo. Él habría detectado la emoción del acto y la habría transformado en amor, devoción, adoración, terror, lo que se le antojara. No, he matado a Ebling porque no era el Mulo. Le he matado porque él sabía dónde está la Segunda Fundación, y en dos segundos habría revelado el secreto al Mulo.

—Habría revelado el secreto al Mulo —repitió estúpidamente Toran—, hubiera dicho al Mulo...

Y entonces emitió un grito agudo y se volvió para mirar con horror al bufón, que parecía estar inconsciente a sus pies y totalmente ignorante de lo que se decía junto a él.

—¿No será Magnífico...? —preguntó Toran en un susurro.

—¡Escucha! —dijo Bayta—. ¿Recuerdas lo que ocurrió en Neotrántor? ¡Oh!, piensa un poco, Toran...

Pero él meneó la cabeza y murmuró algo.

Ella prosiguió, y su voz expresaba fatiga:

—Un hombre murió en Neotrántor. Un hombre murió sin que nadie le tocara. ¿No es cierto? Magnífico tocó su Visi-Sonor, y cuando terminó, el príncipe heredero estaba muerto. Dime, ¿no es extraño? ¿No es algo singular que una criatura que se asusta de todo, que en apariencia está idiotizado por el terror, posea la facultad de matar a capricho?

—La música y los efectos de luz —replicó Toran— causan un profundo impacto emocional...

—Sí, un impacto *emocional*, y bastante intenso, por cierto. Y da la casualidad que los efectos emocionales son la especialidad del Mulo. Supongo que esto puede considerarse una coincidencia. Y un ser que puede matar por sugestión está lleno de terror. Bueno, el Mulo ha interferido en su mente, o sea que eso se puede explicar. Pero, Toran, yo capté un poco de la selección del Visi-Sonor que mató al príncipe heredero. Sólo un poco... pero fue suficiente como para comunicarme la misma sensación de desespero que tuve en la Bóveda del Tiempo y en Haven. Toran, no puedo confundir esa sensación tan especial.

El rostro de Toran se iba oscureciendo.

—Yo..., yo también lo sentí. Lo había olvidado. Jamás pensé...

—Fue entonces cuando se me ocurrió por primera vez. Fue sólo una sensación vaga, una intuición si quieres. No tenía pruebas. Cuando Pritcher nos habló del Mulo y de su mutación, lo comprendí en un momento. Fue el Mulo quien creó la desesperación en la Bóveda del Tiempo; fue Magnífico quien había creado la desesperación en Neotrántor. Era la misma emoción. Por consiguiente, ¡el Mulo y Magnífico eran la misma persona! ¿No encaja todo perfectamente, Torie? ¿No es igual que un axioma de geometría, que dos cosas iguales a una tercera son iguales entre sí?

Se hallaba al borde del histerismo, pero hizo un esfuerzo para conservar la ecuanimidad. Continuó:

—El descubrimiento me dio un susto de muerte. Si Magnífico era el Mulo, podía conocer mis emociones, y transformarlas para sus propios fines. No me atreví a decírselo. Me dediqué a eludirle. Por suerte, él también me eludía; estaba demasiado interesado en Ebling Mis. Planeé matar a Mis antes de que pudiera hablar. Lo planeé en secreto (tan en secreto como pude), tan secretamente que ni me atrevía a pensarlo. Si hubiera podido matar al propio Mulo..., pero no podía arriesgarme. Lo hubiera advertido, y lo habría perdido todo.

Bayta parecía estar al límite de sus emociones.

Toran dijo duramente y con determinación:

—Es imposible. Contempla a esta miserable criatura. ¿*Él*, el Mulo? Ni siquiera oye lo que estamos diciendo.

Pero cuando su mirada siguió al dedo que señalaba a Magnífico, éste estaba en pie, erguido y atento, con los ojos vivos y brillantes. Su voz no tenía rastro de acento.

—Lo he oído todo, amigo mío. Lo que ocurre es que he estado reflexionando sobre el hecho de que, a pesar de toda mi inteligencia y capacidad de previsión, haya podido cometer un error y perder tanto.

Toran se echó hacia atrás como si temiera el contacto del bufón o que su aliento pudiese contaminarle.

Magnífico asintió y contestó a la pregunta no formulada:

—Yo soy el Mulo.

Ya no parecía grotesco, sus delgados miembros y su enorme nariz perdieron su comicidad. Su temor había desaparecido; su actitud era firme.

Era dueño de la situación con una facilidad nacida de la costumbre. Dijo en tono condescendiente:

—Siéntense. Vamos, será mejor que se pongan cómodos. El juego ha terminado, y me gustaría contarles una historia. Es una debilidad mía: quiero que la gente me comprenda.

Y sus ojos, al mirar a Bayta, seguían siendo los mismos ojos marrones, suaves y tristes, de Magnífico, el bufón.

—No hubo nada realmente notable en mi infancia —empezó, zambulléndose en un rápido e impaciente discurso—, y no merece recordarse. Tal vez ustedes lo comprendan. Mi delgadez es glandular; nací con esta nariz. Me fue imposible llevar una infancia normal. Mi madre murió antes de que pudiera verme. No conozco a mi padre. Crecí al azar, herido y torturado en mi mente, lleno de autocompasión y odio hacia los demás. Entonces se me conocía como a un niño extraño. Todos me evitaban, la mayoría, por repugnancia, algunos, por miedo. Ocurrieron extraños incidentes... Bueno, ¡eso no importa! Fue lo suficiente como para que el capitán Pritcher, al investigar sobre mi infancia, comprendiera que soy un mutante, de lo cual yo mismo no me enteré hasta que cumplí los veinte años.

Toran y Bayta escuchaban con indiferencia. El sonido de su voz les llegaba desde arriba, pues estaban sentados en el suelo, mientras que el bufón —o el Mulo— se paseaba frente a ellos, hablando hacia abajo, con los brazos cruzados.

—La noción de mi insólito poder parece haber irrumpido en mí con lentitud, a pequeños pasos. Incluso al final me costaba creerlo. Para mí, las mentes de los hombres eran esferas, con indicadores que señalaban la emoción del momento. No es un símil adecuado. pero ¿cómo puedo explicarlo? Aprendí paulatinamente que podía llegar hasta esas mentes y colocar el indicador en el lugar deseado, y hacer que permaneciera allí para siempre. Y me costó aún más tiempo darme cuenta de que los demás no podían hacerlo. Adquirí conciencia de mi poder, y con ella vino el deseo de desquitarme de la miserable posición de mi existencia anterior. Tal vez puedan comprenderlo. Tal vez intenten comprenderlo. No es fácil ser un monstruo, poseer una mente y una comprensión y ser un monstruo. ¡Risas y crueldad! ¡Ser diferente! ¡Ser un intruso! ¡Ustedes nunca han pasado por eso!

Magnífico miró hacia el cielo, se balanceó sobre los pies y continuó, impasible:

—Pero acabé por comprender, y decidí que la Galaxia y yo podíamos intercambiar nuestros puestos. Al fin y al cabo, ellos se habían divertido, y yo había esperado pacientemente, durante veintidós años. ¡Había llegado mi turno! ¡Ahora les tocaba a ustedes soportarme! Y la lucha sería muy favorable a la Galaxia: ¡yo solo contra millones y millones de seres!

Hizo una pausa para dirigir una rápida mirada a Bayta:

—Pero yo tenía una debilidad: por mí mismo no era nada. Necesitaba a los demás para obtener el poder; el éxito sólo podía llegarme a través de intermediarios. ¡Siempre! Fue como dijo Pritcher. Por medio de un pirata obtuve mi primera base de operaciones asteroidal. Por medio de un industrial conseguí mi primera conquista de un planeta. Mediante una serie de personas, incluyendo al señor guerrero de Kalgan, conquisté Kalgan y gané una flota de naves. Después de eso, le tocó el turno a la Fundación, y fue entonces cuando ustedes dos entraron en la historia. La Fundación —dijo en voz más baja— fue la tarea más difícil con que me había enfrentado. Para vencerla tenía que convencer, derrumbar o inutilizar a una extraordinaria proporción de su clase dirigente. Podría haberlo hecho por sus pasos contados, pero era posible una forma rápida, y la busqué. Después de todo, el hecho de que un hombre fuerte pueda levantar doscientos kilos no significa que le entusiasme hacerlo continuamente. Mi control emocional no es un trabajo fácil, y prefiero no usarlo cuando no es absolutamente necesario. Por eso acepté aliados en mi primer ataque a la Fundación. Haciéndome pasar por mi bufón, busqué al agente o agentes de la Fundación que serían inevitablemente enviados a Kalgan para investigar mi humilde persona. Ahora sé que era a Han Pritcher a quien buscaba. Por un golpe de fortuna, en lugar de él les encontré a ustedes. Soy telépata, pero no completo, y, mi señora, usted era de la Fundación. Esto me despistó. No fue fatal, ya que Pritcher se unió a nosotros posteriormente, pero fue el punto de partida de un error que *sí* fue fatal.

Toran se movió por primera vez. Dijo en tono ofendido:

—Espere un momento. ¿Quiere decir que cuando yo me enfrenté a aquel teniente de Kalgan con sólo una pistola paralizante, y le salvé a usted, usted ya controlaba mis emociones? —Tartamudeaba de furia—. ¿Quiere decir que ha estado influenciándome todo este tiempo?

En la cara de Magnífico había una leve sonrisa.

—¿Y por qué no? ¿No lo considera probable? Pregúnteselo usted mismo... ¿Se hubiera arriesgado a morir por un extraño y grotesco bufón que no había visto antes, de haber estado en sus cabales? Supongo que después se sorprendió, cuando repasó los acontecimientos a sangre fría.

—Es cierto —dijo Bayta con voz distante—, se sorprendió. Es muy normal.

—En realidad —continuó el Mulo—, Toran no corría ningún peligro. El teniente tenía instrucciones estrictas de dejarnos marchar. Así fue como nosotros tres y Pritcher fuimos a la Fundación, y ya saben que mi campaña se organizó instantáneamente. Cuando Pritcher fue juzgado por un consejo de guerra y nosotros estábamos presentes, yo hacía mi trabajo. Los jueces militares de aquel tribunal dirigieron más tarde sus propias escuadras en la guerra. Se rindieron con bastante facilidad, y mi Flota ganó la batalla de Horleggor y otras menores. A través de Pritcher conocí al doctor Mis, quien me trajo un Visi-Sonor, por su voluntad, simplificando así mi tarea de forma considerable. Sólo que no fue *enteramente* por su voluntad.

Bayta interrumpió:

—¡Esos conciertos! He estado tratando de comprender su significado. Ahora ya lo veo.

—Sí —dijo Magnífico—, el Visi-Sonor actúa como amplificador. En cierto modo es un primitivo artilugio para el control emocional. Con él puedo tratar a grupos de gente, y a personas aisladas, más intensamente. Los conciertos que di en Términus antes de su caída, y en Haven antes de su rendición, contribuyeron al derrotismo general. Podría haber hecho enfermar gravemente al príncipe heredero de Neotrántor sin el Visi-Sonor, pero no podría haberle matado. ¿Comprenden? Pero mi descubrimiento más importante fue Ebling Mis. Podría haber sido... —dijo Magnífico con amargura, y enseguida continuó—: Hay una faceta en el control emocional que ustedes no conocen. La intuición, la penetración, la tendencia a las corazonadas o como quieran llamarlo, puede ser tratada como una emoción. Por lo menos, yo puedo tratarla así. No lo comprenden, ¿verdad?

No esperó a oír la negativa.

—La mente humana trabaja muy por debajo de su total rendimiento. El veinte por ciento es la cota normal. Cuando se produce momentáneamente una chispa de energía más potente, lo llamamos corazonada, penetración o intuición. Descubrí pronto que era capaz de inducir una intuición continua de alta eficiencia cerebral. Es un proceso letal para la persona afectada, pero útil. El depresor atómico de campo que usé en la guerra contra la Fundación fue el resultado de poner bajo presión a un técnico de Kalgan. En esto también trabajo por medio de los demás.

»Ebling Mis me brindaba una ocasión excepcional. Sus potencialidades eran altas, y le necesitaba. Incluso antes de iniciar mi guerra contra la Fundación, yo ya había mandado delegados para negociar con el Imperio. Fue entonces cuando empecé la búsqueda de la Segunda Fundación. Naturalmente, no la encontré. Pero sabía que debía encontrarla... y Ebling Mis era la respuesta. Con su mente a la máxima potencia podría haber emulado el trabajo de Hari Seldon. En parte, lo hizo. Le llevé hasta el límite. El proceso era despiadado, pero había que terminarlo. Al final estaba moribundo, pero vivió... —De nuevo se interrumpió con amargura—. *Hubiera vivido* lo suficiente. Juntos, nosotros tres hubiéramos ido a la Segunda Fundación. Habría sido la última batalla..., pero mi error lo impidió.

Toran habló con voz dura:

—¿Por qué se extiende tanto? Díganos cuál fue su error y ponga fin a su discurso.

—Pues bien, su esposa ha sido el error. Su esposa es una persona excepcional. Yo nunca había conocido a nadie como ella en toda mi vida. Yo... Yo... —De improviso, la voz de Magnífico se quebró. Se recuperó con dificultad; había algo sombrío en él cuando prosiguió—: Sintió simpatía por mí sin que yo tuviera que manipular sus emociones. No le repugné ni la divertí. Sintió afecto. ¡Le fui simpático! ¿No lo comprenden? ¿No ven lo que esto significó para mí? Anteriormente, nadie, jamás... En fin, yo... lo aprecié grandemente. Mis propias emociones me traicionaron, aunque era dueño de las de los demás. Permanecí alejado de su mente; no la manipulé. Apreciaba demasiado su sentimiento *natural*. Fue mi error..., el primero.

»Usted, Toran, se hallaba bajo control. Nunca sospechó de mí, nunca se hizo preguntas a mi respecto; nunca vio en mí nada peculiar o extraño. Por ejemplo, cuando la nave «filiana» nos detuvo. Por cierto, que conocían nuestra situación porque yo estaba en comunicación con ellos, del mismo modo que siempre he estado en comunicación con mis generales. Cuando nos detuvieron, yo fui llevado a bordo para condicionar a Han Pritcher, que se encontraba prisionero en la nave. Cuando me marché, era coronel, un hombre del Mulo y ejercía el mando. El proceso entero fue demasiado claro incluso para usted, Toran. Sin embargo, aceptó mi explicación del asunto, que estaba llena de lagunas. ¿Comprende lo que quiero decir?

Toran hizo una mueca y preguntó:

—¿Cómo mantenía comunicación con sus generales?

—No había ninguna dificultad para ello. Las emisoras de ultraondas son fáciles de manejar y, además, portátiles. Y, por otra parte, ¡yo no podía ser detectado en un sentido real! Cualquiera que me sorprendiese en el acto se hubiera marchado sin recordar en absoluto su descubrimiento. Ocurrió en alguna ocasión.

»En Neotrántor, mis estúpidas emociones volvieron a traicionarme. Bayta no estaba bajo mi control, pero incluso así es posible que nunca hubiera sospechado si yo no hubiese perdido la cabeza al tratar con el príncipe heredero. Sus intenciones respecto a Bayta... me molestaron. Le maté. Fue un acto imprudente. Una pelea sin consecuencias hubiera bastado. Y todavía sus sospechas no se habrían convertido en certidumbre si yo hubiera detenido a Pritcher en su bien intencionada misión, o prestado menos atención a Mis y más a usted...

Se encogió de hombros.

—¿Éste es el fin? —preguntó Bayta.

—Éste es el fin.

—Y ahora, ¿qué?

—Continuaré con mi programa. Dudo de que pueda encontrar a otro hombre de cerebro tan adecuado y entrenado como Ebling Mis, sobre todo en estos días de degeneración. Tendré que buscar la Segunda Fundación por otros derroteros. En cierto sentido, usted me ha vencido.

Entonces Bayta se puso en pie, triunfante.

—¿En cierto sentido? ¿Sólo en cierto sentido? ¡Le hemos derrotado *enteramente*! Todas sus victorias fuera de la Fundación no cuentan para nada, puesto que la

Galaxia es ahora un pozo de barbarie. La Fundación misma es sólo una victoria insignificante, ya que no estaba destinada a detener la crisis que *usted* representa. Es a la Segunda Fundación a la que ha de vencer (la *Segunda Fundación*), y ésta le derrotará a usted. Su única posibilidad residía en localizarla y atacarla antes de que estuviera preparada. Ahora no podrá hacerlo. A partir de ahora, a cada minuto que pase estarán más preparados para luchar contra usted. En este momento, en este *mismo* momento, es posible que la maquinaria ya esté en marcha. Lo sabrá cuando le ataquen, y su breve poderío habrá terminado y el Mulo no será más que otro conquistador presuntuoso, que ha pasado rápida e ignominiosamente por la faz sangrienta de la historia.

Bayta respiraba con fuerza, casi jadeando en su vehemencia.

—Y nosotros le hemos derrotado: Toran y yo. Moriré satisfecha.

Pero los ojos marrones y tristes del Mulo eran los ojos marrones, tristes y enamorados de Magnífico.

—No la mataré ni a usted ni a su marido. Después de todo, ya es imposible para ustedes dos perjudicarme más; y matarles no me devolvería a Ebling Mis. Mis errores fueron míos, y me responsabilizo de ellos. ¡Usted y su marido pueden marcharse! Váyanse en paz, en nombre de lo que yo llamo... amistad.

Y entonces, con un repentino impulso de orgullo, añadió:

—Mientras tanto, todavía soy el Mulo, el ser más poderoso de la Galaxia. Todavía venceré a la Segunda Fundación.

Bayta lanzó su última flecha con firme y tranquila certidumbre:

—¡No la vencerá! Aún conservo la fe en la sabiduría de Seldon. Usted será el primero y el último gobernante de su dinastía.

Algo excitó a Magnífico:

—¿De mi dinastía? Sí, he pensado a menudo en ello: en la posibilidad de establecer una dinastía. En encontrar una consorte adecuada.

Bayta captó repentinamente el significado de la mirada que brillaba en los ojos de Magnífico, y se le heló la sangre en las venas.

Magnífico sacudió la cabeza.

—Siento su repulsión, pero no tiene sentido. Si las cosas fueran de otro modo, podría hacerla feliz muy fácilmente. Sería un éxtasis artificial, pero no habría diferencia entre él y la emoción genuina. Pero las cosas no son de ese otro modo. Me hago llamar el Mulo... pero no a causa de mi fuerza, evidentemente.

Se alejó, sin mirar atrás ni una sola vez.

ÍNDICE

SEGUNDA PARTE
EL MULO